Ullstein Krimi

Ullstein Krimi
Lektorat: Georg Schmidt
Ullstein Buch Nr. 10457
im Verlag Ullstein GmbH,
Frankfurt/M – Berlin
Titel der englischen
Originalausgabe:
Head Case

Deutsche Erstausgabe

Umschlaggestaltung & Fotorealisation:
Welfhard Kraiker & Karin Szekessy

Printed in Germany 1987
Gesamtherstellung:
Ebner Ulm
ISBN 3 548 10457 6

Juli 1987

Vom selben Autor
in der Reihe der
Ullstein Bücher:

Video-Piraten (10403)
Schlechte Gesellschaft (10420)
Jäger-Latein (10432)

CIP-Kurztitelaufnahme
der Deutschen Bibliothek

Cody, Liza:
Kopf kaputt: e. Anna-Lee-Roman /
Liza Cody. Übers. u. mit e. Nachw. von
Doris Janhsen. – Dt. Erstausg. –
Frankfurt/M; Berlin: Ullstein, 1987.
(Ullstein-Buch; Nr. 10457:
Ullstein-Krimi)
Einheitssacht.: Head case <dt.>
ISBN 3-548-10457-6
NE: GT

Liza Cody

Kopf kaputt

Ein Anna-Lee-Roman

Übersetzt und mit einem Nachwort
von Doris Janhsen

Ullstein Krimi

Für Brian

1

Der Tag hatte mit einem kleinen Diebstahl unter Freunden begonnen. Anna würde es eher als eine Ausleihe bezeichnet haben, aber Selwyn war ziemlich stur.

»Nein, nein und abermals nein! Nimm mir ja nicht die Zeitung weg!« hatte er gebrüllt, nachdem er sich kurz zuvor eine Verletzung zugezogen hatte. »Und versuch nicht mir weiszumachen, du hättest sie nicht genommen! Das entgeht mir nie. Du stiehlst die Buchstaben von der Seite und die Kraft aus den Worten. Außerdem faltest du sie völlig falsch zusammen.«

»Was für ein Theater«, sagte Bea mit dem für Ehefrauen so typischen Desinteresse.

»Das wirst du nie verstehen.« Selwyn begegnete ihrem Desinteresse mit Herablassung. »Es ist meine Zeitung, und sie sollte so frisch und brandneu sein, daß man die Druckerschwärze noch riechen kann. Ich mag es nicht, wenn die da oben die neue Zeitung zerlesen hat.«

Im oberen Stockwerk, gleich über Selwyns schlafendem Kopf, hatte Anna die Neuigkeiten aus dem *Guardian* geklaut: Die Friedenskonferenz war abgesagt und ein alter Kriegsveteran eines Ladendiebstahls überführt worden; die Sozialarbeiter drohten mit Streikmaßnahmen, die Bergarbeiter waren bereits in Streik getreten, und im Cricket hatte Somerset nach 173 Läufen den Ball an die andere Mannschaft abtreten müssen. Sie schenkte sich eine weitere Tasse Kaffee ein. Draußen verdichtete sich das Laub der Platane zu einem ehrwürdigen sommerlichen Grün, und die Gänseblümchen auf dem kleinen Rasenstück schienen eine neue Rasur zu benötigen.

Anna faltete die Zeitung mit äußerster Sorgfalt wieder zusammen. Sie wirkte wie ungelesen. Sie hoffte, daß Selwyn den Zeitungsklau nicht bemerken würde, obwohl er einen außergewöhnlichen Riecher für die unwahrscheinlichsten Dinge hatte.

Ihr Blick fiel auf die neue gelbe Kundenakte. Sie bestand aus einem einzigen Stück Papier: einem Interviewformular der Privatdetektei Brierly. Gegenstand – Thea Hahn. Klient – Mr. Rodney Hahn, Staatsbeamter, verheiratet. Eine Adresse in Wimbledon. Es folgte eine Notiz über ein Telefongespräch zwischen Rodney Hahn und Martin Brierly. Anna las sie nicht, denn Brierly hatte ihr bereits davon berichtet. Statt dessen fuhr sie flüchtig mit einem Kleenex über ihre Schuhe und untersuchte ihre Strümpfe nach Laufmaschen. Sie wirkte so gepflegt und zuverlässig, wie es sich für eine Vertreterin der Privatdetektei gehörte, wenn sie sich einem Staatsbeamten in Wimbledon vorstellte.

Nachdem sie Taschen, Schlüssel und den *Guardian* zusammengesucht hatte, warf sie noch einen verächtlichen Blick in den Spiegel und verließ die Wohnung. Eilig lief sie die Treppe hinunter, durch die Tür nach draußen. Nichts wies auf die Anwesenheit von Bea und Selwyn hin, aber es wäre ungeschickt, sich im Besitz eines geliehenen *Guardian* in der Diele herumzutreiben. Draußen in Sicherheit, schob sie die Zeitung in den Briefkastenschlitz und ließ sie in dem vom Zeitungsjungen bevorzugten verwegenen Winkel darin stecken.

Im Wagen war es bereits warm. Es roch leicht nach Plastik und Wagenschmiere. Sie kurbelte die Scheibe herunter, warf einen Blick auf den Kilometerstand und stellte das Radio an. Die Everly Brothers sangen *Crying in the Rain*, als sie durch die frühmorgendlichen, sonnigen Straßen zur Hammersmith Bridge fuhr.

Der Fluß war bereits von einem dunstigen, spiegelglatten Glanz überzogen. Der Verkehr hatte sich noch nicht zu den Staus der Hauptverkehrszeit verdichtet, und zudem kamen ihr die meisten Autos auf der Gegenfahrbahn entgegen. Anna kam also pünktlich in Wimbledon an.

In Ansel Grove war das Straßenbild von viel Grün und großen Häusern bestimmt, die, weit zurück von der Straße gelegen, durch hohe Hecken geschützt waren. Das Haus von Mr. Hahn lag hinter einem über Jahre gewachsenen Lorbeerdickicht versteckt, und der Flieder in seinem Garten begann an den Blattenden zu welken. Es war ein flaches, weißes Haus mit geschwungenen Fenstern, die Anna jedesmal an ein Schulschwimmbad erinnerten.

Sie parkte vor der Eingangstür, um die Garagenausfahrt nicht zu blockieren. Als sie gerade aussteigen wollte, tauchte ein Mann auf der Eingangstreppe auf. Er sah auf die Uhr.

»Wirklich pünktlich«, bemerkte er, als wollte er sie zu einer schwierigen Leistung beglückwünschen. »Mein Name ist Rodney Hahn.«

»Anne Lee. Guten Morgen.«

Er streckte ihr seine gecremte und sorgfältig manikürte Hand entgegen und schätzte sie mit einem Blick aus scharfen, hellblauen Augen ab. Anna erwiderte den Gruß und hoffte, er würde nicht sagen, daß er einen älteren Mann erwartet hatte.

»Ich hätte jemand Älteren erwartet«, sagte er, während er ihre Hand um einige Sekunden zu lang drückte. »Mr. Brierly hat mir versichert, daß alle seine Angestellten sehr viel Erfahrung hätten.«

»Das liegt nur an meinem Aussehen«, erwiderte Anna.

»Nun denn, kommen Sie trotzdem herein«, sagte er kurz angebunden. »Wir sitzen gerade auf der Terrasse beim Frühstück.«

Er führte sie in eine geräumige, mit Terrakottaziegeln geflieste Diele und durch ein aufpoliertes, streng wirkendes Eßzimmer zu Verandatüren, die auf den hinteren Teil des Gartens hinausführten.

Auf einem weißen Metalltisch lagen die Überreste eines Frühstücks für zwei Personen, einige abgebröckelte Croissantstücke und von Ei verschmierte Teller. Auf dem Tisch befand sich jedoch eine dritte Tasse, und um ihn herum standen drei Stühle.

»Kaffee?« fragte Mr. Hahn. »Nehmen Sie Platz. Meine Frau wird bald unten sein.«

Er nahm eine sich nach oben verjüngende Kaffeekanne mit tiefangesetztem Ausguß vom Tisch und schenkte ihr etwas schwachen, lauwarmen Kaffee ein.

»Wunderbar«, log Anna mutig, während sie ihn über den Rand ihrer Tasse hinweg genauer betrachtete: ein großer, gutaussehender Mann, dessen Haar an den richtigen Stellen grau zu werden begann, in einem gutgeschnittenen, dezenten Anzug; zwischen den seidenen Socken und den Hosenaufschlägen sah nicht ein einziges Stück Haut hervor. Auch er beobachtete sie mit einem zurückhaltenden, aber selbstsicheren Blick, während sich auf seinem Gesicht ein Lächeln abzuzeichnen begann.

Er wird mir sagen, daß er noch nie zuvor mit einem Privatdetektiv zu tun hatte, dachte Anna, als sie ihre Tasse zurückstellte und sich darauf vorbereitete, einen guten Eindruck zu erwecken.

»Ich habe noch nie zuvor einen Privatdetektiv engagiert«, sagte er, und das Lächeln brach hervor, als wollte er für diesen Mangel an Notwendigkeit gelobt werden.

In diesem Moment kam Mrs. Hahn aus dem Haus und trat auf sie zu. Anna erhob sich und wurde vorgestellt. Mrs. Hahn hatte sich in pfirsichfarbene Seide und einen Mitsouko gehüllt. Ihr Haar hatte einen künstlich aufgelegten goldenen Schimmer, ihre Nägel waren lackiert, und ihre schlanken Schienbeine wirkten wie von einer Politur überzogen.

»Entschuldigen Sie diese gottverlassene Tageszeit«, murmelte sie. »Rodney wollte Sie so gerne selbst sprechen, und vor Arbeitsbeginn ist es am günstigsten.«

»Konferenzen und so weiter«, unterstützte Mr. Hahn sie vage. »Andere Kollegen haben statt dessen eine feste Arbeitszeit.«

Anna war von dem Eindruck gepflegte Wohlhabenheit, die das Paar vermittelte, ziemlich überwältigt. Entweder war Mr. Hahn ein höhergesteller Beamter, oder einer von den beiden hatte eine Erbschaft gemacht. Sie räusperte sich und sagte: »Also, was Ihre Tochter betrifft ...«

»Ja«, unterbrach Mr. Hahn sie schnell. »Thea. Ich denke, daß die Polizei nicht wirklich weiß, wovon sie spricht.«

»Sie scheinen nicht einmal zu wissen, mit wem sie es zu tun haben«, warf Mrs. Hahn ein. »Sie haben uns sogar vorgeschlagen, mit der Heilsarmee in Verbindung zu treten.«

»Die Heilsarmee leistet gute Arbeit«, sagte Anna.

»Zugegeben, aber nur bei Alkoholikern und Aussteigern«, erwiderte Mrs. Hahn. »Natürlich habe ich nichts gegen die Heilsarmee, aber ich wüßte nicht, wieso Thea sich an sie wenden sollte.«

»Sie ist ziemlich jung, nicht wahr?« fragte Anna, um die Eltern dazu zu bewegen, über Thea zu reden, obwohl sie deren Alter genau wußte.

»Erst sechzehn«, antwortete Mr. Hahn. »Valeris, hast du die Fotos herausgesucht? Mr. Brierly sagte, daß Miss Lee sie bräuchte.«

»Sie sind im Arbeitszimmer, Liebling.« Mrs. Hahn wies mit einer makellosen Hand unbestimmt in Richtung des Arbeitszimmers. »Und könntest du, wo du gerade schon stehst, Mrs. Elder um mehr Kaffee bitten? Dieser hier ist ungenießbar.«

Mr. Hahn ging ins Haus, und Anna fragte sich, wer von den beiden wohl den Ton angab. Mrs. Hahn schien sich damit zu begnügen, auf die Rückkehr ihres Mannes zu warten, deshalb sagte Anna: »Thea ist nun schon seit elf Tagen verschwunden. Würden Sie mir erzählen, welche Schritte Sie bisher unternommen haben?«

»Nun. Wir haben natürlich die Polizei verständigt«, sagte Mrs. Hahn, während sie ihr Gesicht mit geschlossenen Augen der Morgensonne zuwandte. Im Garten regte sich kein Lüftchen: Laub und Blüten hingen regungslos. Sie zog eine Sonnenbrille aus ihrem Seidenetui und setzte sie auf.

»Thea wohnte zu der Zeit bei einer Cousine«, fuhr sie fort. »Danielle Soper. Sie werden wahrscheinlich selbst mit ihr reden wollen. Ich habe dem Briefumschlag mit den Fotos eine kurze Liste von Namen und Adressen beigefügt, die für diese Sache wichtig sein könnten. Ich dachte mir, das würde unnötigen Zeitaufwand ersparen.«

»Vielen Dank«, murmelte Anna. »Wohnt Theas Cousine in der Nähe von Theas Schule, oder wieso hielt Thea sich dort auf?«

»Ach, das verhält sich anders. Thea geht nicht wirklich zur Schule«, sagte Mrs. Hahn, während sie der Sonne immer noch die meiste

Aufmerksamkeit schenkte. »Hat mein Mann das Mr. Brierly nicht erklärt? Wirklich nicht? Also, Thea hat einige Vorlesungen an der *University of London* besucht und Privatunterricht genommen.«

»Wie ich sehe, könnte man Thea als talentiert bezeichnen«, warf Rodney Hahn ein, der durch die Verandatüren zu ihnen zurückkam. Er legte einen dicken weißen Umschlag auf den Tisch. »Ihr Spezialgebiet ist die Mathematik. Sie hätte sich im letzten Sommer in Cambridge einschreiben können, aber weder wir noch die Schulbehörden hielten diesen Schritt für ratsam. Deshalb hat sie ihre Ausbildung zunächst als Gasthörerin in London abgerundet.«

»Oh«, meinte Anna ziemlich verwirrt. »Davon hatte ich keine Ahnung.«

»Diese Angelegenheit ist zu kompliziert, als daß ich sie in einem Telefongespräch hätte erklären können«, sagte Mr. Hahn kühl, »ganz abgesehen davon, daß das alles nichts mit Theas Verschwinden zu tun hat. Unsere Tochter ist keiner Weise anormal, und wir sind bemüht, das jedem zu erklären, der von ihren akademischen Leistungen übermäßig beeindruckt ist.«

»Ich verstehe«, sagte Anna, die sich vorkam, als müßte sie ihn trösten. Vielleicht war es tatsächlich belastend, ein außergewöhnlich talentiertes Kind zu erziehen, obwohl die meisten Eltern, die sie kannte, sich eher über das Gegenteil beschwerten.

»Ah, der Kaffee«, rief Mrs. Hahn offensichtlich erleichtert aus. »Vielen Dank, Mrs. Elder.«

Mrs. Elder, eine Frau, die mütterlicher wirkte als Mrs. Hahn, stellte eine Kanne mit frischem Kaffee auf den Tisch, nickte Anna einen kurzen Morgengruß zu und verschwand ohne ein Wort wieder. Mr. Hahn schenkte Anna und Mrs. Hahn Kaffee ein. Seine eigene Tasse blieb leer. Er sah auf die Uhr.

Anna fragte schnell: »Also, welche Schritte haben Sie in den letzten elf Tagen unternommen?«

»Es ist eigentlich wesentlich weniger als elf Tage her«, sagte Mr. Hahn. »Wir sind erst letzten Donnerstag zu dem Schluß gekommen, daß Thea verschwunden ist.«

»Mrs. Soper dachte, sie wäre bei uns«, warf Mrs. Hahn ein. »Während wir natürlich davon ausgegangen sind, daß sie bei Mrs. Soper wäre. Erst als Danielle uns anrief, um zu fragen, wieso Thea am Donnerstag nicht für ihre Vorlesung nach London zurückgekommen wäre, wurde uns klar, daß etwas schiefgelaufen war.«

»Wir haben uns sofort mit der Polizei in Verbindung gesetzt«, sagte Mr. Hahn, der wiederum auf seine Uhr sah. »Und um es kurz zu machen: Den Nachforschungen von der Polizei und Mrs. Soper zufolge gilt es allgemein als sicher, daß Thea seit Donnerstag von niemandem gesehen worden ist; und das ist elf Tage her. Aber ich fürchte, ich muß Sie nun verlassen.« Er stand auf.

Anna sah ihn verwundert an. Sie sagte: »Vermißte Personen werden normalerweise in zwei grobe Kategorien unterteilt: die, die aus eigenem Entschluß gegangen sind, und die, bei denen das nicht der Fall ist.«

»Sie wollen damit hoffentlich nicht sagen, daß Thea uns aus freien Stücken solche Sorgen bereitet«, sagte Mrs. Hahn kühl, während Mr. Hahn antwortete: »Ich sehe zwar, was Sie meinen, aber da ich mir nicht vorstellen kann, warum Thea uns verlassen wollen würde, habe ich keine weiteren Vorschläge zu machen.«

Anna konnte ihn weder aus der Ruhe bringen noch zurückhalten. Er deutete einen Kuß auf Mrs. Hahns perfekte Wange an und ließ sie dann allein. Anna sagte: »Ich wollte Sie nicht beunruhigen. Es ist einfach nur so, daß manche Kinder sich aus Gründen davonmachen, die keiner verstehen kann.«

»Sie haben mich in keiner Weise beunruhigt«, erwiderte Mrs. Hahn gelassen. »Wie ich der Polizei bereits mitgeteilt habe, wäre es vollkommen falsch, davon auszugehen, daß Thea eine dieser widerspenstigen Aussteigertypen ist, die man heutzutage unter Jugendlichen findet.«

»Sie glauben also, daß ihr etwas zugestoßen ist?«

»Wenn das die einzige Alternative zu der ersten Ihrer ›groben Kategorien‹ ist, dann muß ich diese Frage wohl mit ›Ja‹ beantworten.« Eine Andeutung von wohlerzogenem Sarkasmus war nicht zu überhören. Anna spürte einen ersten Schweißtropfen den Rücken hinunterlaufen. Unbehaglich verlagerte sie ihr Gewicht. Mrs. Hahn deutete fast ein Lächeln an.

Um das Thema zu wechseln, fragte Anna: »Wie lange ist Mrs. Elder schon bei Ihnen?« Sie hoffte, in diesem gepflegten Haushalt auf jemanden zu treffen, mit dem sie auf ihrem eigenen Niveau reden könnte.

»Ungefähr zehn Jahre. Wieso?«

»Ich möchte jeden sprechen, der mit der Sache etwas zu tun hat.«

»Mrs. Elder hat nichts damit zu tun«, sagte Mrs. Hahn gleichgültig. »Wenn Sie jedoch glauben, daß sie von Nutzen sein könnte ...«

»Außerdem würde ich mir gern Theas Zimmer ansehen.«

»Schön.« Mrs. Hahn stand auf und ging Anna durch das Haus voran. Am obersten Treppenabsatz hielt sie inne und sagte: »Da die

Befragung meiner Hausangestellten zu Ihrem obligatorischen Programm zu gehören scheint, sollte ich wohl erwähnen, daß meine Putzfrau um neun Uhr eintreffen wird. Sie hat nichts mit der Sache zu tun, und es wäre mir unangenehm, wenn Sie mit ihr reden würden. Sie weiß noch nichts von Theas Verschwinden, und ich werde nicht zulassen, daß Familienangelegenheiten zum Klatschthema der Nachbarschaft werden.«

»Arbeitet sie auch für Ihre Nachbarn?« fragte Anna, die nun ihrerseits zu lächeln begann. Es befriedigte sie zu sehen, wie Mrs. Hahn die Pose der Selbstgefälligkeit verlor, selbst wenn es nur für den Bruchteil von Sekunden war. »Und wie steht es mit Mrs. Elder?«

»Mrs. Elder gehört zum Haushalt«, antwortete Mrs. Hahn steif. »Ich werde sie heraufschicken. Dies ist Theas Zimmer.« Sie öffnete eine Tür, die oberhalb der Treppe von der Diele abführte. Anna ging allein hinein.

2

Theas Zimmer war in einem warmen Grün-Grau-Ton gestrichen – eine Farbe, die Dekorateure als »Salweide« bezeichnen würden. An einer Wand stand ein schmales Bett mit einem Messinggestell, das mit einer weißen, bestickten Tagesdecke überzogen war. Vor dem Fenster stand ein großer Schreibtisch, und über dem Bett hing eine Reproduktion von Rembrandts Sohn Titus. Mit Ausnahme eines Wand- und eines Kleiderschranks wurden die Wände von Büchern eingenommen.

Thea verfügte über die vollständige *Encyclopedia Britannica* und Gesamtausgaben von Dickens, Scott, Hardy, Eliot, Austen sowie den Brontë-Schwestern, und das war nur die leichte Leselektüre. Anna fand Ausgaben von Kierkegaard, Popper, Russell, Locke und Hobbes. *Scientific America* war das, was einem Comic am nächsten kam. Ansonsten gab es Bücher über Physik, Geophysik, Astrophysik und Mathematik.

Anna schluckte und öffnete den Kleiderschrank, in dem sie zu ihrer Beruhigung ein Aufgebot von ganz gewöhnlichen Kleidungsstücken fand. Es erleichterte sie zu sehen, daß der einzig auffindbare Hut auf einen Kopf von durchschnittlicher Größe paßte. Der Kleiderschrank war eigentlich bemerkenswert für das, was er nicht enthielt. Jeans, zum Beispiel, oder irgendein anderes Kleidungsstück aus Jeansstoff waren ebensowenig vertreten wie bedruckte T-Shirts, Sweatshirts oder Jogginganzüge. Nichts, was sechzehnjährige Mädchen, wie Anna sie kannte, tragen würden. Alles wirkte konservativ und geschmackvoll und war aus natürlichen Garnen hergestellt. Es waren Kleidungsstücke nach Mrs. Hahns Geschmack.

Anna meinte, es wäre Zeit, sich den Kopf anzusehen, der zu dem normalen Hut gehörte. Es fiel ihr schwer, sich ein junges Mädchen vorzustellen, das all diese beeindruckenden Bücher gelesen hatte und dennoch anstandslos nette weiße Baumwollblusen und karierte Wollhemden trug.

Zuoberst auf dem kleinen Stapel lag ein Studioporträt in Schwarzweiß. Der Kopf war mit einem Weichzeichner fotografiert und kunstvoll aufgehellt worden; das Licht streifte Haar, Augenlider und Augen – dunkles Haar, glänzend und kurzgeschnitten in der Façon eines Pagenkopfes, helle Augen, breite Wangenknochen, gerade Nase – eine stille, klassische Pose, passend zu einem ruhigen, klassischen Kopf. Nur der Mund wirkte kindlich und unentschlossen. Theas Vater könnte dieses Foto, in einen Silberrahmen gefaßt, auf seinem Schreibtisch stehen haben.

Anna ging die andere Fotos durch, um eines zu finden, auf dem Thea entspannt, ungestellt oder in einem Moment der Unaufmerksamkeit dargestellt sein könnte. Nichts dergleichen. Sie stand zwischen ihren Eltern vor einem Rhododendronstrauch. Sie saß mit einem Buch in der Hand auf der Terrasse. Sie kniete auf dem Rasen neben einem Cocker, den sie nicht berührte, und der ohnehin in die andere Richtung blickte.

»Mrs. Hahn sagte mir, daß Sie mich sprechen wollen«, rief Mrs. Elder vom Flur. Anna drehte sich um. Impulsiv fragte sie: »Welches dieser Fotos kommt Ihrer Meinung nach Thea am nächsten?«

Mrs. Elder, mollig und kurzbeinig wie sie war, durchquerte auf netten, kleinen Füßen das Zimmer. Sie sah Anna über die Schulter. Nach einer kurzen Pause bemerkte sie: »Ihr Vater mochte das da immer am liebsten«, und zeigte auf das Studienporträt.

»Und Sie?«

»Oh, es sieht ihr sehr ähnlich«, sagte Mrs. Elder unverbindlich.

»Gut, aber wie ist sie wirklich?«

Mrs. Elder lächelte und sagte: »Oh, sie ist ein nettes Mädchen – so intelligent und sehr höflich. Sie bereitet niemandem Probleme.«

»Jetzt gibt es aber Probleme«, erwiderte Anna aufgrund ihrer Enttäuschung recht spitz.

»Armes Kind«, meinte Mrs. Elder. »Ich frage mich, was passiert ist. Ich habe die Hahns noch nie so sehr außer Fassung gesehen.«

»Aber war sie unglücklich oder so etwas in der Art?« fragte Anna unverblümt. »Ist es möglich, daß sie fortgelaufen ist?«

»Niemals«, sagte Mrs. Elder mißbilligend. »Sie würde uns das nie antun.«

Nachdem Mrs. Elder gegangen war, sah Anna sich die Namens- und Adressenliste an, die Mrs. Hahn ihr überlassen hatte. Außer Mrs. Danielle Sopers Anschrift, die obenan stand, gab es nur drei weitere. Anna notierte sich, daß sie Erkundigungen nach alten Schuldfreundinnen einziehen müßte. Thea mußte zu irgendeinem Zeitpunkt zur Schule gegangen sein. Daraufhin begann sie, die Schreibtischschublade zu öffnen; doch jetzt erwartete sie nicht mehr, irgendeine Art von Mädchengeheimnissen zu finden.

Sie hörte, wie unten die Haustür aufgemacht und zugeschlagen wurde, und nach einiger Zeit drang das beständige Dröhnen eines Staubsaugers zu ihr herauf. Auf diese alltäglichen Geräusche reagierte sie fast mit Vergnügen. Im Schreibtisch hatte sie nur ihr unverständliche Dinge gefunden: mit Zahlen und Symbolen vollgeschriebene Notizblöcke, Computerausdrucke und Ringbücher voller unverständlicher Tabellen. Für einen Mathematiker wäre dies alles wahrscheinlich normal oder gar ein Kinderspiel gewesen, aber für Anna, die nach Briefen, Tagebüchern und Telefonnummern suchte, war es ein Rätsel. Selbst eine Valentinskarte mit Eselsohren hätte ihr gereicht. Sie kam sich vor, als würde sie in einer Briefmarkensammlung nach einem Pin-up-Foto suchen.

Sie gab den Versuch auf und ging nach unten.

Mrs. Hahn, die nun einen cremefarbenen Seidenanzug trug, saß auf der Kante eines Sofas und gab Mrs. Elder Anweisungen für das Mittagessen.

»Und?« fragte Mrs. Hahn, als die ältere Frau den Raum mit einem lautlosen Schließen der Tür verlassen hatte. »Haben Sie etwas gefunden, das Ihnen weiterhelfen könnte?«

Anna hatte den Eindruck, daß Mrs. Hahn bis ins letzte Detail wußte, was Thea in ihrem Zimmer aufbewahrte; deshalb zog sie die Adressenliste hervor und fragte: »Würden Sie mir sagen, wie Theas letzte Schule hieß, und mir die Namen all der Freunde nennen, mit denen sie in Verbindung stand?«

»Die Schule auf jeden Fall«, erwiderte Mrs. Hahn und fügte der Liste eine weitere Adresse hinzu. »Aber was ihre Freunde angeht – nun, Sie müssen verstehen, daß Thea nichts mit Mädchen ihres Alters zu tun hatte. Mit ihrem Wissen war sie ihnen schon immer um mehrere Jahre voraus.«

»Aber hatte sie denn keine Hobbys?« Anna sah sich nach etwas um, das eine solche Annahme rechtfertigen würde. »Reiten, Musik oder Tanz?«

Mrs. Hahn lächelte und sagte: »Ich habe in ihrem Alter Pferde sehr gern gehabt und auch getanzt. Aber Thea hat Angst vor Pferden. Und natürlich tanzen die jungen Leute heutzutage nicht mehr. Auf jeden Fall nicht mehr die Art von Tänzen, die für Thea in Frage gekommen wären. Ich habe gehört, daß sie ziemlich gut Klavier spielt. Oh, und natürlich Schach.«

»Natürlich, Schach«, sagte Anna. »Mit wem spielt sie denn?«

»Soviel ich weiß, spielt ihr Vater ziemlich gut Schach. Aber selbst er war kein wirklicher Gegner für sie. Nein, wir haben ein Schachprogramm in unserem Computer. Möchten Sie es gerne sehen? Er steht im Arbeitszimmer.«

»Nein, vielen Dank«, seufzte Anna. Vielleicht würde das Schachprogramm wichtige Aufschlüsse liefern. Aber sie würde es ohnehin nicht verstehen.

3

In der Allen Street entdeckte Anna eine Parklücke: Ein so seltener Glücksfall, daß sie lächelte, als sie den Wagen abschloß und zum Büro in der Kensington High Street ging.

Im oberen Stockwerk hatte Tim sich mit dem Ellbogen auf eine Ecke von Beryls Schreibtisch gestützt und versuchte sie nun davon zu überzeugen, mit einer unerheblichen Geldsumme herauszurücken. Mit einer Hand umklammerte Beryl wie ein Schraubstock die Geldkassette, in der anderen hielt sie ein Bündel rosa Kleenex. Die erste Blütezeit des Grases in diesem Jahr hatte ihren Heuschnupfen zu voller Entfaltung gebracht.

»Oh, da bist du ja, Anna«, sagte sie gereizt. »Der Chef will dich sprechen. Ich werde dich anmelden.«

»Hast du einen Auftrag bekommen?« fragte Tim, während Beryls die interne Sprechanlage bediente.

»Ja, in Wimbledon.«

»Feine Pinkel oder Abschaum?«

»Feine Pinkel«, erwiderte Anna entschieden. «Eigene Haushälterin, Cornflakes auf der verfluchten Terrasse, und wisch dir ja nicht die Nase an den Servietten ab.«

»Servietten also?« meinte Tim, während er geschickt drei von

Beryls Bleistiften in seiner Tasche verschwinden ließ, als sie in die andere Richtung blickte. »Ist ja echt vornehm.«

Beryl mahnte: »Häng nicht den ganzen Tag hier rum. Er wartet schon.«

Anna klopfte an und ging in Mr. Brierlys Büro.

Martin Brierly blickte auf und begrüßte sie: »Ah, Miss Lee. Wie geht es voran?« Er blätterte einen IBM-Katalog durch. Auf seiner Vorderseite war ein kleiner Computer abgebildet. Der Gedanke, daß er einen kaufen und Beryl damit überflüssig werden könnte, versetzte Anna in gute Laune. Sie setzte sich.

»Die Hahns hatten gute Empfehlungen«, bemerkte Mr. Brierly. Er machte diese Bemerkungen in leicht fragendem Ton.

»Sie sind Gold wert«, sagte Anna und wies so darauf hin, daß die Hahns ihren Fernseher nicht würden verkaufen müssen, wenn Beryl ihnen eine Rechnung schickte.

Mr. Brierly wirkte zufrieden. »Dann geben Sie mal Ihre ersten Eindrücke wieder«, forderte er Anna auf, während er den Katalog sorgfältig in einer Linie mit dem Löschpapier auf den Tisch zurücklegte.

»Als Familie sind sie ein bißchen überwältigend«, begann Anna vorsichtig. »Das Vornehmste vom Vornehmen. Die Tochter ist eine Art Genie. Und sie können sich unmöglich vorstellen, warum sie getürmt sein könnte. Ich meine, wenn sie unglücklich war oder etwas in der Art, sagen sie es zumindest nicht. Sie haben es wirklich raus, Eindruck zu schinden.«

»Das sind wir ja gewöhnt«, sagte Mr. Brierly ungeduldig. »Aber wie Sie sagten, ist es alles in allem ein gutes Elternhaus.«

»Das nehme ich an«, erwiderte sie noch vorsichtiger. Was das Familienleben betraf, gingen ihre und Mr. Brierlys Ansichten ziemlich auseinander. »Aber ein bißchen zu gelassen. Es ist nicht die Art von Leuten, die lauthals darum schreien, ihr geliebtes Kind zurückzukriegen. Trotzdem sind sie ein bißchen zu zurückhaltend.«

»Nicht jeder kann emotional so extrovertiert sein«, gab Mr. Brierly zu bedenken. »Trotzdem scheint es mir, daß ich mich besser selbst um diese Seite der Angelegenheit kümmern sollte. Sie würden die persönliche Note wahrscheinlich zu schätzen wissen.«

»Einverstanden.«

»Gut. Ich habe mit dem zuständigen Polizeidezernat gesprochen. Sie haben das Übliche unternommen – Krankenhäuser, Jugendherbergen und ähnliches. Damit wird es also keine Schwierigkeiten geben.«

Anna nickte zustimmend. Es gab nichts Schlimmeres, als der Polizei in die Quere zu kommen. Sie konnten das Leben eines Privatdetektivs unerträglich machen, wenn sie der Meinung waren, daß er seinen Kompetenzbereich überschritt.

»Was werden Sie als erstes unternehmen?«

»Mrs. Hahn hat mir eine Liste gegeben.« Anna zog die Adressenliste hervor. »Damit fange ich am besten an.«

»In Ordnung. Lassen Sie Miss Doyle eine Kopie da.« Er nahm sich den IBM-Katalog wieder vor: ein sicheres Anzeichen dafür, daß er das Gespräch als beendet erachtete. Als Anna das Büro verließ, fächelte er sich mit dem Katalog Luft zu.

Während Beryl die Liste fotokopierte, ging Anna über den Flur zum Aufenthaltsraum, um dort eine Tasse Tee zu trinken. Tim hatte den Wasserkessel schon aufgesetzt. Vor ihm lag eine aufgeschlagene Zeitung; mißmutig fuhr er mit einem Stift darin umher und malte der Premierministerin einen Schnurrbart sowie eine Brille ins Gesicht. Die Nackte auf Seite drei hatte er schon mit fantasievollen Tätowierungen verziert.

»Ich warte auf einen Anruf vom Reisebüro«, sagte er. »*West London Insurance* ist auf ein Gespräch mit einem Versicherungsbetrüger aus. Der hat sich aber nach Jersey abgesetzt. So komme ich auch mal ins Land der Tomaten.«

»Ein netter Auftrag«, erwiderte Anna. In diesem warmen Frühling war Jersey bestimmt ein angenehmer Aufenthaltsort.

»Nur, daß die Vorstellungen dieser blöden Kuh Beryl davon, was angemessene Spesen sind, der ganzen Sache einen Dämpfer aufsetzen. Ich meine, St. Helier ist doch nicht das gleiche wie dieses verdammte Clacton, oder? Was stellt die sich eigentlich vor? Daß ich am Strand ein Zelt aufschlage und mir meine eigenen Wurstkonserven mitbringe?«

»Wenn Sie sich in die Gesellschaft von Millionären begeben, heißt das noch lange nicht, daß Sie auch wie sie leben können«, äffte Anna Beryl nach, indem sie sich die Nase zuhielt.

»Das wäre ja auch zu schön, um wahr zu sein«, beklagte sich Tim. »Das Wasser kocht. Wir beide sind die einzigen. Alle anderen placken sich im Außendienst ab.«

Die Luft im Aufenthaltsraum war schlecht, denn während des Winters war das Fenster auf der Südseite in dem vergeblichen Versuch, den Durchzug abzustellen, zugenagelt worden. Einige Fliegen tanzten in einer lahmen Traube rings um die Glühbirne. Anna trank ihren Tee schnell aus und überließ Tim seinen Klagen und

Kritzeleien. Einmal angefangen, konnte er stundenlang nörgeln, und sie wollte ihm dabei nicht unbedingt zuhören.

Danielle Soper wohnte in einem ruhig gelegenen viktorianischen Reihenhaus in Islington. Anna wurde von einem portugiesischen Aupair-Mädchen und zwei Jungen hereingelassen, die um die Ehre stritten, sie ins Wohnzimmer führen zu dürfen. Mrs. Soper war zwar ebenso blond und groß wie Mrs. Hahn, hatte aber nicht deren sicheres Auftreten. Sie hatte gerade einen Brief geschrieben und schien durch den explosionsartigen Einbruch der beiden Jungen, des Au-pair-Mädchens und Anna in ihre Privatsphäre in ziemliche Verwirrung zu geraten. Es folgte eine zehnminütige, peinliche Auseinandersetzung, während derer die Jungen ins obere Stockwerk verbannt wurden, wo sie weder Möbel beschädigen noch die Unterhaltung stören konnten.

»Gott sei Dank«, seufzte Mrs. Soper, als sie endlich mit Anna allein war, und durch die geschlossene Tür nur noch von weitem vereinzeltes Kreischen und das Trommeln von Füßen drang. »Früher war mein Leben gut organisiert. Da hatte ich Zeit für mich selbst. Mein Gott, ich kann Ihnen versichern, daß sie es nicht von mir haben. Es muß an ihrem Vater liegen.« Sie ließ sich auf einem Sofa nieder und fächelte sich mit der Hand Luft zu. »Tante Valerie hat angerufen und mich auf Ihren Besuch vorbereitet«, fuhr sie fort. »Wie unangenehm! Ich bin sicher, daß sie mir die Schuld gibt. Dabei wüßte ich gar nicht, welchen Fehler ich gemacht haben sollte. Thea hat mir erzählt, daß sie nach ihrer letzten Privatstunde sofort nach Wimbledon fahren würde. Wie sollte ich denn wissen, daß sie dort nicht angekommen ist? Ich wußte ja nicht einmal, daß sie zuhause überhaupt nicht erwartet wurde. Und dieser verfluchte Kerl hat nicht angerufen, um mir mitzuteilen, daß sie nicht zum Unterricht gekommen ist. Es hat eine ganze Woche gedauert, bis irgend jemand etwas gesagt hat, und ich habe die ganze Zeit geglaubt, sie hätte sich entschieden, zuhause zu bleiben.«

»Einen Augenblick«, unterbrach Anna sie. »Thea hat also gesagt, daß sie nach Hause fährt? Hat sie von hier eine Tasche mitgenommen?«

»Eigentlich habe ich sie gar nicht weggehen sehen.« Mrs. Soper wurde rot. »Aber die Polizei hat mich das gleiche gefragt; ich habe also nachgesehen und weiß daher, daß sie ihre Übernachtungstasche mitgenommen hat.«

»Hat sie das immer getan? Hat sie die Wochenenden gewöhnlich zuhause verbracht? Außerdem habe ich ihr Zimmer im Wimbledon gesehen. Sie hätte nicht viel mitzunehmen brauchen.«

»Ich glaube, daß sie ihre Tasche immer mitgenommen hat. Aber sie ist nicht jedes Wochenende nach Hause gefahren. Manchmal, wenn Thea für längere Zeit nicht in Wimbledon gewesen war, hat Tante Valerie angerufen und gesagt, daß sie sie sehen wollte.«

»Und letztes Mal hat sie das nicht getan?«

»Nein. Zumindest behauptet sie das.«

»Und was hat Thea gesagt?«

»Gütiger Gott«, sagte Mrs. Soper bedrückt. »Die Polizei hat dieselbe Frage gestellt, und ich kann mich wirklich nicht erinnern. Welchen Unterschied sollte es auch machen?«

»Wir versuchen herauszufinden, ob Thea weggelaufen ist oder nicht«, erwiderte Anna. »Wenn sie gesagt hätte, daß ihre Mutter sie gebeten hat, nach Hause zu kommen, Mrs. Hahn dies aber abstreiten würde, hieße das, daß sie gelogen hat, um einen Vorsprung zu gewinnen.«

»Das wäre entsetzlich«, meinte Mrs. Soper. »Ich bin mir sicher, daß sie nicht gelogen hat. Thea hat nie auch nur den geringsten Anlaß zur Sorge gegeben.«

»Das sagen alle«, meinte Anna nachdenklich.

»Aber es stimmt«, protestierte Mrs. Soper. »Sie ist so ruhig und wohlerzogen. Sie tut immer nur das, was man ihr aufträgt. Ein so intelligentes Mädchen. Ich hatte gehofft, es würde in der Familie bleiben, aber meine beiden sind das genaue Gegenteil.« Wie zur Bestätigung wurde im oberen Stockwerk eine Tür zugeschlagen, und die Jungen kamen mit Geschrei und Gebrüll die Treppe herunter. Die Tür wurde aufgestoßen. Einer der Jungen stieß mit hochrotem Kopf und voller Wut hervor: »William hat mir meinen Zug geklaut. William hat mir meinen Zug geklaut. Sag ihm, er soll ihn mir zurückgeben.« William kam schreiend hinterher. »Er läßt mich nicht mit seinem Zug spielen«, schrie er aus vollem Halse. Das Au-pair-Mädchen verschlimmerte das Chaos noch, indem sie laut auf portugiesisch schimpfte, was ihr offensichtlich Vergnügen bereitete. Auf dem Perserteppich begann ein Faustkampf, der sich unter dem Wohnzimmertisch und auf einem Armsessel fortsetzte. Mrs. Soper blickte hilfesuchend umher, während Anna mühsam den Wunsch unterdrückte, die beiden Streithähne voneinander zu trennen und aus dem Zimmer zu werfen. Es war erst wieder Ruhe eingetreten, als der Kampf sich in ein anderes Zimmer verlagert hatte.

»Ich kann es kaum erwarten, daß sie in die Schule kommen«, sagte Mrs. Soper verzweifelt. »Ich kann mir nicht vorstellen, woher diese Aggressivität kommt. Es muß an ihrem Vater liegen. Ich weiß, es ist früh; trotzdem könnte ich einen Drink gebrauchen.« Sie ging zur Getränkebar und schenkte sich einen Gin-Tonic mit reichlich Gin ein. Anna nahm ein Lagerbier.

»Früher war es nicht meine Gewohnheit, schon vor dem Abendessen zu trinken«, sagte Mrs. Soper, während sie sich wieder setzte. »Der Lärm ist einfach unerträglich. Ich bin in einem so ordentlichen Haushalt aufgewachsen. Wissen Sie, meine Mom und Tante Valerie sind Schwestern. Und Sie haben ja gesehen, wie nett und ordentlich das Haus in Wimbledon ist. Ich muß mich immer schämen, wenn Tante Valerie und Onkel Rodney zu Besuch kommen. Den Jungen gebe ich dann praktisch ein Beruhigungsmittel, damit sie mich nicht zu sehr blamieren. Und Thea war schon immer vorbildlich. Mir ist wirklich nicht klar, was ich falsch gemacht habe.«

»Es muß an ihrem Vater liegen«, murmelte Anna grinsend. Mrs. Soper lachte. Der Pegel in ihrem Glas war drastisch gesunken, und sie wirkte entspannter. »Das sage ich ständig, nicht?« fragte sie. »Im Moment komme ich mir vor wie ein Wrack. Wissen Sie, die Hahns stellen so hohe Ansprüche. Als ich noch klein war, hatte ich ziemliche Angst vor ihnen. Und ich bin sicher, daß sie mir die Schuld für Theas Verschwinden geben.«

»Mir kam es nicht so vor«, sagte Anna, um sie zu trösten.

»Sie würden es ja auch nie aussprechen. Sie werden einfach immer ablehnender und ziehen sich von mir zurück.«

»Glauben Sie, daß Thea vor ihnen Angst hatte?«

»Warum sollte sie?« fragte Mrs. Soper erstaunt. »Thea ist nie aus der Rolle gefallen. Wäre sie ein schwieriges Mädchen oder etwas in der Art, hätte ich sie ja wirklich nicht hier wohnen lassen können. Ich habe so schon alle Hände voll zu tun.«

»Hm! Hatte sie denn einen Freund?« fragte Anna, die nach einem der üblichen Gründe suchte, deretwegen Mädchen von zuhause wegliefen. »Mit wem hat sie ihre Zeit verbracht? Ist sie am Abend oft ausgegangen?«

Mrs. Soper schüttelte den Kopf. Wieder nippte sie an ihrem Gin-Tonic: »Sie können Thea nicht mit gewöhnlichen Mädchen ihres Alters vergleichen. Sie ist begabt, und ich glaube, das hat sie anderen jungen Leuten gegenüber schüchtern gemacht. Vielleicht hatte sie Angst, daß die anderen sie als Außenseiter behandeln würden. Bei älteren Leuten schien sie sich wohler zu fühlen.

»Na ja, und was ist mit den anderen Studenten? Die müssen ja alle älter gewesen sein.«

»Eigentlich kam sie nicht oft mit anderen Studenten zusammen«, sagte Mrs. Soper nachdenklich. »Sie war nicht eingeschrieben; sie hat nur einige Vorlesungen besucht und bei einigen Professoren Privatstunden genommen. Außerdem ist sie viel zu jung für normale Studenten.«

»Hat sie sich denn nicht einsam gefühlt?«

»Ich glaube nicht, denn sie war nie sehr gesellig. Sie hatte einfach ihre Bücher und hat hier die meiste Zeit damit verbracht, obcn in ihrem Zimmer zu lesen. In der Hinsicht ist sie wunderbar!«

»Was ist wunderbar daran, allein in einem Zimmer zu sitzen und Bücher zu lesen?« fragte Anna.

»In diesem Haus *ist* das wunderbar«, sagte Mrs. Soper mit Nachdruck. Sie stand auf und schenkte sich einen zweiten Drink ein. Anna zog Mrs. Hahns Liste hervor und fragte: »Hätten Sie dieser Liste etwas hinzuzufügen? Jemanden, den Thea kannte, den Mrs. Hahn aber entweder aufzuführen vergessen hat, oder von dem sie nichts wußte?«

Mrs. Soper sah sich die Liste an. Sie war kurz, denn sie bestand lediglich aus fünf Namen und Adressen, wobei die von Mrs. Soper obenan stand. Sie sagte: »Nein, tut mir leid. Dies sind die Adressen ihrer drei Privatlehrer.« Sie zeigte auf jede einzelne Adresse und bemerkte dazu: »Bei dem hat sie Geologie, bei dem Wirtschaftswissenschaften und bei dem hier Literatur gehabt. Das hier muß die Adresse ihrer alten Schule sein. Ihr Literaturprofessor ist derjenige, der hätte anrufen sollen, als sie an jenem Donnerstagnachmittag nicht zu seiner Stunde kam.«

»Wer hat sie zuletzt gesehen?«

»Soweit ich mich erinnere, hatte sie am Morgen Wirtschaftswissenschaften. Aber ich weiß nicht, ob das eine Vorlesung oder eine Privatstunde war. Ich habe sie nicht gesehen, als sie das Haus verlassen hat. Der Donnerstagmorgen ist nämlich meiner Aerobicstunde vorbehalten.«

»Wie steht's mit dem Au-pair-Mädchen oder den Jungen?«

»Sie gehen morgens meistens in den Park. Keiner hat sie das Haus verlassen sehen.«

Anna bat, das Telefon benutzen zu dürfen. Der Professor für Wirtschaftswissenschaften hatte Thea zuletzt gesehen, deshalb wollte sie mit ihm beginnen. Seine Frau richtete ihr aus, daß er zum Mittagessen zuhause erwartet würde. Anna könnte um zwei Uhr vorbeikommen. In dem Moment, in dem sie Mrs. Soper die Neuigkeit mitteilen wollte, wurde das Wohnzimmer gestürmt.

»Ich habe Hunger«, brüllte William.

»Dicke Bohnen«, stimmte sein Bruder schreiend ein.

»Fischstäbchen!«

»Fischstäbchen *und* dicke Bohnen«, brüllten beide und verstummten plötzlich, überrascht von ihrer Übereinstimmung. Anna war ebenfalls beeindruckt. Sie verabschiedete sich und verließ eilig das Haus.

4

Eine Mischung aus Sonnenlicht und Staub überzog Chalk Farm mit einem leichten Dunstschleier. London, dachte Anna, brauchte seine ständigen Regengüsse. Bei Marine Ices hielt sie an, um zu Mittag zu essen. Seit über einer Woche hatte es nicht mehr geregnet, und die Leute, die sie durch das Fenster beobachtete, wußten sich mit ihrer Kleidung nicht auf eine so frühe Hitzewelle einzustellen. Die meisten von ihnen hatte die Sonne nur halbherzig akzeptiert: sie trugen zwar Winterhosen oder Wollröcke, waren darüber aber hemdsärmelig oder in Sommerblusen gekleidet.

G.C.G. Stickle, Dipl. oec., Dr. phil. (London), lebte in einer Wohnung, die sich über Keller- und Erdgeschoß erstreckte und an einer von der Englands Lane abzweigenden Straße lag. In der kalten, dunklen Küche hatten sich die Überreste des Winters gehalten. Mrs. Stickle, wie wildentschlossen eine Omelettepfanne ausgewischt hatte, als Anna hereingebeten worden war, konnte überredet werden, zwei Tassen schwachen Nescafés zuzubereiten. Der Küchentisch war mit Wok-Kochbüchern und Flugblättern übersät, die die Aufschrift »Rettet die Wale« trugen. Es war jedoch kein Wok zu sehen.

»Ein bemerkenswertes Mädchen, diese Thea Hahn«, sagte George Stickle, während er seine goldumrandete Brille zurechtrückte. Er war ein dünner, schäbig wirkender Mann um die Fünfzig, der sich anscheinend versuchte, mit seinem Kleidungsstil seinen Studenten anzupassen. Seine Frau warf ihm einen scharfen Blick zu und begann, einen Lampenschirm aus Bast zu reparieren. »Für ein Mädchen hat sie außergewöhnliche analytische Fähigkeiten«, fuhr er fort. »Ein wirklich phänomenales Gedächtnis. Sie wird es weit bringen.«

»Ich fürchte, sie hat es schon weit gebracht«, sagte seine Frau mit einem Anflug von Selbstzufriedenheit. Anna konnte nicht erkennen, ob es Neid oder Vergnügen an der eigenen Gewitztheit war. Sie fragte: »Thea ist am Morgen des Tages, an dem sie verschwunden ist, hierhergekommen, oder?«

»Das ist richtig«, meinte George Stickle. »Es war eine rein private

Vereinbarung zwischen ihren Eltern und mir. Man kann es sich heutzutage nicht erlauben, eine solche Gelegenheit auszuschlagen.«

Mrs. Stickle zog ärgerlich die Luft ein und zerrte an einem Bastfaden. Anna fragte: »Was für ein Mädchen ist Thea? Ist Ihnen irgend etwas Ungewöhnliches aufgefallen?«

»Keineswegs«, sagte er stirnrunzelnd. »Sie war sehr ruhig. Aber natürlich ist sie immer sehr ruhig. Und wie gewöhnlich hatte sie ihre Aufgaben gemacht und das Lesepensum geschafft. Im Gegensatz zu den anderen beiden, falls ich das hinzufügen darf. Ich wünschte, ich hätte mehr Studenten von der Sorte. Dann könnte das Unterrichten zu einem wahren Vergnügen werden.«

»Wer sind die beiden anderen?« fragte Anna.

»Ach ja.« Er warf seiner Frau einen flüchtigen Blick zu. »Ich habe zwei Studenten aus dem Grundstudium, die das gleiche Gebiet behandeln, und gelegentlich legen wir die Privatstunden zusammen.«

»Waren sie am Donnerstag auch da?« fragte Anna. »Wie heißen sie?«

»David Rietz und Mary Foley«, erwiderte er. »Mr. Hahn wird gewiß nichts dagegen einzuwenden haben, daß Thea gelegentlich ihre Privatstunden mit anderen Studenten teilt, oder?«

»Ich wüßte nicht warum«, pflichtete Anna ihm bei.

»Ihre Adressen müssen irgendwo im Arbeitszimmer sein«, sagte er im Aufstehen. »Ich würde Sie ja bitten, mit mir zu kommen, aber im Moment korrigiere ich gerade Arbeiten.« Er ließ Anna und seine Frau in Schweigen zurück. Nach einigen Minuten räusperte sich Mrs. Stickle und sagte: »Repression. Klassisches Beispiel für eine Analneurose.«

»Was?«

»Thea Hahn. Erfolgsmenschen im allgemeinen. Konsumieren Wissen, geben nichts davon an andere ab.«

Anna kratzte sich am Ohr; ihr fiel nichts ein, was sie hätte sagen können. Mrs. Stickle verzog ihren Mund und wandte sich wieder ihrer Bastarbeit zu.

George Stickle kehrte mit einem Blatt Papier in der Hand zurück. »Ich hoffe, es bringt Sie weiter«, sagte er, als er es ihr reichte. »Es ist nicht so, als hätten sie viel miteinander zu tun gehabt. Aber man kann ja nie wissen.« Anna bedankte sich. »Nein«, fuhr er fort. »Leider kann ich mich an nichts Ungewöhnliches beim letzten Treffen mit Thea erinnern. Sie wirkte wie immer. Sie hat nichts darüber gesagt, wohin sie gehen würde, oder etwas in der Art.«

Anna erhob sich. »Würden Sie mich bitte benachrichtigen, falls

Ihnen doch noch etwas einfällt, oder falls Ihnen etwas zu Ohren kommt?« Sie gab Mr. Stickle ihre Visitenkarte. Mrs. Stickle seufzte mißmutig und brachte sie zur Tür.

Als sie, mit den Beinen an den Plastiksitzen klebend, wieder im Renault saß, konsultierte Anna nochmals ihre Liste. J. S. Tulloch, MA (Oxford), wohnte in Maida Vale, in der Nähe von David Rietz' Wohnung in Notting Hill Gate, das wiederum auf ihrem Nachhauseweg lag. Anna schwitzte und hatte das Bedürfnis nach einer Tasse Tee; deshalb machte sie sich auf den Weg nach Maida Vale. Zudem war sie müde. Schuld waren nicht so sehr die Hitze oder der frühe Arbeitsbeginn, als vielmehr das Gefühl, jedem, den sie heute getroffen hatte, unterlegen gewesen zu sein. Sie war mit sechzehn von der Schule gegangen und hatte die mittlere Reife gerade gut genug abgeschlossen, um bei der Londoner Polizei angenommen zu werden. Das war alles. Leute mit wenig Bildung verachteten sie deshalb oder überschätzten ihre Position.

Sie wußte, daß Leute mit herausragenden akademischen Qualifikationen auf anderen Gebieten ziemlich ungeschickt sein konnten, aber das änderte nichts daran, daß sie sich in ihrer Gesellschaft klein und unbedeutend vorkam.

J. S. Tullochs Haus gehörte zu einer Reihensiedlung, in der es keine Vorgärten gab. Ein Zeitungshändler, eine Gemüsehandlung, ein Waschsalon und ein indisches Restaurant paßten sich unauffällig in die Häuserfront ein. Papiertüten und Staub im Rinnstein wurden von jedem vorbeifahrenden Wagen aufgewirbelt, und einige Katzen hatten es sich auf den Treppenabsätzen bequem gemacht, um dort zu schlafen.

Ein magerer, zirka sechzehn Jahre alter Junge öffnete die Tür. Er trug einen ordentlichen blauen Anzug, aus dem er an Armen und Beinen herausgewachsen war. Er sagte: »Mom ist mit meiner Schwester im Schlafzimmer. Ich hole sie eben.« Seine Augen waren gerötet.

»Eigentlich wollte ich Mr. Tulloch sprechen«, wandte Anna ein.

»Oh.« Der Junge schwieg einen Augenblick, wobei er ihr Gesicht fixierte. »Sie wissen es also noch nicht? Mein Vater ist tot. Ich dachte, Sie wären gekommen, um Mom zu sprechen. Die Leute kommen schon seit Tagen vorbei.«

»O nein! Das tut mir sehr leid«, sagte Anna. Diese Reaktion erschien ihr unpassend. »Ist mit dir alles in Ordnung? Kann ich mich irgendwie nützlich machen?« Auch diese Fragen wirkten lächerlich; sie kannte den Jungen ja nicht. Er erwiderte: »Ich wünschte, es gäbe für mich selbst etwas zu tun. Ich hänge nur faul herum, gehe ans

Telefon und öffne die Tür. Ich kann mich noch nicht einmal um meine Mutter kümmern. Das Haus ist voll mit Leuten, die das erledigen.«

»Aber später wird sich das ändern«, sagte Anna. »Nach der Beerdigung, wenn alle wieder ihren eigenen Beschäftigungen nachgehen.« Langsam wurde sie in die Sache hineingezogen.

»Es wird keine Beerdigung geben«, erzählte er ihr, während er sich mit seinen Augen wie mit Händen an sie klammerte. »Die Sache wird zu keinem richtigen Abschluß kommen. Das ist mir gestern nacht klargeworden. Vielleicht ist das der einzige Sinn und Zweck von Beerdigungen. Ist das nicht der springende Punkt bei allen Ritualen: keinen Zweifel daran zu lassen, daß sich endgültig etwas geändert hat?« Sie standen noch immer auf der Eingangstreppe. Auf seltsame Weise schien diese der geeignete Ort für eine solche Unterhaltung zu sein. Anna sagte: »Das nehme ich an.« Und dann, unwillig, weil sie nicht fort konnte: »Warum wird es keine Beerdigung geben? Was ist passiert?«

»Es war ein Unfall, beim Schwimmen«, sagte er und klang plötzlich sehr erschöpft, fast gelangweilt. »Sie können die . . . ihn nicht finden!«

»Das muß schrecklich für euch sein!«

»Ja. Die meiste Zeit will Mom nicht glauben, daß es tatsächlich passiert ist. Ich wünschte, sie würde es tun. Hoffnung kann so pathetisch sein.« Seine Augen wurden feucht, und er putzte sich mit einem nicht mehr ganz frischen Taschentuch die Nase. »Was wollten Sie von meinem Vater? Vielleicht kann ich Ihnen weiterhelfen.«

»Es ging um eine seiner Studentinnen«, sagte Anna. Er wollte so sehr abgelenkt werden. »Thea Hahn. Sie wird vermißt.«

»Das Hirn?« fragte er. »Verrückt. Sie ist nur ein paar Monate älter als ich. Aber sie könnte von einem anderen Planeten sein. Ich habe sie nur ein paarmal getroffen. Sie hat mir Angst und Schrecken eingejagt.«

»Wieso?«

»Ach, wissen Sie, alle waren so von ihr beeindruckt.« Er schien sich nicht konzentrieren zu können. »Und ich weiß noch nicht einmal, ob ich die mittlere Reife schaffe. Jetzt kann Daddy das nicht mehr herausfinden, oder?«

»Sieh es lieber anders, sonst machst du es dir nur unnötig schwer«, sagte Anna mitfühlend. Sie wußte nicht, wie sie sich von ihm verabschieden sollte. Schließlich gab sie ihm ihre Visitenkarte und sagte: »Hör zu, vielleicht sehnst du dich in ein paar Tagen ja nach einer anderen Umgebung. Ruf mich dann einfach an, oder komm vorbei. Wie heißt du eigentlich?«

»Sam«, sagte er. »Meinen Sie das im Ernst? Manchmal halte ich es im Haus nicht aus. Die Atmosphäre ist irgendwie erdrückend.«

»Es ist mir Ernst«, sagte Anna in der Hoffnung, daß sie es wirklich so meinte. Zum einen war es das Schuldgefühl, mit einer, wie es jetzt schien, relativ unwichtigen Angelegenheit in Sams große Tragödie eingebrochen zu sein, zum anderen war es Sam selbst, in seinem blauen Anzug, aus dem er herausgewachsen war, in einem Alter, in dem er zwar wie ein Kind reagierte, sich gleichzeitig aber dazu zwang, wie ein Erwachsener aufzutreten.

Als sie sich verabschiedete, hielt er ihr die Wagentür auf und bedankte sich auf eine ungeschickt formelle Art für ihren Besuch, die sie für ihn sehr traurig werden ließ.

5

David Rietz war ein Mensch, dem keiner Bedauern entgegenbringen konnte. Er sah gut aus, war jung, intelligent und arrogant. Zudem war er *stoned*. Er saß in einem mitgenommenen Schaukelstuhl, mit einem Ausdruck entrückten Glücks auf seinem Gesicht, der an Schwachsinnigkeit grenzte, sobald er vor und zurück zu schaukeln begann. Auf dem ungemachten Bett lag seine Freundin. Sie war so unordentlich gekleidet, daß es schwerfiel zu entscheiden, wo ihre Kleidung begann und wo das Bettzeug aufhörte. Ein Rauchschleier, dicht wie Nebel, hing unter der Zimmerdecke.

»Komm schon«, murmelte er. »Es ist gutes Zeug. Nimm ruhig.«

»Im Moment nicht«, sagte Anna, die die ausgestreckte Hand mit dem dicken Joint ignorierte. Allein vom Hinsehen wußte sie, daß es gutes Zeug war. Und wenn nur ein Fenster offenstünde, würden die Nachbarn es auch wissen. Wäre der Wind günstig, wüßte es bald halb London.

»Komm schon«, wiederholte er. »Ich kann nicht mit dir reden, wenn du klar bist. Oder hast du Angst vorm Highsein?«

»Hau ab«, meinte sie gereizt. »Ihr verdammten Kiffer seid doch alle gleich.«

»Yeah, laß sie in Ruhe«, schaltete sich seine Freundin ein. »Du benimmst dich wie ein Fascho, wenn du high bist.« Davids Gesicht verschmolz zu einem verträumten, aber höhnischen Lächeln, während er vor und zurück schaukelte. »Eine monströse Armee von Frauen«, sagte er. »Die eine will was über das Hirn wissen und sagt mir, daß ich abhauen soll. Die andere will mich heiraten und wirft mir Beleidigungen an den Kopf. Ihr Girls habt die Fähigkeit zur Manipulation verloren.«

»Willst wohl verhätschelt und vertätschelt werden oder Komplimente hören, was?« meinte seine Freundin, während sie sich zu so etwas wie Ordnung aufraffte. »Wie wär's denn damit? Du bist ein aufgeblasener, geistig saft- und kraftloser kleiner Scheißer. Du gehörst angeblich zur akademischen Elite, und höchstwahrscheinlich bringst du es irgendwann zu Macht und Einfluß. Gott bewahre. Ich hab' die Schnauze voll.« Sie stand auf; ihr schmuddeliger Rock löste sich von dem schmuddeligen Laken. Er lachte und reichte ihr den Joint. Sie zog daran, soweit es ihre Lungen zuließen, und hielt den Atem an. Als sie mit einem langen Seufzer ausgeatmet hatte, fiel sie auf das Bett zurück. Wieder lachte er. »Das macht sie einmal die Woche«, sagte er. »Sie meint es nicht so. Sie selbst gehört angeblich zur akademischen Elite und ist auf mich angewiesen.«

»Ich meine es ernst. Das ist das Tragische«, sagte sie, legte sich hin und schloß die Augen. »Wer ist überhaupt diese Thea Hahn?«

»Eine tiefsinnige Frage«, meinte David, der gegen die Zimmerdekke starrte, als würde ein fantastischer Film darauf projiziert werden. »Vielleicht kann das Mädchen mit den bernsteinfarbenen Augen uns Aufklärung verschaffen?!«

»Ich?« fragte Anna, die der beiden überdrüssig zu werden begann. »Ich weiß nur, daß sie vermißt wird. Ich selbst habe sie nie gesehen. Im Gegensatz zu dir. Wenn ihr zusammen von George Stickle weggegangen seid, bist du wahrscheinlich sogar der letzte, der sie gesehen hat.«

»Der gute alte George«, sinnierte David. »Der König der Stumpfsinnigen. Und du mußt ähnlich stumpfsinnig sein, wenn du nicht kapiert hast, daß das Hirn unergründlich war.«

»Verdammt, ich brauche keine Charakteranalyse«, sagte Anna eisig. »Ich will nur wissen, wohin sie nach dem Unterricht gegangen ist, mit wem sie befreundet war. Solche langweiligen Fakten.«

»Ach ja, die Fakten«, erwiderte er mit einem übertriebenen Seufzen. »Dinge, von denen man sicher weiß, daß es sie gegeben hat. Wahrheitsdaten. Geehrte Fremde, es gibt keine.«

»Mist«, sagte Anna im Aufstehen. »Ich red' mal mit dir, wenn du wieder nüchtern bist.«

»Das kannst du gerne versuchen«, sagte er und starrte sie an. »Komm das nächste Mal, wenn ich allein bin. Wir könnten gemeinsam die Tatsachen des Lebens ergründen, falls es Tatsachen sind, hinter denen du her bist.«

Seine Freundin schwieg dazu. Es schien als wäre sie bewußtlos geworden. Anna erklärte: »Schluß für heute mit den Tatsachen!« und verabschiedete sich. Auf dem ganzen Weg die Treppe hinunter meinte sie, ein verächtliches Lachen zu hören. Das Leben war zu kurz, um auch nur einen Bruchteil davon auf Leute wie David Rietz zu verschwenden. Sie stieg in den Wagen und fuhr nach Hause.

In ihrer Wohnung war es heiß und stickig. Die Pflanzen ließen die Köpfe hängen. Anna öffnete alle Fenster und füllte die Gießkanne mit Wasser. Auf dem Fensterbrett in der Küche standen Basilikumsetzlinge, die sie am Morgen vergessen hatte zu gießen. Zudem war das Bett noch nicht gemacht. Zu früh begonnenes Tagewerk zog Versäumnisse nach sich.

Sie goß die Pflanzen und machte das Bett. Dann setzte sie einen Tee auf. Selbst verspätete Tugend verlangte nach Belohnung. Tee, dachte sie, konnte die Lösung für alle Probleme sein: Ist dir kalt, wärmt er dich auf; ist dir warm, sorgt er für Kühlung; bist du fertig, muntert er dich auf, und bist du frustriert, wie jetzt, dann gibt dir das Teekochen etwas zu tun.

Mit der Tasse in der Hand lief sie in ihrem Wohnzimmer umher und betrachtete mit Vergnügen die Details, mit denen sie sich ihr Leben eingerichtet hatte: alle vollkommen normal und verständlich – eine japanische Vogelzeichnung an der Wand, das Splashbild von Hockney über dem Kamin, die Stereoanlage, Platten, die selbstgebauten Regale, der abgenutzte türkische Teppich, den sie auf eine Auktion erstanden hatte.

Selwyn klopfte an und kam ohne Aufforderung herein.

»Ich bin völlig durchschnittlich, oder?« fragte Anna, ohne sich umzudrehen. Sie wußte, daß es Selwyn war, weil er immer über die Türmatte stolperte.

»Keineswegs«, erwiderte Selwyn erstaunt. »Du hast bloße Geschicklichkeit zu Kunst erhoben. Hast du Bier da?«

»Im Kühlschrank.«

Selwyn verschwand in der Küche, und Anna hörte ihn dort herumstöbern. Irgend etwas fiel zu Boden; sie hoffte, daß es nur die Butter wäre. Selwyn war unfallgefährdet – oder, wie er vorzog zu sagen, leblose Objekte hatten es auf ihn abgesehen. Er tauchte, leicht verwirrt, mit einer Bierdose in der Hand wieder auf. »Hm, ja, heute abend wird es wohl Rührei geben müssen«, sagte er entschuldigend. Er setzte sich in einen Lehnstuhl, während Anna die heruntergefallenen Eier aufwischte.

»Was soll an Durchschnittlichkeit so anziehend sein?« fragte er, als Anna sich die Hände gewaschen und mit dem Fluchen aufgehört hatte.

»Ich weiß nicht genau«, erwiderte sie und trank ihren Tee aus. »Ich habe gerade mit einem zugekifften Idioten geredet, der seinen Professor als den König der Schwachsinnigen bezeichnet.«

»Das ändert natürlich alles«, sagte er rülpsend und verschüttete etwas Bier auf sein Hemd, wo es sich den Marmelade- und einigen Tomatenflecken zugesellte. Selwyns Essen tendierte dazu zurückzuschlagen. »Ich meine, das ist zumindest eine Verbesserung gegenüber den Ladendieben und dem heruntergekommenen Volk, mit denen du es sonst zu tun hast. Worum geht es diesmal?«

»Ich bin auf der Suche nach einem jungen Genie.«

»Gib's auf«, sagte Selwyn, breitete seine Arm aus und verschüttete einen großzügig bemessenen Schluck Bier auf den türkischen Teppich.

»Jung?« sagte Anna mit zusammengebissenen Zähnen, während sie den Teppich saubermachte. »Genie? Du bringst es noch nicht einmal fertig, dir Bier in den Mund zu schütten, ohne gleich eine Überschwemmung zu erzeugen; außerdem reimen sich deine Gedichte nicht. Bea muß deine Steuererklärung ausfüllen, und ich wurde dazu angestellt, deine Scheißschreibmaschine zu reparieren. Erzähl mir nichts von Genies.«

»Wo wir schon dabei sind...« sagte Selwyn ein wenig dümmlich. »Von Bea habe ich mir das Versprechen abnehmen lassen, den Rasen zu mähen; jetzt ist es nur so, daß diese runden Dinger vorne am Rasenmäher abgegangen sind, und ich sie nicht wieder draufkriege. Und sie sagt, daß ich auf mein Abendessen peifen kann, wenn ich mich nicht um den Rasen kümmere.«

»Ganz schön unverschämt«, kommentierte Anna. »Meines hast du mir ja gerade schon verdorben. Wieso sollte ich dir dabei helfen, deines zu beschaffen?«

»Komm schon, Anna«, sagte er einschmeichelnd. »Es gibt heute Hühnersalat und Schokoladenpudding. Du weißt, wie sehr ich Schokoladenpudding mag. Für dich bleibt auch was übrig. Klingt das nicht besser als Rührei?«

»Schon möglich«, lenkte sie widerwillig ein. Beas Schokoladenpudding war wirklich gut. »Nur, wenn ich dir den Rasenmäher repariere, wirst du sicher einen Weg finden, damit ich ihn auch benutze.«

»Werde ich nicht«, versprach er nicht sehr überzeugend. »Aber selbst wenn ich es täte, wäre das nur fair. Wir lassen dich immerhin umsonst unseren Garten benutzen – aus reiner nachbarschaftlicher Güte.«

»Nachbarschaftliche Güte, o Gott«, fauchte Anna. »Ich mähe ständig euren Rasen.«

»Außerdem«, setzte Selwyn streitlustig hinzu, »bist du wieder an meiner Zeitung gewesen. Das könnte ich dir auch in Rechnung stellen.«

6

Am nächsten Morgen rief Anna Elgin Underwood an. Er wäre nicht vollberuflich Professor an der Universität, erzählte er ihr, sondern eher eine Art spezieller Einpauker. Er hätte Thea erst fünf- oder sechsmal gesehen. Ja, sie wäre ein außergewöhnliches Mädchen. Nein, er wüßte nichts über sie, außer daß sie einmal ein Seminar in Kunstgeschichte belegt, es dann aber wieder aufgegeben hätte, weil sie der Meinung gewesen wäre, Geologie würde ihr eher zusagen.

Annas Interesse war geweckt. Es war das erste Mal, daß jemand ihr erzählte, Thea hätte aus eigenem Antrieb gehandelt. Sie fragte, wer das Seminar unterrichtet hätte. Elgin Underwood wußte es nicht. Anna könnte am Nachmittag vorbeikommen, falls sie glaubte, daß es von Nutzen wäre. Anna lehnte das Angebot ab. Statt dessen rief sie Danielle Soper an.

»Das ist richtig«, sagte Mrs. Soper. »Eine Frau. Sie ist früher mal an der Designerschule von Courtauld gewesen. Ihr Vorname ist Lynne oder so ähnlich. Wahrscheinlich habe ich irgendwo ihre Adresse.«

»Könnte ich vorbeikommen?« fragte Anna. »Ich wollte mir auch Theas Zimmer ansehen.«

»Wenn Sie sich beeilen«, sagte Mrs. Soper. »Die Jungen sind für einige Zeit nach draußen gegangen, und wenn sie zurückkommen, gehe ich einkaufen.« Es klang, als teilte sie sich ihren Tag so ein, daß sie ihre Kinder so wenig wie möglich sehen mußte. Anna wollte ebenfalls ein Zusammentreffen mit ihnen vermeiden, ließ ihre Kaffeetasse deshalb halb leergetrunken stehen und fuhr direkt nach Islington.

Im Haus war es ungewöhnlich still. Mrs. Soper bat Anna herein und führte sie dann zu Theas Zimmer. Es war abgeschlossen.

»Um die Jungen draußenzuhalten«, erklärte sie und zog einen Schlüssel hervor. »Einmal, als Thea gerade zu uns gekommen war, sind sie in ihr Zimmer gegangen. Es hat sie sehr wütend gemacht. Sie wollen nichts Böses. Es ist einfach nur so, daß alles, was sie anfassen, zu Bruch geht oder zerreißt. Mein eigenes Zimmer halte ich auch abgeschlossen.«

Dieser Raum wirkte ebenso untadelig wie Theas Schlafzimmer in Wimbledon.

»Hat sie selbst aufgeräumt?« fragte Anna, als sie sich umblickte und die in pedantischer Ordnung aufgestellten Bücher und Papiere entdeckte. Nicht einmal ein Taschentuch lag am falschen Platz.

»Wie ich gestern bereits sagte, hat sie absolut keine Mühe gemacht«, seufzte Mrs. Soper. »Ich hätte noch drei mehr von ihrer Sorte im Hause haben können, und es hätte keinen Unterschied gemacht. Selbst die Polizisten, die hergekommen sind, waren beeindruckt. Ich lasse Sie jetzt allein und suche nach der Adresse.«

Anna seufzte ebenfalls. Diese Ordnung wirkte undurchdringlich. Sie sah unter das Kopfkissen, fuhr mit der Hand unter der Matratze entlang, öffnete sämtliche Schubladen, durchsuchte den Kleiderschrank, stellte die Bücher auf den Kopf, und fand nicht einmal ein Bonbonpapier.

»Das ist einfach nicht normal«, sagte sie, als Mrs. Soper zurückkam. »Ich kann nichts finden, was darauf hinweisen würde, daß Thea außerhalb ihres Kopfes existierte. Und was sie sich da reingepaukt hat, sind für mich böhmische Dörfer.«

»Nach was suchen Sie denn?« fragte Mrs. Soper.

»Ich weiß nicht genau – irgendwas«, sagte Anna. »Wenn man die Taschen anderer Leute durchsucht, findet man normalerweise Busfahrkarten, Quittungen, einen Briefumschlag – irgend etwas, das darauf hinweist, wo sie gewesen sind, wofür sie ihr Geld ausgegeben haben. Und eines führt dann zum anderen.«

»Thea war schon immer ein ordentliches Mädchen«. Mrs. Soper schien verwirrt. Sie war nicht gewohnt, daß jemand für seine Ordnungsliebe kritisiert wurde.

Als letzte Möglichkeit zog Anna die einzige Schublade von Theas Arbeitstisch auf und fand zwei leere Notizbücher sowie eine Menge unbeschriebenen Papiers. Unter dem Papier lag jedoch ein gerahmtes Foto von Mr. und Mrs. Hahn. Das Glas war zerbrochen.

»Ach du liebe Güte«, meinte Mrs. Soper, als Anna es ihr zeigte. »Die Jungen müssen es kaputtgemacht haben. Thea würde kein zerbrochenes Glas auf ihrem Schreibtisch wollen.«

»Hm«, murmelte Anna nachdenklich, als sie zur Tür ging. »Dürfte ich noch mal Ihr Telefon benutzen? Ich möchte diese Kunsthistorikerin gern einmal sehen.«

Die Kunsthistorikerin war eigentlich Malerin und Restauratorin. Ihr Studio, eine spärlich möblierte Wohnung im Erdgeschoß, lag am nördlichen Ende der West End Lane. Man konnte die Eisenbahn zwar hören, sie aber nicht sehen, und an der Nordseite gaben Fenster den Blick auf einen verwilderten, grünen Garten frei.

Lynne McCain war in den Vierzigern und hätte eine schöne Frau sein können, wenn ihr daran gelegen gewesen wäre. Ihr dunkles Haar begann grau zu werden; sie war schlank, trug aber ein weites, kragenloses Männerhemd. Sie hatte lange, wohlgeformte Hände, doch ihre Fingernägel waren schmutzig.

Fünf Minuten nach Annas Ankunft hatte sie zwei Tassen starken Tees gebraut, und nun saß sie völlig entspannt im Schneidersitz auf einem abgenutzten, alten Sofa und wartete auf Annas Fragen. Anna mochte sie von Anfang an.

»Es war die Idee ihrer Eltern«, sagte sie nach einiger Zeit. »Ein bißchen Kunst zum Ausgleich für Mathematik und Naturwissenschaften. Sie hatten die Befürchtung, daß Thea sich zu früh spezialisieren könnte. Stimmt schon, das Mädchen war im Visuellen ein Analphabet. Und sie haben gut bezahlt.«

»Aber?« fragte Anna, während sie im Zimmer umherging und all die seltsamen Dinge berührte, die zu Lynne McCains Handwerk gehörten: eine in roten Samt gehüllte Schneiderpuppe, einige Gipsabgüsse von einer Männerhand, ein Punktstrahler, geätzte Zinkplatten, Seemuscheln, Steine in den seltsamsten Farben, Farbeimer und -tuben sowie Pinsel.

»Nun ja, mit dem Malen ist es so eine Sache«, sagte Lynne mit einem Achselzucken. »Entweder man macht's oder man läßt es bleiben. Wenn man sich nicht auf die eine oder die andere Art zum Malen hingezogen fühlt, hilft auch keine Theorie weiter. Ich meine, ich konnte ihr zum Beispiel ein Buch über Giotto geben, und wenn sie das nächste Mal kam, wußte sie alles über Giotto, aber er bedeutete ihr gerade so viel wie mir $e = mc^2$. Ich hätte bei ihr Stunden nehmen sollen. Mich interessieren zumindest die Implikationen von $e = mc^2$.«

»War es vorgesehen, daß Sie ihr beides, das Malen und den historischen Kram beibringen?«

»Das war ursprünglich die Idee.« Lynne runzelte die Stirn und erinnerte sich. »Es war ziemlich lachhaft. Das arme Mädchen ist jedesmal förmlich zu Eis erstarrt, wenn ich ihr einen Bleistift in die Hand gedrückt habe. Sie konnte einfach nichts machen, deshalb habe ich ihr zum Schluß statt dessen Dias gezeigt. Reine Zeitverschwendung, darin waren wir uns hinterher einig.«

»Wieso diese Erstarrung?«

»Sie hat nichts dazu gesagt. Aber nachdem ich sie eine Weile beobachtet hatte, habe ich mir gedacht, es könnte daran liegen, daß sie nicht wußte, wie sie es hätte richtig machen können.«

»Aber«, sagte Anna neugierig, »um ihr das beizubringen, waren Sie doch da.«

»Nun ja...«, meinte Lynne lächelnd. »Vielleicht ist das der Punkt, an dem sie mehr über die Sache weiß als Sie oder ich. Sehen Sie, ich kann ihr schon etwas beibringen: wie man etwa Gegenstände sehen kann, eine Linie zieht oder die Widerspiegelung des Lichts einfängt, aber ich kann ihr nicht zeigen, wie man es richtig macht. Das geht einfach nicht. Man kann alle Regeln der Kunst brechen, und, wenn man Glück hat, trotzdem etwas Schönes schaffen. Das einzige, was man nicht kann, ist, es richtig zu machen. Nun ja, es ist schon möglich, aber das Malen ist eine so subjektive Angelegenheit, daß es selten vorkommt.«

»Was natürlich faszinierend oder beängstigend sein kann, je nachdem, von welcher Seite man es sieht«, gab Anna zu bedenken.

»Es ist schon seltsam«, sagte Lynne und nickte zustimmend. »Es gibt zum Beispiel wirklich alte Leute, so um die achtzig, von denen der Rest der Welt behauptet, sie wären Meister ihres Fachs, und doch sieht man, daß sie nie aufgehört haben zu lernen: daß sie zu immer neuen Versuchen ansetzen und immer wieder an Dingen scheitern, die sie mit achtzehn schon nicht beherrscht haben. Man muß entweder sehr viel Ausdauer mitbringen oder mit Leidenschaft an die Sache rangehen, oder vielleicht sogar ein bißchen langsam im Denken sein. Ich weiß es nicht so genau.«

»Thea ist nicht langsam im Denken.«

»Nein«, stimmte Lynne ihr zu. »Aber ich hatte das Gefühl, daß sie Angst hat.«

»Wovor?«

»Darüber hat sie nie geredet. Vielleicht nicht einmal vor etwas Bestimmtem. Sie hat mir ziemlich leid getan.«

»Seltsam«, sagte Anna nachdenklich. »Alle anderen scheinen sie zu beneiden.«

»Wenn es Sie interessiert: ich habe eine Zeichnung von ihr gemacht.« Lynne stand auf und kramte in einer Zeichenmappe. »Hier ist sie.«

Anna sah sich das Blatt an. Es war eine Bleistiftzeichnung. Die Konturen des Kopfes und die Gesichtszüge kamen ihr bekannt vor, doch Lynne hatte mehr darin gesehen und in wenigen Zeichenstrichen etwas ausgedrückt, das sich auf keinem der Fotos finden ließ. Anna konnte nicht genau bestimmen, was es war, doch hatte Lynne hier ein unerwartetes Moment von Sensibilität und Verwundbarkeit zum Ausdruck gebracht. Lynne steckte die Zeichnung wieder weg. Sie sagte: »Nun, ich wünschte, ich könnte irgendwie behilflich sein. Im Moment geht es nicht darum, wie sie war, sondern wo sie stecken könnte.«

»Eben«, sagte Anna und gab sich einen Ruck. »Da sind noch ein paar Leute, die ich treffen muß, aber bis jetzt gibt es noch keine konkreten Hinweise.« Plötzlich wurde sie besorgt. Für sie war es nichts Ungewöhnliches, sich um jemanden, den sie noch nie gesehen hatte, Sorgen zu machen. Sie wurde immer ein wenig in die Sache verwickelt, wenn sie intensiv nach jemandem suchte. Doch das Gespräch mit Lynne und besonders die Zeichnung, die sie gesehen hatte, gaben ihr ein Gefühl von Dringlichkeit.

7

Viele der in England vermißten Jugendlichen kommen zum West End. Auf den ersten Blick ist es unmöglich zu erkennen, nach welchen gefahndet wird und nach welchen nicht, weil die meisten von ihnen ohnehin einen Eindruck von Verlorenheit erwecken.

Anna, die auf ihrem Weg nach Southwark, wo Mary Foley ein Zimmer hatte, durch das West End fuhr, sah sich besonders aufmerksam die Jugendlichen an, die dort durch die Straßen streiften oder unter der Statue des Eros herumlungerten: Jugendliche, die blaß oder müde aussahen, Jugendliche, die um elf Uhr morgens schon *stoned* waren, Jugendliche, die wirkten, als hätten sie vor Wochen ihre letzte warme Mahlzeit gehabt oder ein Bad genommen. Wieder war schönes Wetter, und sie sah sie überall: Jeder von ihnen war jemandes Tochter oder Sohn.

Mrs. Hahn war sich sicher, daß Thea keine Aussteigerin war. Aber Anna wußte, daß Jugendliche aus unerfindlichen Gründen von zuhause wegliefen, und ohne Geld oder Unterstützung durch die Familie war es eine Sache von wenigen Tagen, bis sie schmutzig oder abgemagert waren.

Sie überquerte den Fluß bei der Waterloo Bridge und suchte sich ihren Weg durch das Straßenviertel hinter dem Bahnhof.

Es war nur verständlich, wenn jemand, der das Haus, in dem Mary Foley wohnte, zum ersten Mal sah, meinte, daß auch sie heruntergekommen wäre. Es war ein besetztes Haus mit zugenagelten Fenstern; die Farbe blätterte von der Hauswand, und der Putz war rissig. Die

Treppe gab unter den Füßen nach, und es sah aus, als würde ein Stoß reichen, um sie in sich zusammenfallen zu lassen. Aber Mary war eine Studentin, die sich mit Hilfe eines Stipendiums durchschlug.

Umgeben von Büchern, lag sie auf einer Matratze und schrieb ein Essay zu Ende.

»O ja, unser kleines Genie«, meinte sie und lud Thea vergnügt ein, neben ihr Platz zu nehmen. »Abgehauen, was? Komisch. Ich hätte nicht gedacht, daß sie das Zeug dazu hat. Sie hat mich wahnsinnig gemacht, echt. Es hat mich verdammt viel Schweiß gekostet, dahin zu kommen, wo ich jetzt bin, und sie hat nicht einen Finger rühren müssen.«

»Das letzte Mal, daß du sie gesehen hast, als ihr von den Stickles weggegangen seid, habt ihr da miteinander geredet?« Anna schob ein Buch beiseite, das sich ihr in die Wirbelsäule bohrte. »Hat sie gesagt, wohin sie gehen wollte?«

»Sie hat fast nie ihren Mund aufgemacht«, erwiderte Mary. »Kann mich wirklich nicht erinnern. Vielleicht hat sie was über eine Englischstunde gesagt, aber das kann auch ein anderes Mal gewesen sein. Frag David Rietz, sie sind in die gleiche Richtung gelaufen. Aber nimm dich in acht. Er mag ja was auf dem Kasten haben, aber er kann auch ein Schwein sein.«

»War irgendwas Besonderes los?«

»Mit Dave ist immer was Besonderes los. Aber frag mich nicht. Ich rede kaum noch mit ihm. Letztes Semester hat er einen Freund von mir fertiggemacht. Kommt sich manchmal wie Mr. Potenz persönlich vor. Das Blöde ist, daß es bei einigen meiner Kumpels dasselbe ist.«

»Und Thea?«

»Was weiß ich? Ich hätte ihr nichts als brillante Ideen zu abgehobenen Themen zugetraut. Aber stille Wasser, wie es so schön heißt . . .«

»Ja, ja.« Anna erhob sich.

»Frag David«, sagte Mary und nahm einen Stift in die Hand. »Tut mir leid, daß ich nicht weiterhelfen kann. Ein paar von uns müssen büffeln, um die Prüfungen zu schaffen.«

Sie suchte ihr Essay wieder zusammen, als Anna sie verließ und über die wackelige Treppe in das warme Sonnenlicht zurückging.

Zu dieser Zeit waren mehr Leute als gewöhnlich auf der Straße. Wie ein Schwamm das Wasser aufsaugt, so hatte der warme Tag die Leute aus ihren Häusern und Büros gelockt, und die Fahrt nach Notting Hill Gate dauerte dementsprechend lange, was Anna zum Schwitzen brachte. Als sie dort ankam, war David Rietz nicht da. Es blieb ihr nichts anderes übrig, als auf ihn zu warten. Nach einer Stunde fühlte sie sich so gelangweilt, daß sie im Büro anrief.

Beryl sagte: »Wo stecken Sie denn, um Gottes willen? Melden Sie sich denn nie zurück?«

»Nur wenn unbedingt nötig«, erwiderte Anna. »Wieso?«

»Kommen Sie sofort hierher.«

»Warum? Ich habe zu tun«, sagte Anna, die sich einige Sekunden zuvor gefragt hatte, wie um Himmels willen sie die Langeweile überstehen sollte. Beryls Talent, Autorität auszuüben, hatte oft diesen Effekt.

»Das Mädchen, nach dem Sie suchen. Sie ist wieder aufgetaucht, und das bestimmt nicht dank Ihrer Hilfe«, sagte Beryl, die keinen Versuch machte, ihre Selbstgefälligkeit zu verbergen. »Hier ist jemand, der Sie sprechen will. Also kommen Sie sofort ins Büro.«

Anna sagte: »Oh, ich bin gleich da«, und fühlte sich wie am Boden zerstört, als sie den Hörer auflegte.

Eigentlich hätte die Fahrt von Notting Hill Gate zur Kensington Street nur zwei Minuten dauern sollen, aber als Anna schließlich in der Privatdetektei Brierly die Treppe hinaufrannte, hatte sie bereits zwanzig Minuten vergeblich damit zugebracht, einen Parkplatz zu finden. Da Beryl Geldbußen für Falschparken nicht zu den Spesen schlug und Anna mit Verkehrspolizisten gewöhnlich kein Glück hatte, stand sie kurz vor einem Wutausbruch. Nur der beruhigende Anblick von Bernie Schillers massiger Gestalt am oberen Treppenabsatz konnte sie davon abhalten herauszuplatzen.

»Zähl bis zehn, meine Liebe«, riet er ihr und grinste ihr in das erhitzte Gesicht. »Lauf da besser nicht so rein. Das bringt dich von vornherein in eine ungünstige Position.«

»Eins . . . zwei«, keuchte Anna. »Wie geht's, Bernie? Drei . . . vier.«

»Mittelmäßig«, erwiderte Bernie. »Ich hab' heute nachmittag frei. Zwei Tage beim Gericht . . . was für eine Zeitverschwendung.«

»Erst wenn Sie die Sache zu einem Ende gebracht haben«, fuhr Beryl sie an, die aus ihrem Büro gekommen war und nun, die Hände in den Hüften, im Flur stand. »Sie sind das letzte, Anna, laufen immer in der Gegend herum und geben nie telefonisch durch, wo Sie sind. Sie werden sich ins Zeug legen müssen. Der Chef hat ein paar Funkgeräte bestellt, die nächste Woche zum Einsatz kommen sollen.«

»Funkgeräte!« meinte Anna entrüstet. »Sie wollen uns wohl an die Leine legen!«

»Unzuverlässige Dinger, diese Funkgeräte«, sagte Bernie gelassen und blinzelte Anna zu.

»O ja, sehr unzuverlässig«, sagte Anna und prustete los. Beryl schien verwirrt. Sie sagte: »Gehen Sie rein, um Gottes willen. Sie haben den halben Morgen auf Sie gewartet.«

Anna klopfte an und betrat Mr. Brierlys Büro.

Mr. Brierly saß mit dem Rücken zum Fenster. Sein Besucher saß an der anderen Seite des Schreibtisches und trank eine Tasse Kaffee; seinem Gesichtsausdruck zufolge war es nicht die erste an diesem Morgen. Offensichtlich erleichtert, sagte Mr. Brierly: »Miss Lee, darf ich vorstellen: Mr. Embury, der Rechtsanwalt der Hahns.«

»Wie geht es Ihnen?« fragte Anna und schüttelte ihm die Hand.

Mr. Embury meinte ohne jegliche Einleitung: »Ich habe hier ein Schreiben, das Sie als Vertrauensperson von Mr. Rodney Hahn berechtigt, seine Tochter Thea in Ihre Obhut zu nehmen.« Anna starrte ihn an. Sie hatte noch nie einen so korrekten Mann gesehen. Es kam ihr vor, als hätte er ein Senkblei benutzt, um den genauen Sitz seiner Krawatte daran auszurichten. Selbst der Glanz auf seinem Brillengestell wirkte wie poliert. Offensichtlich ging er davon aus, daß seine Worte keiner weiteren Erklärung bedürften, deshalb fragte Anna: »Wovon?«

»Von wo«, korrigierte Mr. Brierly sie abwesend. Er riß sich zusammen und fuhr fort: »Thea liegt in Dorset im Krankenhaus. Das Schreiben gibt Ihnen die Berechtigung, sie von dort abzuholen. Wie es scheint, hatte Miss Hahn einen Zusammenbruch . . .«

»Einen kleinen Zusammenbruch«, korrigierte Mr. Embury ihn. »Nichts, um das Sie sich Sorgen machen müßten. Detaillierte Angaben darüber, wo sie ist, und wohin sie verlegt werden soll, finden Sie in dem Dokument, das dem Schreiben beigefügt ist.« Er reichte ihr einen Briefumschlag, an dem ein dickes, weißes Blatt Papier befestigt war. Anna nahm ihn an sich und fragte: »Wieso war sie in Dorset?«

Mrs. Hahn erhielt heute morgen telefonisch die Nachricht von ihrem jetzigen Aufenthaltsort«, sagte Mr. Embury steif. »Bis jetzt gibt es keine weiteren Erklärungen. Und Mr. Hahn hat mich gebeten, Ihnen folgendes mitzuteilen: Es ist sein ausdrücklicher Wunsch, daß Sie zu keinem Zeitpunkt mit dem Krankenhauspersonal und/oder irgend jemand anderem, der an Mr. Hahns privaten Angelegenheiten Interesse zeigt, sprechen sollten.«

»Hat er viele Privatangelegenheiten?« fragte Anna voreilig.

»Diese Frage ist überflüssig«, sagte Mr. Brierly schnell. »Mr. Embury, wir stehen in dem Ruf, Dinge vertraulich und diskret zu behandeln. Miss Lee ist in dieser Hinsicht absolut verläßlich.« Mr. Embury sah sie zweifelnd an. Anna beugte sich über das angeheftete

Blatt Papier. Sie meinte: »Für Hin- und Rückfahrt werde ich zusammengenommen fünf bis sechs Stunden brauchen.«

»Ich werde sowohl das Krankenhaus wie auch die Privatklinik unterrichten«, sagte Mr. Embury. »An beiden Stellen wird man auf Ihre Ankunft vorbereitet sein. Sobald Sie Ihren Auftrag ausgeführt haben, rufen Sie bitte Mr. Brierly an.«

»Ich schlage vor, daß Sie sich auf den Weg machen«, sagte Mr. Brierly schnell. »Wir haben schon genug Zeit vergeudet.« Er wirkte verlegen. Wenn jemand in seinem Büro Entscheidungen fällte, wollte er es sein.

Anna ging hinaus. »Ihr könnt mich mal«, fluchte sie auf ihrem Weg nach draußen vor sich hin. Johnny Crocker holte sie auf der Treppe ein. Er sagte: »Hast du schon von den Funkgeräten gehört? Das ist mir ja 'ne schöne Freiheit.«

»Unzuverlässige Dinger, diese Funkgeräte«, meinte Anna, deren Laune sich zusehends besserte.

»Wie? Ach so, gute Idee.«

»Bernies Idee«, sagte Anna.

»Schlauer alter Fuchs«, räumte Johnny anerkennend ein.

8

Anna verließ London über die M 3, kam auf der A 30 am Viereckstum der Kathedrale von Salisbury vorbei und bog schließlich in südwestlicher Richtung nach Britmouth ab. Ihre Aufmerksamkeit galt einerseits der Straße, andererseits war sie in Gedanken damit beschäftigt, sich vorzustellen, was sie dem Mädchen sagen würde, das »das Hirn« genannt wurde, wenn sie zum ersten Mal mit ihm zusammentraf. Wie fängt man ein Gespräch mit einer Sechzehnjährigen an, die eine überdurchschnittliche Begabung für reine Mathematik und Astrophysik hatte? Hast du in letzter Zeit einen guten Film gesehen? In welcher Ecke des Schwimmbades sitzt du normalerweise? Ihre eigenen Überlegungen bewiesen Anna, daß ein Mädchen wie Thea vereinsamen konnte, wenn ganz durchschnittliche Leute von ihrem Ruf schon zu eingeschüchtert waren, um sich mit ihr über alltägliche Dinge zu unterhalten.

Je mehr sich der Tag dem Ende zuneigte, desto schräger fiel das Sonnenlicht durch die Windschutzscheibe. Fünfzig Kilometer hinter Salisbury hielt Anna an, um sich ein Sandwich zu kaufen und zu tanken. Es war fest in einer Plastikfolie gewickelt; deshalb nahm das

Auspacken mehr Zeit in Anspruch als das Essen. Aber die Aussicht war umwerfend. Sie hatte am Straßenrand geparkt, und um sie herum breiteten sich ockerfarbene und grüne Felder in einem Patchworkmuster aus, das wie eine nachlässig auf ein ungemachtes Bett geworfene Überdecke wirkte: viele Morgen unbesiedeltes Land, ausgespart, um Getreide zu produzieren. Außer einigen Falken, die hin und wieder über die Landschaft glitten, um dann in ihrem Flug zu verharren, rührte sich nichts. Sie konnte sich vorstellen, daß Mäuse und Kaninchen zwischen den Halmen kauerten.

Doch je näher sie zur Küste kam, desto grüner wurde es: Kleine Felder, breitere Hecken, mehr Bäume und Weiden mit wiederkäuenden Kühen. Kleine Gruppen von Spatzen schwirrten um die Kühe herum.

Britmouth war eine langgezogene und schmale Stadt, die vom Fluß in zwei Hälften geteilt wurde. Anna hielt am Stadtrand an, um nach der Richtung zu fragen. Das Krankenhaus lag im Westen der Stadt: ein Backsteinbau, der von schwarzen Wasserrohren zusammengehalten zu werden schien und taktvoll gleich neben den Friedhof gesetzt worden war. Es war nun spät am Nachmittag.

In der düster wirkenden Eingangshalle war es kalt. Einige Leute mit Blumensträußen und Papiertüten voller Früchte in den Händen wanderten orientierungslos herum. Anna ging zur Pforte und präsentierte Mr. Hahns Schreiben.

»Davon weiß ich nichts«, preßte die Frau an der Pforte zwischen den Zähnen hervor, als müßte sie einen Ritz in eine Mauer schlagen. »Nehmen Sie bitte dort drüben Platz. Ich werde versuchen, jemanden zu finden, der darüber Bescheid weiß.« Sie unternahm keine große Anstrengung, jemanden zu finden. Erst nach einer Viertelstunde kam eine ältere Krankenschwester auf Zehenspitzen auf Anna zu.

»Hier entlang«, sagte sie in einem Flüsterton, der Angestellten eigen ist, die in weitläufigen, hallenden Gebäuden arbeiten. »Der Krankenwagen wartet draußen? Wo ist denn der Pfleger?«

»Ich bin allein«, sagte Anna verwundert. »Wovon reden Sie?«

»Ich hatte erwartet, daß Sie für einen richtigen Krankentransport sorgen würden«, sagte die Schwester förmlich, während sie Anna durch lange Krankenhausflure in ein Treppenhaus aus Beton führte. Nach zwei Treppen und einem weiteren Flur gelangten sie in ein kleines Wartezimmer.

»Hier geht's rein«, sagte die Schwester. »Ich werde den Doktor holen.«

Anna öffnete die Tür und ging hinein. Thea Hahn saß zusammengesunken auf einem Plastikstuhl und starrte auf den grünen Vinylfußboden. Sie sah nicht auf.

»Thea«, sagte Anna versuchsweise. »Ich heiße Anna Lee. Ich bin gekommen, um dich abzuholen.« Es kam keine Reaktion. Anna stand verloren in der Mitte des Zimmers. Die Schwester kam zurück. Sie sagte: »Der Doktor sieht gerade das Krankenblatt durch. Sie werden es unterschreiben müssen.«

»In Ordnung.« Anna sah die immer noch regungslos dasitzende Thea an. Sie sagte: »Komm, Kleines, wir gehen jetzt nach Hause.«

»Sie wird Ihnen keine Antwort geben«, sagte die Schwester in arrogantem Tonfall. »Sie ist die ganze Zeit sehr ungezogen gewesen.«

»Wovon reden Sie?« fragte Anna. »Und woher kommen die blauen Flecken?«

»Wenn Sie schon so laut werden müssen, gehen wir lieber nach draußen«, meinte die Schwester und öffnete die Tür. »Wir sollten die Patientin besser nicht in Unruhe versetzen.«

Draußen auf dem Flur sagte Anna: »Ich möchte lediglich wissen, was mit ihr los ist. Soviel ich weiß, hatte sie nur einen kleinen Zusammenbruch.«

»Davon habe ich keine Ahnung«, sagte die Schwester. »Fragen Sie lieber den Doktor.« Sie sah sich im Flur nach ihm um, aber der Arzt war nirgends zu sehen. Nach einer Weile fuhr sie fort: »Das Kind hätte niemals auf seinen eigenen Wunsch hin entlassen werden dürfen. Es ist nicht zurechnungsfähig.«

»Wie meinen Sie das?« fragte Anna.

»Nun, sie ist doch geistig zurückgeblieben, oder?«

Anna biß sich auf die Lippen und öffnete die Tür zum Wartezimmer. Theas Haltung war unverändert. Anna ging auf sie zu und betrachtete ihr Gesicht von nahem. Es war identisch mit dem von Thea Hahn. Aber die Schwester hatte recht: sie wirkte apathisch und einfältig. In ihren Augenwinkeln hatte sich weißer Schleim angesammelt, und etwas, das wie verkrustete Spucke aussah, backte ihre Lippen zusammen. Das schimmernde Haar des Pagenschnitts war wie eine Flagge an windstillen Tagen in sich zusammengefallen.

Anna schloß leise die Tür und ging zur Schwester zurück. Sie fragte: »Hatte sie irgendwelche Ausweispapiere bei sich?«

»Das alles wird Ihnen ausgehändigt werden, sobald Sie die Entlassungspapiere unterschrieben haben.«

Einige Minuten später tauchte ein Arzt auf. Sein weißer Kittel war offen und flatterte bei jeder Bewegung. Seine Brille hing auf Halbmast, die Hände hatte er in den Taschen. »Sie sind gekommen, um unsere Patienten abzuholen?« fragte er in dem autoritären Tonfall, den Ärzte gewöhnlich annehmen, sobald sie mit Laien reden.

»Ja«, sagte Anna. »Was ist mit ihr los?«

»Ich werfe eben einen kurzen Blick auf sie, einverstanden?« sagte er und verschwand im Wartezimmer. Die Schwester folgte ihm und schloß die Tür gekonnt vor Annas Augen. Nach einiger Zeit kam der Arzt zurück. Während er rasch über den Flur davoneilte, sagte er: »Wir gehen besser in mein Büro. Ich habe da ein paar Unterlagen für Sie. Es hätte jemand von der Verwaltung dabei sein sollen, aber ich nehme an, daß wir das allein erledigen müssen – wie gewöhnlich.«

Sein Büro, ein gemütlicher Raum, zwischen Waschrinne und Schwesternzimmer gelegen, war einige hundert Meter entfernt. Nach einer kurzen Suche in einem Meer von Papier hatte er die Unterlagen gefunden. Anna sagte: »Bevor ich unterschreibe, sagen Sie mir bitte genau, wann, von wem und in welcher Verfassung Thea hier eingeliefert wurde.«

»Die Einlieferungspapiere habe ich nicht«, sagte er erstaunt und ungeduldig. »Die werden von den Schwestern aufbewahrt.«

»Würden Sie oder die Schwester sie dann bitte holen?« Anna richtete sich zu voller Größe auf. Offensichtlich mußte man sie bluffen, um eine Antwort zu bekommen. »Ich werde die nächsten drei Stunden mit Thea im Auto sitzen und würde gern wissen, was ich zu erwarten habe.«

»Ich werden sehen, was sich machen läßt«, sagte er zögernd und ließ sie für weitere zehn Minuten allein. Als er zurückkam, hielt er einen weiteren Stapel Papier in den Händen; seine Brille war noch ein Stück tiefer gerutscht. Das obenaufliegende Blatt überfliegend, sagte er: »Nun, hier steht, daß sie gestern morgen gegen elf eingeliefert worden ist. Sie ist von der Polizei gebracht worden. Die waren vorher zum Einkaufsviertel gerufen worden, wo sie, wie es heißt, einen epileptoiden Anfall gehabt hatte. Aufgrund des Ergebnisses unserer Untersuchungen schlage ich vor, daß der behandelnde Arzt in...« Er konsultierte das Schreiben, das Anna mitgebracht hatte. »... in Adam House, sich mit mir auf dem üblichen Weg in Verbindung setzt.«

Anna holte tief Atem und sagte: »Herzlichsten Dank, Doc. Wenn also auf dem Weg nach London irgendwas passiert, wenn sie sich zum Beispiel aus dem Auto wirft oder auf der Überholspur einen ›epileptoiden Anfall‹ bekommt, kann ich die Polizei bitten, sich mit Ihnen in Verbindung zu setzen, ja?«

»Das ist höchst unwahrscheinlich«, sagte der Arzt kühl. »Wir haben ihr ein Beruhigungsmittel verabreicht.«

»Großartig. Und das führt mich zu einer anderen Frage. Ich habe auf ihrem Gesicht und ihren Armen blaue Flecken gesehen. Ihre Eltern werden wissen wollen, woher die stammen. Ziehen Sie eine offizielle Untersuchung der Angelegenheit vor, oder wollen Sie mir nicht doch lieber sagen, was mit ihr los ist?«

»Ich finde Ihr Verhalten äußerst unverschämt«, sagte er, rot wie eine Tomate.

»Gar nicht davon zu reden, wie ich Ihres finde«, sagte Anna. »Schon jetzt sind Sie verärgert genug. Warum beruhigen Sie sich nicht einfach und geben mir die nötigen Informationen? Das würde nicht schaden. Allerdings könnte es Ihnen schaden, wenn Mr. Hahn sich dazu entschließlich würde, gegen Sie eine Klage anzustrengen. Wissen Sie, er hat die richtigen Leute an der Hand.«

Der Arzt vergrub sich nochmals in die Unterlagen. Seine Gesichtsfarbe hatte sich von tomatenrot in einen faden Grauton verwandelt. »Die Informationen, die ich Ihnen jetzt gebe, sind äußerst vertraulich«, sagte er schließlich. »Ich versichere Ihnen, daß wir an ihren blauen Flecken nicht schuld sind. Aber das EEG hat eine generell unregelmäßige und langsame Hirntätigkeit gezeigt, die durch eine eventuell von dem epileptoiden Anfall herrührende Hyperventilation verstärkt wurde. Bei der Einweisung wies sie katatonische Symptome auf, zeigte bald aber Anzeichen von Wahnvorstellungen.«

»Wie zum Beispiel?«

»Offenbar machte sie Tiergeräusche und hielt sich unter dem Bett versteckt. Es gab zudem Anzeichen von Hyperventilation und übermäßigem Schwitzen, und zu diesem Zeitpunkt war ihre Sprache, gelinde gesagt, bizarr. Die Schwestern sind der Meinung gewesen, daß es sich bei diesem Vorfall um die List einer Hysterikerin gehandelt haben könnte, mit der sie die Aufmerksamkeit auf sich ziehen wollte. Wir haben ihr Beruhigungsmittel verabreicht, und seitdem ist sie nur noch zurückgezogen und apathisch gewesen.«

»Ist das alles?«

»Das hier ist keine psychiatrische Anstalt«, sagte der Arzt steif. »Wir haben nicht die entsprechend Ausrüstung, um Patienten, wie Thea Hahn, innerhalb von achtundvierzig Stunden behandeln zu können. Falls es Sie nicht stört: Ich habe noch andere Patienten, um die ich mich kümmern muß. Ich nehme an, Sie finden Ihren Weg allein hinaus.«

»Danke«, sagte Anna kurz angebunden und begab sich in das Wartezimmer zurück. Vor der Tür stand die Schwester auf ihrem Posten; mit einem ihrer auf Hochglanz polierten, schwarzen Schuhe klopfte sie unruhig auf den Boden. »Alles unterschrieben?« fragte sie, während sie die Tür öffnete.

»Ja«, sagte Anna, die sich plötzlich erinnerte, in der Hitze des Gefechts nicht unterschrieben zu haben.

»Dann fahren Sie am besten gleich los.«

»Ja. Wo sind Theas Schuhe?«

»Sie war barfuß, als sie eingeliefert wurde«, sagte die Schwester und fügte steif hinzu: »Der staatliche Gesundheitsdienst sorgt nicht für Schuhe.«

»Würde der staatliche Gesundheitsdienst uns eine Decke leihweise zur Verfügung stellen?« Thea trug ein blaues Baumwolltrikot und einen dünnen Rock. An den Beinen trug sie keine Strümpfe. Sie sah wirklich nicht aus wie Mrs. Hahns sorgfältig gekleidete Tochter.

»Ich fürchte, ich kann das nicht verantworten«, sagte die Schwester.

»Ich schicke sie gleich wieder zurück.«

Die Schwester zuckte mit den Achseln. »Tut mir leid«, sagte sie. »Allein der Papierkram würde Stunden in Anspruch nehmen.«

»Okay. Wir werden schon so zurechtkommen.« Sie wollte wegen einer Decke nicht den Zorn des staatlichen Gesundheitsdienstes auf sich ziehen. Sie nahm Thea an der Hand und sagte: »Komm, Kleines, laß uns gehen.«

Thea blieb sitzen. Ihre Augenlider wirkten wächsern und schwer. »Wo ist meine Brille?« fragte sie gedehnt, mit belegter Stimme.

»Du hattest keine Brille bei dir«, meinte die Schwester. »Mach jetzt keine unnötigen Scherereien.«

»Aber ich kann nichts sehen.« Ihre Stimme klang, als käme sie aus einem tiefen Brunnen. »Ich kann nicht das sehen, was ich sehen will.«

Anna hatte eine Sonnenbrille in ihrer Tasche. Sie kramte sie hervor und reichte sie Thea. Die Schwester rümpfte verächtlich die Nase. »Man sollte ihren Launen nie nachgeben«, sagte sie. »Damit macht man sich selbst nur das Leben unnötig schwer.«

»Nun, das ist meine Sache«, meinte Anna mißmutig. Thea setzte die Brille auf. Ihre Koordinationsfähigkeit schien gelitten zu haben, deshalb hing die Brille auf komische Weise auf ihren Ohren. Anna setzte sie Thea richtig auf. »Laß uns gehen«, wiederholte sie und nahm Thea wieder an der Hand. »Hier werde ich noch verrückt.«

Diesmal folgte Thea ihrer Aufforderung. Ihr Gang war unsicher, wie der einer alten Frau, aber schließlich hatte Anna sie nach draußen an die Sonne gebracht. Sie öffnete die Wagentür und kippte die Lehne des Fahrersitzes nach vorn. »Setz dich lieber hinten rein«, schlug sie vor. »Ich weiß nicht, was sie dir gegeben haben, aber es sieht aus, als könntest du ein bißchen Schlaf vertragen. Hast du Hunger?«

Thea gab keine Antwort, kroch aber gehorsam auf den Rücksitz und rollte sich dort zusammen. Wegen der geschlossenen Fenster war es heiß im Wagen. Anna kurbelte an ihrer Seite das Fenster herunter und prüfte, ob die Tür am Beifahrersitz verriegelt war. Die Schwester reichte ihr eine Plastiktüte. »Ihre Sachen«, sagte sie und rückte wieder vom Wagen ab. »Fahren Sie vorsichtig. Es wird schon nichts passieren: Sie hat Beruhigungsmittel gekriegt.«

Anna ließ Britmouth schnell hinter sich und hielt dann am erstbesten Rastplatz. Thea lag noch immer zusammengerollt auf dem Rücksitz und schien zu schlafen. Anna holte ihre Plastiktüte hervor, in der eine cremefarbene Leinenhandtasche steckte. Sie öffnete den Reißverschluß und fand einen brandneuen Reisepaß sowie ein Portemonnaie, das bis auf ein paar Pennies leer war. Sonst war nichts in der Tasche. Sie ließ den Wagen wieder an und fuhr Richtung London. Hinter ihr, im Westen, türmten sich die Wolken zu Gewitterbergen auf. Das gute Wetter würde sich nicht mehr lange halten.

9

Die Sonne war bereits in einem dunklen Gewitterhimmel untergegangen, als Anna die Torauffahrt zu Adam House hochfuhr. Trotz der Dunkelheit hatte sie den Eindruck, daß die Existenz des Hauses sich der exzentrischen Laune eines älteren Geistlichen verdankte. Enge gotische Fenster blickten auf einen kiesbedeckten Parkplatz, und die geschwungene Eingangstür war mit Stein verkleidet.

Sie weckte Thea und führte sie in eine große Mosaikhalle. In der Mitte stand ein schwerer Eichentisch. Eine Frau in makellos weißem Overall kam um ihn herum auf sie zu. Sie lächelte und sagte: »Thea! Wie schön, dich wiederzusehen.«

Durch eine Tür, die sich hinter ihr geöffnet hatte, kam Rodney Hahn mit Mr. Embury an seiner Seite auf sie zu. In dem Moment griff Thea nach Annas Hand und heulte wie ein Tier im Schmerz auf – ein hoher, schriller Ton, der völlig unerwartet kam. Rodney Hahn hielt inne, sein Gesicht gelb vor Schock. Mr. Embury drehte sich um und ging zur selben Tür wieder hinaus. Die Frau im weißen Overall legte ihre Hand auf Theas Arm und sagte: »Beruhige dich, Kleines. Du erschreckst deinen Vater.«

»Ow-wow-wow-wow!« brüllte Thea, die vor ihrem Vater zurückgewichen war und dabei Annas Hand wie in einem Schraubstock hielt. Anna war gezwungen, ihr zu folgen.

Die Frau im weißen Overall gab Rodney Hahn ein nachdrückliches Handzeichen, woraufhin er Mr. Embury aus dem Raum folgte. Zwei Männer kamen durch eine andere Tür herein. Einer von ihnen fragte: »Brauchen Sie Hilfe, Mrs. Grayle?«

»Noch nicht«, erwiderte Mrs. Grayle gelassen. »Aber könnten Sie vielleicht Dr. Frank davon unterrichten, daß Miss Hahn eingetroffen ist?«

Anna hielt Thea davon ab, noch weiter in den hinteren Teil des Raumes zurückzuweichen, indem sie ihren Arm um sie legte. Thea brüllte ihr nun direkt ins Ohr. »Ganz ruhig, Kleines«, sagte Anna, ein Büschel Haare in ihrem Mund. »Ich kann mich selbst ja nicht einmal denken hören.« Schweißtropfen liefen an ihrem Körper herunter. Allmählich legte sich das Gebrüll. Mrs. Grayle sagte: »Laß uns zusammen nach oben gehen, Kleines. Wir haben da ein schönes Zimmer für dich.«

Thea schlang beide Arme um Anna und klammerte sich an sie wie an ein Stück Treibholz. »Sieh es dir wenigstens an«, meinte Anna. »Wenn es dir nicht gefällt, können wir dir immer noch ein anderes suchen.«

»Auf ihrem Weg durch die Halle kamen sie nur langsam voran: Miss Grayle ging vorweg, Anna und Thea folgten ihr in enger Umschlingung. In dieser Figuration kamen sie über die Treppe nach oben.

Aus dem wenigen, was sie sehen konnte, schloß Anna, daß Adam House eher wie ein Landhotel, als wie eine Privatklinik wirkte. Theas Zimmer war gemütlich eingerichtet: Die Vorhänge und die dazu passende Tagesdecke waren in kräftigen Farben gehalten. Am Fenster stand ein bequemer Ohrensessel, und in eine Ecke des Zimmers hatte man einen runden Tisch gestellt. Lediglich das Guckloch an der Tür störte den Gesamteindruck.

»Was meinst du?« fragte Anna wie beiläufig. »Meinst du, du könntest es hier für ein paar Tage aushalten?« Es kam ihr vor, als führte sie Thea an der Nase herum. Aber ihr blieb nichts anderes übrig. Thea löste sich aus der Umklammerung und kroch unter das Bett.

»Keine Angst«, sagte Mrs. Grayle. »Jetzt ist sie wieder in Ordnung.«

Anna kniete sich hin und hob die Tagesdecke an. Thea lag zusammengerollt da, wie sie auch schon auf dem Rücksitz des Wagens gelegen hatte. Sie lutschte an ihrem Daumen. Noch immer trug sie Annas Sonnebrille.

»Keine Angst«, wiederholte Mrs. Grayle. »Dr. Frank wird jeden Moment hier sein.«

»Der Arzt in Britmouth hat ihr erst vor drei Stunden etwas verabreicht.«

»Oh, es ist möglich, daß Dr. Frank ihr überhaupt nichts mehr verabreicht«, sagte Mrs. Grayle beruhigend. »Er wird sie wahrscheinlich unter dem Bett liegen lassen, wenn sie sich dort am wohlsten fühlt. Wenn man nicht daran gewöhnt ist, sieht alles schlimmer aus, als es ist.«

»Nun ja, ich bin tatsächlich nicht daran gewöhnt, und das Ganze wirkt auf mich wirklich grotesk«, meinte Anna im Aufstehen. Ihre Beine zitterten.

»Sie sind sehr gut mit ihr zurechtgekommen.« Mrs. Grayle hatte einen rötlich-weißen Teint, und ihre Augen sprühten vor Intelligenz. »Wenn Sie wollen, können Sie jetzt nach unten gehen. Ihr wird nichts geschehen. Das verspreche ich.«

Anna beschloß, ihr zu glauben: Da sie keine Erfahrungen hatte, konnte sie ihrem eigenen Urteil nicht vertrauen. Langsam ging sie nach unten zur Eingangshalle zurück, wo sie Mr. Embury traf, der lässig gegen den Tisch gelehnt stand. Er blätterte in einer Ausgabe von *Country Life*. Rodney Hahn war nirgends zu sehen. Mr. Embury blickte auf, als Anna auf ihn zukam. Er sagte: »Mr. Hahn ist nach Hause gegangen. Für den armen Kerl war es eine schmerzliche Erfahrung. Er hat mich gebeten, Ihnen seinen Dank für den Transport seiner Tochter zu übermitteln.«

»Das ist schon in Ordnung«, meinte Anna. »Ich werde morgen wahrscheinlich selbst mit ihm reden.«

»Das denke ich nicht«, sagte Mr. Embury kalt. »Jetzt, wo Miss Hahn in Sicherheit ist, wird er die Hilfe Ihrer Privatdetektei nicht mehr benötigen.«

»Trotzdem würde ich gern wissen, wieso er mir gegenüber nicht erwähnt hat, daß Thea vorher bereits psychische Schwierigkeiten hatte. Darüber hätte er uns informieren sollen.«

»Miss Hahn ist in einem psychischen Erschöpfungszustand.« Mr. Embury rückte seine ohnehin schon korrekt sitzende Krawatte zurecht. »Sie hatte keine psychischen Schwierigkeiten, wie Sie es ausdrücken.«

»Nun ja, aber dies hier ist kein Country Club«, sagte Anna verärgert. »Und sie ist vorher schon einmal hier gewesen.«

»Woher wissen Sie das?« fragte er stirnrunzelnd.

»Verdammt noch mal, ich bin Privatdetektivin, falls Ihnen das noch nicht aufgefallen ist.« Einige Sekunden lang starrten sie sich in gegenseitiger Feindseligkeit an. Mr. Embury räusperte sich und sagte: »Mr. Hahn hielt diese Tatsache für überflüssig. Es war nicht Ihre Aufgabe, Thea einer psychoanalytischen Behandlung zu unterziehen: Sie sollten sie lediglich wiederfinden. Was Sie nicht geschafft haben, wie ich hinzufügen darf. Die Sache ist nun zu einem Abschluß gekommen und sollte uns nicht weiter interessieren. Oder verlangen Sie etwa, daß ich mich bei Ihnen entschuldige?«

»Oder wollen Sie einen Tritt in den Arsch?« sagte Anna, die nun vollkommen die Beherrschung verloren hatte. »Sie setzen allem, was ich bis jetzt an unhöflichen, aufgeblasenen Spießern gesehen habe, die Krone auf.« Mit offenem Mund starrte er sie an. Sie wandte schnell ein: »Wissen Sie, heute ist nicht mein bester Tag. Warum gehen Sie nicht nach Hause, bevor mir etwas herausrutscht, das ich hinterher bereuen werde?« Sie wandte sich ab und marschierte zu ihrem Wagen.

Ihre Hände schwitzten, und sie hatte Schwierigkeiten mit dem Autoschlüssel. Es war nicht Mr. Embury allein, was sie so ärgerlich gemacht hatte. Es war nur der letzte Auslöser gewesen. Doch dieses Wissen half ihr nicht über ihre Frustration hinweg. Sie hatte sich einen ohnehin schon schlechten Tag noch zusätzlich verdorben und war sicher, daß jedes einzelne Wort Mr. Brierly zu Ohren kommen würde. Das war bei allen ungünstigen Berichten der Fall, ein weiteres von Murphys berühmten Gesetzen.

Zuhause angekommen, stieß sie auf Bea Price, die gerade die Diele wischte. »Du kommst spät«, sagte Bea. »Hattest du einen guten Tag?«

»Unvergeßlich«, erwiderte Anna verbissen. »Wie war's bei dir?« Bea machte für eine Elektrofirma in Shepherds Bush die Buchführung. Die Rechnungsprüfung stand bevor, und aufgrund der dadurch anfallenden Zusatzarbeit, die durch Selwyns artistisches Temperament nur verschlimmert wurde, sah Bea reichlich angeschlagen aus.

»Ziemlich beschissen«, sagte sie. »Einer der Geschäftsinhaber hat mich nach Arbeitsschluß noch eine Stunde mit den Büchern aufgehalten.«

»Warum läßt du Selwyn nicht die Diele wischen? Du siehst kaputt aus.«

»Ihn die Diele wischen lassen?« Bea hob die Augenbrauen, bis sie unter ihrem Haar verschwanden. »In der Zeit, die ich brauchen würde, ihn dazu zu zwingen, hätte ich schon sieben Dielen geputzt. Komm rein und trink 'ne Tasse Tee oder sonstwas mit mir. Du siehst selbst nicht mehr ganz frisch aus. Sieh ihn dir an«, fuhr sie fort, als sie ins Wohnzimmer gegangen waren. »Der wahre Snob; er hat's sich wirklich gemütlich gemacht.«

Selwyn lag ausgestreckt auf der Couch und sah sich ein Boxturnier im Fernsehen an. »Ich, mir's gemütlich gemacht, Frau?« meinte er empört. »Hiermit lasse ich dich wissen, daß ich leide. Es ist ein Magengeschwür, da bin ich mir sicher.«

»Magengeschwüre sind was für arbeitende Menschen und Pessimisten«, erwiderte Bea scharf. »Was du hast, sind Blähungen. Du hast deinen Labskaus zu schnell gegessen.« Sie verschwand in der Küche. Selwyn stand auf und schaltete den Fernseher ab. »Boxer«, murrte er. »Sehen eher aus wie Bauchtänzerinnen – zumindest die da.« Es war die Verachtung eines beliebten Phlegmatikers für jegliche athletische Leistung, die nicht von herausragendem Erfolg gekrönt war. »O Leo«, fuhr er fort, »hast du denn heute wenigstens ein paar Genies gefunden?«

Anna setzte sich in einen von Beas sorgfältig arrangierten Polstersesseln und lehnte ihren Kopf zurück. »Nicht wirklich«, erwiderte sie. »Ich habe sie nicht gefunden: sie ist von selbst wieder aufgetaucht. Und als ich sie dann in dem Krankenhaus abgeholt habe, in das sie eingeliefert worden war, hatte man sie als geistig zurückgeblieben eingestuft. Was tatsächlich ihrem Verhalten entsprochen hat. Und als ich sie dann in diese verdammte Privatklinik gebracht habe, ist sie aufgeflippt und hat sich unter einem Bett versteckt. Und dann hat sich diese Tunte von einem Rechtsanwalt, der ihres Vaters, eingemischt; ich habe ihn beleidigt, und er wird diesen Fauxpas bestimmt Mr. B. unter die Nase reiben. Alles in allem war der Tag also ein echter Reinfall.«

»Aber davon mal abgesehen: Wie ist sie denn nun wirklich?« fragte Selwyn hartnäckig. Er hörte nur bei jedem zweiten Wort hin.

»Wie soll ich denn das wissen?« fragte sie gleichgültig. »Das arme Ding ist vollkommen durchgedreht.«

»Ein verrücktes Genie etwa?« Jetzt war sein Interesse doch geweckt. Wahrscheinlich pure Identifikation, dachte Anna geringschätzig. Bea kam mit zwei Bechern voll heißer Milch mit Honig zurück. Anna mochte dieses Getränk eigentlich nicht. Es war ihr zu fetthaltig und zu süß. Aber da sie hungrig und müde war, nahm sie es dankbar entgegen. Es klingelte an der Tür.

»Ist für dich«, sagte Bea, die zum Fenster gegangen war. »Reichlich spät, oder?« Jahreslanges Wohnen in einer Kleinstadt wie Dyfed hatte sie darin geschult, hinter Vorhängen hervorzulugen, ohne gesehen zu werden. Sie demonstrierte ihr Können: »Es ist nur ein Junge«, berichtete sie ihrer erwartungsvollen Zuhörerschaft. »Mager wie 'ne Bohnenstange.«

»Schon wieder eine Kindesentführung, Leo?« fragte Selwyn höhnisch.

»Ha, ha«, sagte Anna. »Ich bin nicht da.«

»Sieht wirklich elend aus, der Junge«, sagte Bea mit der selbstgefälligen Mitleidsgeste derjenigen, die nicht betroffen ist. Anna stand zögernd auf, warf den Prices einen leidenden Blick zu und ging zur Haustür.

Sam Tulloch stand in der Tür; die Schultern hatte er in einer menschlichen Geste der Entschuldigung zusammengezogen.

Vor einigen Minuten hatte es angefangen zu regnen, und dicke Tropfen fielen auf seinen unbedeckten Kopf.

»Ich weiß, es ist spät«, stammelte er. »Ich bin gelaufen, und es hat länger gedauert, als ich gedacht hatte. Es ist wirklich nicht so wichtig, ehrlich. Ich wollte einfach mal vorbeischauen.« Es begann, stärker zu regnen. Anna seufzte und sagte so freundlich sie konnte: »Komm rein.« Sie war sicher, daß Bea, die unsichtbar hinter den Vorhängen stand, nicht eine Kleinigkeit entging.

10

Die Nachtluft roch klar und erdig, wie immer, wenn nach einer langen Trockenperiode der erste Regen fällt. Anna sog die Luft begierig ein und ließ das Fenster einen Spaltbreit offen, während sie einen Tee und zwei dick belegte Schinkenbrote zubereitete. Beides nahm sie mit zurück ins Zimmer, in dem Sam niedergeschlagen in einem Lehnstuhl hockte.

»Der Mann von der Versicherung ist heute vorbeigekommen«, sagte er. »Er hat mich dauernd ›mein Sohn‹ genannt und mir im gleichen Atemzug erklärt, daß ich jetzt der starke Mann im Hause wäre. Es ist bei allen das gleiche. Sie sollten sich endlich mal entscheiden.«

Anna schenkte Tee ein und gab Sam ein Brot. »Geht mit deiner Familie finanziell denn alles in Ordnung?«

»O ja«, meinte Sam bitter. »Wie es scheint, ist Daddy tot mehr wert als lebendig. Ich hatte daran gedacht, von der Schule zu gehen, um mir einen Job zu suchen. Nur, jetzt ist das nicht mehr nötig.«

Anna spürte seine Enttäuschung. Er hatte seine Familie heroisch unterstützen wollen, doch diese Chance war ihm verwehrt worden. Sie sagte: »Wahrscheinlich solltest du dir für solche Entscheidungen viel Zeit lassen. Für Leute ohne Qualifikation ist es ganz schön schwer, einen Job zu finden.«

»Ich hätte schon was gefunden«, sagte er entschieden, mit vollem Mund.

»Natürlich hättest du das«, stimmte Anna ihm hastig zu. Sam schien befriedigt. Für eine Weile aß und trank er schweigend vor sich hin. Dann sagte er: »In der Universitätskapelle wird es einen Gedenkgottesdienst geben. Es ist zwar keine Beerdigung, aber zumindest besser als nichts. Vielleicht werden sich dann alle bewußt, daß er wirklich nicht zurückkommt. Ich kann es nicht aushalten, wenn meine Mutter sagt: ›Aber er ist doch nur für ein Wochenende weg.‹ Und dann fängt sie an zu weinen, was meine Schwestern natürlich ansteckt. Die Polizei hat heute morgen seine Sachen zurückgebracht, inklusive der Aufzeichnungen, die er sich mitgenommen hatte, um daran zu arbeiten. Und meine Mutter ist nur noch herumgelaufen und hat gesagt: ›Aber er braucht doch seine Aufzeichnungen.‹ Das macht mich verrückt. Er hat an dem Vorwort zu einem neuen Buch über die Metaphysiker gearbeitet. Und er ist von zuhause weggefahren, um ein paar Tage in Ruhe arbeiten zu können. Vor allem wegen der Studenten, wissen Sie. Mutter gibt ihnen die Schuld.«

»Wieso das?« fragte Anna erschöpft. Es war schon spät, und sie hoffte, daß er sich bald müde geredet haben würde.

»Er konnte nie nein sagen«, erwiderte Sam. »Er hat sich um alle gekümmert, die Hilfe oder Rat brauchten. Deshalb mußte er von zuhause weggehen, wenn er Zeit für seine eigene Arbeit brauchte.« In seinen Worten lag einerseits Bewunderung, aber auch Beschämung über das Verhalten seines Vaters. Doch da sein Vater tot war, konnte er die Beschämung nicht zugeben.

»Sollte Thea Hahn, kurz bevor sie verschwunden ist, nicht eine Stunde bei ihm haben?«

»Ja. Als Sie gestern gegangen waren, hab' ich in seinem Terminkalender nachgesehen. Sie war für Donnerstag, den Zwölften, eingetragen, ist aber nicht aufgetaucht. Das ist es, was ich Ihnen sagen wollte.« Er wurde rot. Er hatte vergessen, ihr eine Erklärung für sein Kommen zu geben.

»Vielen Dank«, sagte Anna, die bemüht war, sein rotes Gesicht zu ignorieren. »Gibt deine Mutter ihr auch die Schuld?«

»O nein. Thea war ja eine Privatschülerin, und ihr Vater hat dafür bezahlt. Wie sie sagt, waren es die anderen Studenten, die seine

Gutmütigkeit ausgenützt haben. Sie sagt, er hätte für jeden außer für uns Zeit gehabt. Aber das stimmt nicht wirklich. Ich glaube, sie wirft ihm nur vor, daß er uns nicht mitgenommen hat, als er nach Stony Point gefahren ist. Aber wenn er uns mitgenommen hätte, wäre aus seiner Arbeit nichts geworden. Natürlich wäre er dann vielleicht auch nicht gestorben«, fügte er unglücklich hinzu. »Ich kann besser schwimmen als er. Vielleicht hätte ich ihn retten können.«

»Wie ist es denn passiert?« Sie merkte Sam das Verlangen an, es ihr zu erzählen.

»Es war an dem Tag, an dem er angekommen ist. Nach dem Mittagessen ist er schwimmen gegangen. Er hat da in einer Pension in der Nähe der Klippen gewohnt, und als er nicht zurückkam, hat die Wirtin ihren Sohn auf die Suche nach ihm geschickt; der hat dann einen Jungen getroffen, der meinte, er hätte im Wasser gerade einen Mann gesehen, der in Schwierigkeiten gewesen wäre. Er war losgelaufen, um Hilfe zu holen. Aber als sie unten am See ankamen, war mein Vater nicht mehr zu sehen. Nur seine Anziehsachen haben noch auf dem Felsen gelegen, wo er sie zurückgelassen hatte. Sie haben die Polizei geholt, und alle möglichen Leute haben sich bereit erklärt mitzuhelfen, aber sie haben ihn nicht gefunden.«

»Bist du schon mal dagewesen?« fragte Anna.

»Einmal. Als wir zusammen an die Küste von Devon in Urlaub gefahren und für einen Tag am Stony Point geblieben sind. Es ist sehr rauh und felsig. Mom gefiel es dort nicht. Sie hat meine Schwestern nicht ins Wasser gelassen, aber ich bin zusammen mit Daddy reingegangen. Es war nicht gefährlich, solange man aufgepaßt hat.« Er redete nicht weiter: Seine Worte standen anklagend im Raum.

»Selbst vorsichtige Leute können verunglücken«, warf Anna schnell ein. »Oder vielleicht ist er in eine riesige Welle gekommen.«

»Vielleicht war ja auch Freitag der Dreizehnte.« Sam vergrub den Kopf in seinen Händen.

»Werd' ja nicht morbide«, sagte Anna. Es war an der Zeit, etwas Weises und Beruhigendes zu sagen, doch ihr Kopf war wie leergeblasen.

»Was soll ich denn sonst tun?« fragte Sam und sah auf.

»Trauern ist eine Sache.« Sie begann, Becher und Teller auf das Tablett zurückzustellen. »Aber wenn du morbide wirst, machst du alles nur noch schlimmer, als es ohnehin schon ist. Das Leben ist kostbar. Und jetzt, wo du weißt, wie kurz es sein kann, solltest du deine Zeit nicht mit Anfällen von Morbidität vergeuden.«

Sie trug das Tablett in die Küche zurück. Mist, dachte sie, warum ist es unmöglich, daß ein Mensch einen anderen zu trösten vermag. Aufmunternde Bemerkungen waren auf rührende Weise unpassend. Sie stand gegen die Küchentür gelehnt und sah Sam an. »Gib nicht auf«, sagte sie so vertraulich wie möglich. »Ich weiß, daß du es zuhause schwer hast. Aber früher oder später wirst du damit anfangen müssen, dem Leben mehr Aufmerksamkeit zu schenken als dem Tod. Und du mußt einfach die Zähne zusammenbeißen und mit den Sachen weitermachen, die du machen mußt – mit der Schule und den sonstigen Alltäglichkeiten. Wann du stark genug bist, mit den einfachen Dingen zurechtzukommen, hilfst du vielleicht auch deiner Familie, sich wieder in den Alltag einzufinden. Das ist wesentlich schwerer, als die Schule hinzuschmeißen und sich einen Job zu suchen. Aber am Ende wird es sich auszahlen.«

»Meinen Sie?« fragte er. »Wie Pilgrim?«

»Wie Pilgrim«, sagte sie fest, wobei sie sich fragte, was um alles in der Welt er wohl meinte. »Fang jetzt damit an. »Es klang wie ein guter Ratschlag, doch sie wußte nicht warum.

»Ja«, sagte er und stand auf. »Ich sollte wirklich gehen. Es wäre unmenschlich, wenn meine Mutter sich um mich Sorgen machen müßte.« Sam hatte selbst etwas gefunden, das ihn inspirierte, dachte Anna verwirrt, aber erleichtert. Sie begleitete ihn zur Tür und lud ihn wieder ein, zu ihr zu kommen, sobald er in Gefahr wäre unterzugehen.

Sie ging schlafen und träumte viele Stunden später, daß Thea ertrinken würde: unter den dunklen, grünen Wellen verschwinden, sich winden und drehen würde auf ihrem Weg zum Grund des Meeres. Anna tauchte ihr nach, doch Thea hatte sich in einem Wald von Seetang verfangen. Sie entkam, indem sie sich einen riesigen Schuppenschwanz wachsen ließ und davonschwamm. »Das Leben ist kostbar«, sagte sie zu Anna, die neben ihr schwamm. »Du mußt dich anpassen, um überleben zu können.« Sie schlug kurz mit ihrem gräßlichen Schwanz und schnellte in spiralförmigen Kreisen dem Meeresgrund entgegen, wohin Anna ihr nicht folgen konnte.

Als Anna am nächsten Morgen aufwachte, hatte es aufgehört zu regnen, doch die Dächer waren naß und glänzten. Im Holland Park, den sie auf ihrem Weg zur Arbeit durchquerte, tropfte das Wasser träge von den Bäumen, die jetzt reingewaschen waren.

Im Aufenthaltsraum saßen Johnny, Phil und Bernie bei einer Tasse Kaffee und verbreiteten den neuesten Klatsch.

»Hat einer von euch Interesse an einer Uhr?« fragte Johnny. »Ein Kumpel von mir hat 12 Dutzend Quarzuhren aufgetan. Wo jetzt alle auf Digital stehen, hat er Schwierigkeiten, sie loszuwerden.«

»Aufgetan?« spottete Phil. »Das ist nicht zufällig der gleiche Typ, der letztes Jahr die Tapedecks verscheuert hat? Oder im Jahr davor diese billigen Bestecksätze?«

»Ein ganz anderer Kerl«, sagte Johnny so fröhlich, daß er gelogen haben mußte, wie Anna bemerkte, »kommt schon. Nur fuffzehn Pfund das Stück. Oder schätz' ich euch falsch ein?«

»Oder schätzt du uns richtig ein?« Phil wandte sich der letzten Seite der *Sun* zu.

»Haben sie römische Ziffern oder normale Zahlen?« fragte Anna entgegen ihrer eigentlich zynischen Haltung. Ihre eigene Uhr hatte seit kurzem ein recht exzentrisches Verhältnis zur Zeit entwickelt.

»Ich bring' eine mit und zeig sie dir dann«, sagte Johnny triumphierend. Er selbst hatte sie sich offensichtlich noch nicht angesehen. »Zwölffuffzig, weil du es bist. Draußen auf dem Markt würde sie fünfundzwanzig kosten.«

»Jede Minute entsteht ein neuer Markt«, meinte Phil.

»Ist doch keine heiße Ware, oder?« warf Bernie gelassen ein.

»Nicht einmal warm«, versicherte Johnny ihm vergnügt. »So wahr ich hier sitze.«

Beryl kam mit der Morgenpost herein, die sie ausgab wie eine Schönheitskönigin, die ihre Küsse verteilt. Der Wetterumschwung hatte ihr Erleichterung verschafft: Zu Ehren des nachlassenden Heuschnupfens hatte sie eine extra dicke Schicht Puder auf ihre Nase aufgelegt.

»Sie fangen heute mit der Sache im Supermarkt an, oder?« fragte sie Bernie. »Falls Sie Hilfe brauchen: Anna hat heute nichts zu tun.«

»Das käme mir gerade recht«, meinte Bernie. »Stell dir das vor, Anna. Irgend jemand dreht da krumme Geschäfte, und die Besitzer wollen wissen, wer es ist.«

»Okay«, sagte Anna. Sie arbeitete gern mit Bernie zusammen.

»Vergessen Sie nicht, Ihren Bericht über den Fall Hahn zu schreiben. Nicht, daß Sie viel dazu beigetragen hätten.« Beryl konnte sich spitze Bemerkungen nicht verkneifen, aber diesmal kümmerte Anna sich nicht darum. Wenn das alles war, worüber Beryl sich lustig machen konnte, hatte Mr. Embury noch keine Beschwerde eingelegt. Denn hätte er es getan, wäre Beryl die erste gewesen, die es ihr unter die Nase gerieben hätte.

Zwei Tage lang arbeitete sie mit Bernie zusammen im *Valuemart* in Dagenham. Sie setzte sich verschiedene Hüte auf, trug verschiedene Jacken und Schuhe mit verschieden hohen Absätzen und hielt sich in den Gängen sowie an der Kasse auf. Manchmal gesellte Bernie sich zu den Ehemännern, die vor den Schaufenstern auf ihre Frauen warteten. Ein- oder zweimal kam er selbst in den Supermarkt und kaufte zusammen mit Anna dicke Bohnen und Brot ein.

Gegen Ende der Woche waren sie ziemlich sicher, daß es mehr als einen Betrüger geben mußte. Sie machten zwei Kassiererinnen aus, die regelmäßig einen geringeren Betrag als den eigentlichen Wert der Ware eintippten, den tatsächlichen Betrag aber verlangten, und die Differenz in die eigene Tasche steckten. So gingen sie nur vor, wenn Alte, Kurzsichtige oder Frauen mit beladenen Einkaufswagen und Kleinkindern an der Hand durch die Kasse kamen. In diesem Geschäft gab es keine Angestellten, die den Kunden beim Einpacken der Waren halfen; deshalb war jeder, der große Mengen eingekauft oder sich um ein paar schreiende Kinder zu kümmern hatte, viel zu beschäftigt, um den Kassenbon mit dem zu vergleichen, was er tatsächlich bezahlt hatte.

Noch schwerwiegender war allerdings ein Schwindel unter der Leitung des Geschäftsführers. Anna und Bernie war schon früh aufgefallen, daß drei der Mädchen Waren eintippten, die der Kunde überhaupt nicht in seinem Einkaufswagen hatte. »Sie stecken das Geld nicht selber ein«, sagte Bernie, nachdem er sie einige Stunden lang aufmerksam beobachtet hatte. »Die andere Möglichkeit besteht darin, daß sie für einen Ausgleich von Defiziten in den Lagerbeständen sorgen. Ich glaube, sie tippen Tee und Instantkaffee ein. Geh doch noch mal nach hinten und sieh nach, wieviel sie kosten.«

Anna drehte also noch eine Runde durch den Supermarkt und prägte sich die Preise für Tee und Instantkaffee ein. Und tatsächlich: Sobald eine Kundin, die ohnehin durch das Packen der Lebensmittel und die Kinder überlastet war, bei einem der drei Mädchen durch die Kasse ging, wurde ein zusätzlicher Posten, fiktiver Tee oder Kaffee, auf dem Kassenbon ausgedruckt.

»Sie lassen das Zeug wahrscheinlich kistenweise mitgehen und setzen es dann auf privater Basis ab«, erklärte Bernie ihr. »Wahrscheinlich handelt es sich dabei um so große Mengen, daß der Geschäftsführer nicht alles als Ladendiebstähle oder Mängelware deklarieren kann; deshalb wird der Deal über die Kasse geregelt. Der Geschäftsführer muß einfach seine Hände im Spiel haben.«

»Das ist wirklich nicht fair, oder?« fragte Anna. »Die Leute, die letztendlich für den Schwindel zahlen, können es sich am wenigsten leisten – große Familien mit sehr hohen Haushaltungskosten.«

»Ich glaube, wir haben fürs erste genug Material«, sagte Bernie mit einem Seufzer. »Sobald wir im Büro sind, setzen wir einen vorläufigen

Bericht auf, fügen ein paar Empfehlungen hinzu und warten dann ab, ob die Besitzer wollen, daß wir in Einzelheiten gehen.«

»Einverstanden!« meinte Anna, deren Abneigung gegen Supermärkte sich in der letzten Zeit eindeutig in eine Aversion verwandelt hatte. »Das ist ein elender Laden. Ich würde vorschlagen, daß sie zumindest Leute einstellen, die den Kunden beim Einpacken der Waren helfen. Aber das werden sie bestimmt nicht machen. Wahrscheinlich werden sie einfach ein paar Leute feuern und sich dann stolz auf den Rücken klopfen. Problem beseitigt.«

»Bis zum nächten Mal«, pflichtete Bernie ihr bei.

Zurück im Büro, empfing Beryl sie am oberen Treppenabsatz mit einem Niesen und einem ominösen Lächeln. Wie gewöhnlich zielte ihr erster Schlag gleich unter die Gürtellinie. »Ach, herrje, Anna«, meinte sie. Ihre Augen glänzten vom Heufieber und vor Erwartung: »Wem sind Sie denn diesmal auf die Füße getreten? Der Chef ist außer sich vor Wut. Sie sollten so schnell wie möglich zu ihm hineingehen. Es sollte mich nicht wundern, wenn Sie diesmal an der Reihe wären.«

»Na dann, gute Nacht. ›Wish you were here‹«, murmelte Anna. Sie atmete tief ein und ging auf Martin Brierlys Tür zu. Bernie klopfte ihr auf die Schulter und sagte: »Ich werde im Melderaum mit dem Verbandskasten auf dich warten.«

Mr. Brierly stand am Fenster und sah auf die Kensington High Street hinunter. Er drehte sich nicht um: »Ich habe Sie gebeten, zu mir zu kommen, Miss Lee, weil Mr. Embury die Güte hatte, mich von dem Zwischenfall am Mittwoch in Kenntnis zu setzen«, begann er ruhig. »Tatsache ist, Miss Lee, daß wir einige unserer besten Klienten von Rechtsanwälten vermittelt bekommen. Es sind also Männer, die respektiert werden wollen. Wir wollen es uns mit ihnen nicht verderben, indem wir ihnen anbieten, ›ihnen einen Tritt in den Arsch‹ zu geben, was, wenn ich recht verstanden habe, Ihr blumiger Ausdruck gewesen ist. Korrigieren Sie mich bitte, wenn ich falsch liege.«

»Es war ein ziemlich anstrengender Tag für mich«, protestierte Anna schwach. Mr. Brierly drehte sich auf dem Absatz um. Sein rundes Gesicht, sonst der Inbegriff von Güte, wirkte aufgewühlt.

»Das ist keine Entschuldigung, Miss Lee«, sagte er. »So anstrengend der Tag auch gewesen sein mag; das Interesse der Firma sollte immer unser erstes Anliegen sein.«

»Ich hatte es als Begründung, nicht als Entschuldigung verstanden«, sagte Anna in dem sicheren Gefühl, daß wenn sie schon auf dem Weg zu einem Rausschmiß war, wenigstens kämpfend gehen sollte. »Und was den Respekt angeht: Mr. Embury hat die schlechtesten Manieren diesseits der Themse.«

Mr. Brierly ließ sich steif in seinem Drehstuhl nieder und legte die Hände auf den Tisch; die Finger hatte er verschränkt, und die Daumen ließ er in höchster Geschwindigkeit umeinanderkreisen. »Dieser Mann ist tatsächlich unerträglich«, sagte er zu Annas Erstaunen. Sie konnte nur annehmen, daß er über Mr. Embury mehr verärgert war als über sie. Wenn das der Fall war, könnte Mr. Emburys Empfehlung, sie zu entlassen, für Anna nur günstig ausfallen, denn Martin Brierly konnte auf seine eigene freundliche Weise konsequent wie kein anderer sein. Er fuhr fort: »Aber ich möchte Sie eindringlichst darauf hinweisen, daß Sie sich tatsächlich am Rande des Erlaubten bewegt haben.«

Es würde alles schon wieder ins Lot kommen. Anna konnte sich leisten, ihm ein wenig zu schmeicheln. »Es tut mir sehr leid, Sir.« Die Anrede mit ›Sir‹ war immer ein guter Schachzug. »Ich hätte nicht die Geduld verlieren dürfen.«

»Nach dem Gespräch mit Mr. Embury habe ich mit Mr. Hahn telefoniert, der sich glücklicherweise schon mit der Privatklinik in Verbindung gesetzt hatte. Die sind der Meinung, daß Sie Ihre Sache den Umständen entsprechend ziemlich gut gemacht haben. Da das der Fall ist, schlage ich vor, daß wir nicht weiter über die Angelegenheit reden.«

Anna sagte kein Wort zu Beryl, als sie auf ihrem Weg zum Melderaum an deren Büro vorbeikam; statt dessen sang sie laut vor sich hin: »I did it my way.« Sie wußte, daß Beryl es hören würde und mit etwas Glück nur die Zähne würde aufeinanderbeißen müssen.

»Erste Hilfe«, sagte Bernie und schenkte ihr eine Tasse Tee ein. »Du wirkst mitgenommen, aber ungebeugt.«

»Ein bißchen nachgegeben hab' ich schon«, gab sie zu, als sie sich neben ihn an den unaufgeräumten Schreibtisch setzte. »Ich habe sogar einen Kratzfuß gemacht.«

»Taktisch klug«, grinste Bernie. »Dem anderen nach dem Mund zu reden, hat noch keinem geschadet. Laß uns jetzt weitermachen, okay? Wenn du mit den Empfehlungen beginnst, und ich mit den Befunden weitermache, können wir, so Gott will, zum Abendessen zuhause sein.«

11

Das Haus, in dem Anna wohnte, lag genau an der Spitze, an der Shepherds Bush und Notting Hill, zwei von Londons dichtbesiedeltsten Vororten, aneinandergrenzten, doch im Garten, umgeben von Mauern und dem verborgenen Grün der Stadt, fühlte man sich wie auf dem Lande. Selwyn und Bea hatten es sich unter der Platane gemütlich gemacht. Ausnahmsweise war der Rasen ordentlich gemäht und Selwyn einigermaßen nüchtern. Es war ein schöner Abend – zwar warm, aber nicht so drückend heiß wie an einem Sommerabend.

Bea lag in ihrem lustig gestreiften Liegestuhl zurückgelehnt, sah in den Himmel und nippte träge an einem Glas billigen Weißweins. Im Gegensatz zu sonst stellte sie keine lauten Überlegungen zu verstopften Abflußrohren an, war sie nicht darum bekümmert, ob das Mauerwerk neu verfugt werden mußte und nörgelte nicht einmal wegen des Rasenmähens an Selwyn herum. »Vielleicht sollten wir einen Grill bauen«, schlug sie verträumt vor, und auf gewisse Weise war ein solcher Vorschlag schlimmer als alles andere. Anna schauderte. Bea entwickelte immer äußerst praktische Vorschläge, wenn es um neue Unternehmungen ging. Selwyns Vorstellungen waren dagegen eher ausgefallen; und Anna würde höchstwahrscheinlich den Zement mischen und einen taktisch sinnvollen Kurs zwischen beiden einschlagen müssen.

»Rund müßte er sein und ähnlich wie ein Hibachi-Grill«, meinte Selwyn nachdenklich. »Die Natur verabscheut Quadratisches.« Die Sache hatte bereits ihren Lauf genommen.

»Es gibt nicht mehr als zwei Tage im Jahr, an denen ihr ihn benutzen könntet«, sagte Anna mit mehr Hoffnung als Überzeugung.

Durch die offene Gartentür war ein schwaches Läuten zu vernehmen.

»Noch ein verwaister Knabe«, sagte Selwyn. »Schenk mir doch auf dem Rückweg noch ein Glas ein, Leo, oder besser noch: Bring gleich die ganze Flasche mit.«

»Auf keinen Fall«, sagte Anna, die entschlossen auf dem Rasen stehenblieb. »Dieses Wochenende spiele ich nicht den guten Samariter.«

Selwyn hielt ihr das leere Glas wie eine Bettelschale entgegen und sah sich nach Unterstützung um. Bea hielt ihre Augen geschlossen und gab vor zu schlafen. Wieder klingelte es an der Tür. Widerstrebend erhob sich Selwyn. »Zu was für einem elenden Paar Zofen ihr euch doch entwickelt habt«, beklagte er sich auf dem Weg zum Haus. Bea und Anna tauschten einen Blick vollkommenen Einverständnisses aus, der in Befürchtung umschlug, als vom Haus Fetzen einer Unterhaltung zu hören waren.

»Die Ratte!« protestierte Anna. »Er ist ins Haus gegangen und hat jemanden hereingelassen.«

»Aus Rache«, meinte Bea. »Du hättest ihm die Flasche bringen sollen, als er dich darum gebeten hat. Ein fauler Mann ist wie eine Wespe. Er sticht, wenn er sich gestört fühlt.«

Der Faulpelz erschien mit einer Flasche in der Hand in der Terrassentür. »Für dich, Leo«, sagte er selbstzufrieden. »Ein Patrizier, äußerst nobel gekleidet. Sieht außerdem gut aus. Geh lieber hin, Leo. Reich und gutaussehend – das ist mehr, als du verdienst. Ich habe ihn in der Diele stehengelassen.«

In der Diele fand Anna einen verwirrt dreinschauenden Rodney Hahn vor. »Er hat gesagt, ich sähe nicht gerade wie in verwaister Knabe aus, sollte aber trotzdem hereinkommen«, sagte er, als sie ihn nach oben führte. »Er hat gesagt, Sie wären ein herzloser Ersatz für eine Zofe und hätten wahrscheinlich sein Magengeschwür zum Durchbruch gebracht.«

»Hören Sie nicht auf ihn«, sagte Anna und öffnete ihm die Tür. »Er ist ein Dichter und hat Blähungen, keine Magengeschwüre.«

»Es tut mir leid, daß ich unangemeldet vorbeikomme.« Er sah sich um; sein teurer Anzug und sein leicht autoritärer Blick ließen Annas Wohnung klein und kahl erscheinen. Trotzdem schien er um einiges unsicherer als in Wimbledon.

»Ich hätte Sie wohl besser vorher anrufen sollen«, fuhr er fort. »Aber es geht um eine Sache, die ich persönlich mit Ihnen besprechen möchte. Ich habe aber schon mit Mr. Brierly gesprochen, und er hat mir Ihre Adresse gegeben.«

»Schon gut, nehmen Sie doch Platz«, sagte Anna. »Darf ich Ihnen etwas anbieten? Ich habe Lagerbier, Tee oder Kaffee da.« Er schüttelte den Kopf. »Nein, vielen Dank«, sagte er. »Es ist etwas passiert.« Eine Minute lang saß er einfach mit ausdruckslosem Gesicht da und gab Anna keinen Aufschluß darüber, was ihm durch den Kopf ging.

»Ich nehme an«, begann er mühsam, »ich nehme an, daß Sie auf keinerlei Schwierigkeiten gestoßen sind – in Britmouth meine ich.«

Soweit Anna sich erinnern konnte, hatte es in Britmouth nichts als Schwierigkeiten gegeben. »Welche Art von Schwierigkeiten«, fragte sie vorsichtig nach.

»Nun, hm, Schwierigkeiten mit der Polizei.« Rodney Hahn beschäftigte sich eingehend mit seinen Fingernägeln und sah Anna nicht in die Augen. Sie wiederholte: »Welche Art von Schwierigkeiten?«

»Es ist wahrscheinlich völlig absurd«, sagte er. »Dennoch: Als Dr. Frank von Adam House das Krankenhaus in Britmouth anrief – die übliche Prozedur, wenn Sie verstehen, was ich meine – hat man ihm gesagt, daß die örtliche Polizeidienststelle dem Krankenhauspersonal dort einige ziemlich befremdliche Fragen gestellt hat.« Er hörte auf zu reden, und Anna wartete. Er verhielt sich wie ein Mann, dachte sie, der mit seinem Arzt nur ungern über seine Hämorrhoiden spricht. Sie würde abwarten müssen, um zu sehen, ob Schmerz oder Verlegenheit die Oberhand gewinnen würden.

»Ich kann mir nicht vorstellen, daß etwas Ernstes vorgefallen ist«, fuhr er fort. »Aber ich habe mir gedacht, daß Sie vielleicht etwas gehört haben könnten, als Sie dort unten waren.«

Anna sagte: »Wissen Sie, ich kann Ihnen wirklich nicht weiterhelfen, bevor Sie mir nicht sagen, was los ist.«

Er nickte seufzend. »Könnte ich vielleicht doch ein Bier haben?« bat er sie. Aber als sie es geholt hatte, schien er nichts damit anfangen zu können. Nachdem er einen Schluck getrunken hatte, stellte er das Glas neben seinem Stuhl ab und dachte nicht weiter daran.

»Ich kann Ihnen versichern, daß es in meiner Familie bis zum jetzigen Zeitpunkt nicht einmal die Andeutung eines Skandals gegeben hat«, sagte er nach einer Weile. »Es handelt sich bei all dem bestimmt nur um unangenehme Gerüchte. Aber ich weiß wirklich nicht, wie ich damit umgehen soll.«

»Nun, wenn Sie wollen, daß *ich* mich damit beschäftige«, sagte Anna geduldig, »dann werden Sie mir erzählen müssen, worum es geht.«

»Ja. Nun gut. An dem Morgen, an dem meine Tochter ins Krankenhaus von Britmouth eingeliefert wurde, hat man in einem Hotelzimmer in Southampton einen Mann erschossen aufgefunden. Southampton liegt nur wenige Meilen von Britmouth entfernt. Der Police Constable, der meine Tochter während ihres Anfalls ins Krankenhaus in Britmouth gebracht hat, behauptet, sie hätte angeblich von einem Mann geredet, den sie erschossen hätte. Wie ich bereits sagte, ist das alles ziemlich absurd. Meine Tochter hat einen epileptoiden Anfall gehabt. Sie könnte alles mögliche gesagt haben. Sie können nicht im Ernst glauben, daß . . .«

»Einen Augenblick«, unterbrach Anna ihn. »Gibt es irgendeine Verbindung zwischen Thea und dem Mann, der erschossen aufgefunden wurde?«

»Nicht, daß ich wüßte.«

»Ich meine, geht die Polizei von einer Verbindung aus? Wie ist sein Name?«

»Ich weiß keine Antwort – auf keine Ihrer beiden Fragen.«

»Wissen Sie, was genau Thea gesagt hat?«

»Nein. Dr. Frank hat mir nur erzählt, was er vom Hörensagen wußte – aus dritter Hand sozusagen.«

»Hat Thea vorher schon einmal einen Anfall gehabt oder ist sie jemals gewalttätig geworden?«

»Natürlich nicht!« sagte Mr. Hahn, der vor Entrüstung rot angelaufen war. »Für wen halten Sie uns eigentlich?« Er unterbrach sich und fügte mit Blick auf Annas Gesichtsausdruck hinzu: »Nun, zugegeben, sie ist vorher schon einmal in Adam House gewesen – in ambulanter Behandlung. Dr. Frank hat sie auf Anzeichen von nervlicher Überbelastung hin behandelt.«

»Okay. Und dann: Hat die Polizei außer dem, was Sie mir erzählt haben, irgendeinen anderen Grund, Thea mit Southampton in Verbindung zu bringen?«

»Ich denke nicht.«

»Wie steht es um Sie? Hat Thea Ihnen oder Dr. Frank irgendwas erzählt?«

Rodney Hahn blickte wiederum auf seine Fingernägel. »Weder ich noch ihre Mutter haben sie gesehen, seit Sie sie am Mittwoch abend nach Adam House gebracht hatten. Natürlich richten wir uns nach Dr. Franks Anweisungen.«

»Natürlich«, sagte Anna höflich. »Würde Dr. Frank mich denn mit ihr reden lassen?«

»Ich glaube schon«, sagte Mr. Hahn, der nun doch aufsah. »Tatsächlich erwartet er schon jetzt Ihren Anruf.«

»Ich verstehe.«

»Ich habe mir gedacht, es wäre besser, wenn Sie mit ihm sprechen würden, bevor Sie nach Britmouth fahren. Ich habe schon mit Mr. Brierly darüber geredet. Er möchte, daß Sie ihn ebenfalls anrufen.«

»Ich verstehe«, wiederholte Anna. Rodney Hahn hatte gute Arbeit geleistet, und Selwyn hatte die Tür zu einem ruinierten Wochenende geöffnet, als er ihn hereingelassen hatte. Sie zog scharf die Luft ein und sagte: »Habe ich diesmal Ihre Erlaubnis, mit jedem zu reden, bei dem ich es für nötig halte?«

»Ich glaube, ich sollte mich für Mr. Embury entschuldigen«, meinte er, während er seine goldenen Manschettenknöpfe inspizierte. »Ihm ist sehr an den Interessen der Familie gelegen, aber es hat den

Anschein, daß er ein wenig zu besorgt war. Tatsächlich hat er schon ein Schreiben aufgesetzt, das Sie gegenüber allen Verantwortlichen als Bevollmächtigte ausweist. Es wird Ihnen morgen früh persönlich überreicht werden.«

»Hoffentlich nicht von ihm persönlich«, murmelte Anna leise vor sich hin. Mit lauter Stimme sagte sie: »In Ordnung. Ich werde mich telefonisch mit Mr. Brierly und Dr. Frank in Verbindung setzen. Dann werden wir sehen, was zu tun ist. Geht es Thea jetzt besser?«

»Wie man mir sagte, macht sie gute Fortschritte«, sagte er in dem gleichgültigen Ton eines Mannes, der ein Geschäft für abgeschlossen erachtet und sich in Gedanken bereits interessanteren Dingen zugewandt hat.

Dr. Frank, den sie eine halbe Stunde später anrief, sah die Sache etwas anders. »Sie ist sehr krank«, meinte er. Das Fehlen jeglichen Fachjargons war erfrischend. »Ich will nicht mit Diagnosen um mich werfen. Das ist zu diesem Zeitpunkt ohnehin nicht möglich, und Ausdrücke wie Schizophrenie oder Hysterie sind sehr ungenaue Bezeichnungen für eine ganze Palette von Symptomen. Lassen Sie uns lieber sagen, daß sie sehr, sehr verwirrt ist.«

»Nun, würde sie noch mehr verwirrt, wenn ich mit ihr sprechen würde?« fragte Anna. »Das würde ich nicht wollen.«

»Es wird Sie wohl mehr beunruhigen als Thea«, sagte er zu Annas Erstaunen. »Man könnte sagen, daß ihre Sprache und ihr Verhalten sich zu einer Form des Selbstschutzes entwickelt haben. Zumindest ist das eine mögliche Art der Erklärung. Aber ich weiß nicht, inwiefern Sie sich aus dem, was sie erzählt, einen Reim machen können. Was sie sagte, könnten zufällige Fantastereien sein, aber mir scheint eher, daß sie einen Code oder ein Chiffriersystem benutzt.« Plötzlich lachte er auf. »Ich bin nur ein armer, alter Klapsdoktor: Manchmal glaube ich, daß ich ein Dichter oder einer der Patienten sein müßte, um einiges von dem verstehen zu können, was sie erzählen.

»Kann ich einen Dichter mitbringen?« fragte sie schnell.

«Meinen Sie das im Ernst?« fragte Dr. Frank amüsiert.

»Ja.« Zum einen hatte sie Bedenken, Thea wiederum allein zu treffen; zum anderen dachte sie, daß Selwyn vielleicht besser geeignet war, mit Irrationalität umzugehen.

»Nun, ich glaube nicht, daß es ihr schaden würde«, sagte er. »Die Aufmerksamkeit, die ihr dadurch zukommt, könnte eher förderlich sein. Ich erwarte Sie dann morgen früh.«

Anna bedankte sich und legte auf. Sie ging nach unten und

überlegte, wie sie Selwyn davon überzeugen könnte, daß er für diese Aufgabe geeignet war, ohne ihn zu beleidigen.

12

Weit davon entfernt, beleidigt zu sein, brach Selwyn in überschwengliche Freude aus. »Ich habe mir schon gedacht, daß du eines Tages auf mein spezielles Talent würdest zurückgreifen müssen«, sagte er triumphierend. »Es wurde Zeit, daß du ein bißchen mehr Respekt für etwas anderes als das rein Praktische entwickelst. Natürlich ist es nicht dein Fehler, Leo. Du hast einfach kein keltisches Blut in dir und deshalb nicht den richtigen Zugang zu den Mysterien des Lebens.«

»Dir wird keltisches Blut über die ganze Nase laufen, wenn du nicht aufhörst, mit den Armen durch die Luft zu wedeln«, sagte Anna schlechtgelaunt. Auf ihrer Fahrt nach Hampton Hill kamen sie gerade am Old Deer Park vorbei, dessen Grün sehr einladend wirkte.

Selwyn hatte sich mit seiner Kleidung dem Wetter angepaßt und trug ein rehfarbenes Leinenjackett, das an den Hüften enger saß als um die Brust. Zudem hatte er auf einen Strohhut bestanden, obwohl Bea ihn darauf hingewiesen hatte, daß er damit eher wie ein Patient als wie ein Besucher von Adam House wirkte.

»Great wits are sure to madness near allied«, deklamierte er, ohne sich um Annas Bitte um eine bessere Sicht zu kümmern. *»And thin partitions do their bounds divide.«*

»Welcher Versager hat denn das gesagt?« fragte Anna, die an Thea dachte, wie sie an ihrem Daumen lutschte und sich unter dem Bett verkroch. »Es sieht diesen miserablen Dichtern ähnlich, miserable Zustände zu glorifizieren.«

Sie bog von der Hauptstraße in die Stille und die dichtbelaubten Gärten eines Vorortviertels ab. Jetzt, bei Tageslicht, erschien Adam House ihr größer als zuvor. Auf einem Grundstück von dreizehnhundert Quadratmetern gelegen, erschien es noch exklusiver, weil zwei Seiten des Grundstücks an einen Golfplatz angrenzten. Die Häuser in der Nachbarschaft waren zwar kleiner, doch ebensogut durch große Gärten, hohe Mauern oder Hecken vor jeder Sicht geschützt.

Adam House selbst hatte etwas von dem Charakter eines zweitklassigen Gruselfilms. Es hatte schmale, in Stein gefaßte Bleiglasfenster, von denen einige vergittert waren, wie Anna mit Unbehagen bemerkte. Als sie durch Eingangstüren von der Größe eines Kirchenportals in die gewölbte Eingangshalle gingen, blickte Selwyn sie von der Seite an.

»Es wird seiner Funktion gerecht«, flüsterte er. Auf einem Schild an einer der Türen stand ›Empfang‹ geschrieben. Anna klopfte an und ging hinein. Drinnen fand sie Mrs. Grayle vor, die an einem Mahagonyschreibtisch saß und sich in einem Terminkalender Notizen machte. Sie erhob sich und kam um den Schreibtisch herum auf sie zu, um ihr die Hand zu schütteln. Anna stellte Selwyn vor.

»Schön, Sie wiederzusehen«, sagte Mrs. Grayle zu Anna. »Ich werde zwei der Jungs bitten, Sie nach oben zu Dr. Frank zu bringen.«

Dr. Franks Raum lag im dritten Stock. Sie wurde von einem leicht hinkenden, jungen Mann dorthin geführt. Anna konnte Selwyn ansehen, wie sehr er bemüht war herauszufinden, ob dieser Mann nun zu den Patienten gehörte oder nicht. Das war ein schwieriges Unterfangen, denn niemand, dem sie begegneten, trug Krankenhauskleidung. »Es ist schon seltsam«, flüsterte Selwyn ihr mit durchdringender Stimme zu. »Sobald man weiß, daß man in einem Irrenhaus ist, hält man jeden für verrückt.«

»Pscht«, meinte Anna. Der junge Mann wandte sich um und grinste sie an, was nicht gerade zu ihrer Beruhigung beitrug.

Sie wurden in ein holzgetäfeltes Wartezimmer geführt. Einige der bequemen Ledersessel waren bereits besetzt, und der junge Mann bedeutete Selwyn, Platz zu nehmen. Anna führte er durch eine andere Tür auf einen Gang. Von diesem gingen weitere Türen ab, auf denen jeweils Schilder mit den Namen von Ärzten angebracht waren. Der junge Mann klopfte bei Dr. Frank und ging dann fort.

Die Tür wurde von einem etwa fünfzigjährigen Mann geöffnet. Er hatte kaffeebraune Augen, seine Augenbrauen waren buschig wie eine Raupe, und sein lockiges Haar begann, grau zu werden. Er war dabei, ein Tomatensandwich zu essen. Eine Hälfte hielt er in der Hand, der Rest war im Mund verschwunden. Auf Anna, die einen distinguierten Mann erwartet hatte, wirkte er keineswegs wie ein Psychiater.

»Hallo. Ich heiße Anthony Frank«, sagte er durch einen Sprühregen von Krümeln. »Kommen Sie rein. Nehmen Sie Platz. Anna Lee, richtig? Ich wollte mit Ihnen ein paar Dinge klären, bevor Sie Thea sehen. In Ordnung?«

»Okay«, sagte Anna. Sie sah sich um. Das Büro befand sich in einem schmalen Raum, der so lässig eingerichtet war, daß es fast an Unordnung grenzte. Die Wände waren mit Korkplatten überzogen, an die in einem lustigen Patchworkmuster Zeichnungen und Fotos geheftet waren.

»Sehen Sie«, fuhr Dr. Frank fort. »Theas Vater und ich sind wahrscheinlich unterschiedlicher Meinung, was nur natürlich ist, denn er stellt einen Teil von Theas Problemen. dar. Während ich hoffe, Teil der Lösung sein zu können. Ich weiß, daß er Sie nach Dorset fahren läßt, damit Sie den Familiennamen reinwaschen. Und ich habe den Verdacht, daß er hören will, dort unten sei nichts von Wichtigkeit passiert. Ich hingegen bin zu der Überzeugung gekommen, daß etwas passiert ist. Und wenn ich Thea helfen will, muß ich wissen, was es gewesen ist. Wenn Mr. Hahn allerdings seinen Grundsätzen treubleibt, wird er es mich nicht wissen lassen wollen.

Ich bin damit einverstanden, daß Sie Thea sehen, weil ich denke, daß Sie ihr vielleicht helfen können. Mr. Hahn hat Sie angestellt, weil er glaubt, daß Sie ihm helfen könnten.« Er breitete seine Hände aus und lächelte entwaffnend.

»Wenn es drauf ankommt, bin ich gehalten, mich auf die Seite meiner Klientin zu stellen«, meinte Anna, die nun ihrerseits lächelte. »Aber da ich nicht weiß, zu welchen Ergebnissen ich in Dorset kommen werde, kann ich keinerlei Versprechungen machen, weder zu der einen noch zu der anderen Seite. Was ich gern wüßte – falls Thea tatsächlich in Schwierigkeiten gewesen sein sollte und die Polizei hinter ihr her ist, auf welcher Seite stehen Sie dann?«

»Wenn es darauf ankommt, stelle ich mich ebenfalls auf die Seite meiner Klientin«, sagte er. »Ich weiß nicht genau, wie die Rechtslage ist, aber ich würde mein Äußerstes tun, um die Polizei von meiner Patientin entfernt zu halten.«

Für einen Moment starrten sie sich an, ohne etwas zu sagen. Dann meinte Anna: »Gut, im Moment scheinen wir auf derselben Seite zu stehen.«

Dr. Frank lachte. »Thea nennt Sie ›Anna die Katze‹«, sagte er unvermittelt. »Vor zwei Tagen schien das noch nicht so zutreffend. Sollen wir jetzt zu ihr hinuntergehen?«

Sie fanden Selwyn im Wartezimmer, wo Anna ihn zurückgelassen hatte. Neben ihm saß ein kleiner Mann, der einen ordentlichen Straßenanzug und Pantoffeln trug, und ihm mit ernster Miene etwas ins Ohr flüsterte. Selwyn wirkte ein wenig nervös. Als er die beiden sah, sprang er auf und folgte ihnen zur Treppe außerhalb des Wartezimmers.

»Was für ein Kerl war das?« fragte er, als sie in den ersten Stock hinuntergingen. »Er meint, im Trinkwasser seien einzellige Finanzbeamte, die in das Gefäßsystem eindringen und so Herzattacken erzeugen.«

Dr. Frank lachte, sagte aber nichts. Anna meinte: »Es ist wahrscheinlich ein Arzt gewesen.« Wieder lachte Dr. Frank. Er klopfte an Theas Tür und betrat dann ihr Zimmer, ohne auf eine Antwort gewartet zu haben. Anna und Selwyn folgten ihm.

Das Zimmer war von Sonnenlicht durchflutet. Ein Strauß aus Feldblumen und Federn stand auf der Kommode in einer Vase. Es war so gemütlich, wie Anna es in Erinnerung hatte. Thea, fand sie, sah besser aus: die blauen Flecken waren jetzt völlig verblaßt, und ihr Haar war sauber und glänzte. Sie saß am Fenster und blickte auf den Garten hinaus. Nur die linke Hand, die am Handgelenk steif nach innen gebeugt war, und die Augen, gläsern wie die einer Puppe, wirkten anormal.

Dr. Frank sagte: »Ich habe Anna und ihren Freund Selwyn mitgebracht. Möchtest du gern mit ihnen reden?«

Thea stand langsam auf und reichte beiden ernst die Hand. »Nimm doch hier Platz, Anna«, sagte sie und zog einen zweiten Stuhl ans Fenster. »Ich freue mich, daß du gekommen bist. Du bist der weiße Ritter, der die weiße Königin in der weißen Nacht bewacht.«

Selwyn und Dr. Frank saßen nebeneinander auf dem Bett, ohne weitere Beachtung zu finden. Anna sagte: »Ich finde es auch schön, dich wiederzusehen.«

»Als wir uns das erste Mal getroffen haben, war ich sehr jung«, meinte Thea und sah Anna mit ernstem Blick an, die sich von den Augen des Mädchens förmlich aufgesaugt fühlte. »Seitdem bin ich ein bißchen erwachsener geworden. Magst du mich denn auch jetzt noch, wo ich größer bin?« fuhr sie nach einer kurzen Unterbrechung fort. »Ich habe dir deine Sonnenbrille weggenommen, oder? Hat es dir etwas ausgemacht?«

»Nein, natürlich nicht«, sagte Anna. »Du hast sie wohl eher gebraucht als ich. Wenn du willst, kannst du sie behalten.«

»Das Schutzschild des weißen Ritters.« Thea wandte sich wieder dem Fenster zu. Anna war erleichtert. Sie blickte zu Dr. Frank hinüber, der sie aufmunternd anlächelte. Sie fragte: »Erinnerst du dich, daß du in Britmouth gewesen bist, Thea?«

Zunächst schien es, als hätte sie nicht zugehört. Sie sah mit starrem Blick aus dem Fenster. Anna wollte ihre Frage gerade wiederholen, als Thea mit leiser, ausdrucksloser Stimme sagte: »Erinnern? Erinnern. Zwischen uns beiden ist Erinnerung immer möglich. Wir sind auf Erinnerung programmiert. Wir haben ein neunhundertneunundneunzig Kilo-Memory*. Die Frage ist natürlich, ob man Zugang zu seinem Gedächtnis hat. Weißt du das Kennwort?«

»Nein«, sagte Anna, plötzlich aufgerüttelt. »Kannst dur mir dabei helfen?«

»Das ist sehr schwer«, sagte Thea traurig. »Es gibt vier Sicherheitsvorkehrungen. Hinterhältige Vorkehrungen.«

»Vier?«

»Den Hund, den Vogel und den Hirsch. Alle weiß. Dazu kommt noch der komische schwarze Kerl, der das Output erstellt. Du kommst nicht an den Datenblick mit den Adressen, ohne alle vier zu besänftigen.«

»Nun gut, und wie steht's mit dir?« fragte Anna, die den Boden unter den Füßen verloren hatte. »Wie findest du Zugang?«

»Da ist nur ein Layrinth«, erwiderte Thea geduldig. »Das Laybrinth dient nur als Unterkunft, aber wie ich schon sagte, ist es gut bewacht – von den vier, manchmal aber auch mehr Wesen. Manchmal sind es sogar neunundneunzig Anschläge pro Sekunde. Du mußt also schnell sein. Es geht darum, die Kanäle aufeinander abzustimmen und die Parameter einzusetzen. Danach brauchst du ein Kennwort, und dann mußt du wiederum in der Lage sein, den Computerausdruck zu lesen, der manchmal ziemlich unverständlich ist. Das hat der kleine schwarze Mann zustandegebracht. Es hängt alles davon ab, wie zuverlässig du bist.«

»Wie steht's mit Southampton?« fragte Anna. »Ist das eines der Kennwörter?«

»Southampton war die Schaltstelle«, sagte Thea und fing an zu weinen; sie schaukelte vor und zurück, während ihr die Tränen aus den Augen liefen. Anna war bestürzt. Schnell gab sie Thea ihr Taschentuch und hockte sich vor ihr auf den Boden, um ihre Hand zu streicheln.

»Wieviele Tode stirbt der Erlöser?« schluchzte Thea. »Es war wundervoll, als Jesus Christus nach Ostern wiederauferstanden war, aber was soll die ganze Sache, wenn sie ihn nächstes Jahr wieder kreuzigen? Einmal im Monat tötet die Sonne den Mond. Wie lange kann es so weitergehen?«

»Nicht lange«, sagte Anna. »Hör bitte auf zu weinen.« Aufgebracht sah sie zu Doktor Frank hinüber. Thea hörte so plötzlich auf zu weinen, wie sie angefangen hatte. Mit Annas Taschentuch wischte sie sich die Augen. »Eine Gefälligkeit des weißen Ritters«, sagte sie mit müder, kindlicher Stimme. »Kann ich es behalten?«

* Anm.d.Ü.: Bezeichnung für e. bestimmte Speicherkapazität e. Computers

»Ja.« Anna erhob sich und klopfte Thea mit einer Hand, die sich anfühlte, als gehörte sie zu jemand anderem, auf die Schulter.

»Müde?« fragte Dr. Frank vom Bett her.

»Ja.« Thea nickte. Anna wollte auch mit Ja antworten, erkannte aber rechtzeitig, daß die Frage nicht an sie gerichtet war.

»Dann würde dir ein bißchen Ruhe vor dem Mittagessen bestimmt guttun.« Dr. Frank stand ruhig auf und ging zum Fenster. »Roll einfach ein bißchen mit dem Kopf. Genau so. Atme tief ein. Du fühlst, wie deine Füße und Hände schwer werden. Du brauchst deine Hand nicht so zu halten, Thea. Laß einfach locker. So ist es richtig.«

Anna ging langsam davon und stellte sich an die Tür, während Dr. Frank mit Thea durch eine Entspannungsübung ging und sie, als sie ruhig geworden war, am Handgelenk nahm, als wollte er ihren Puls fühlen. Er schüttelte ihre schlaffe Hand und ließ sie dann in ihren Schoß fallen.

»Vor dem Mittagessen gibt's keine Muntermacher mehr«, ermahnte er sie. Sie lächelte schwach und sagte mit dünner Stimme: »Kann Anna mich wieder besuchen kommen? Ich tue ihr nicht weh, oder?«

»Wenn sie möchte, kann sie wiederkommen.«

»Wirst du mich wieder besuchen kommen, Anna? Ich werde versuchen, dir nicht weh zu tun. Bringst du mir was zu lesen mit?«

»Was würdest du denn gerne lesen?« fragte Anna, die sich sehnlichst wünschte, schon an der anderen Seite der Tür zu sein.

»Deine Entscheidung«, sagte die Kleinmädchenstimme gespenstisch.

»In Ordnung. Tschüs, bis bald.« Anna öffnete die Tür und ging hinaus. Selwyn folgte ihr in ungebührlicher Eile, und zusammen warteten sie auf dem Gang, bis Dr. Frank sich ihnen anschloß.

»Gut gemacht«, sagte er, als sie zur Eingangshalle hinuntergingen. »Anscheinend vertraut sie Ihnen.«

»Was hat es mit dem Kleinmädchengehabe auf sich?« fragte Anna, ohne auf das Kompliment zu reagieren. »Und warum hat das Krankenhaus in Britmouth behauptet, sie wäre geistig zurückgeblieben? Sie haben ein EEG gemacht, wissen Sie.«

»Ich weiß.« Dr. Frank hielt einen Moment inne, als müßte er entscheiden, was er als nächstes sagen würde. »Ihnen beiden muß aufgefallen sein, daß Thea ein Versteckspiel treibt. In Britmouth hat sie sich hinter der Maske einer geistig Zurückgebliebenen versteckt.«

»Meinen Sie, sie spielt uns nur was vor?« fragte Selwyn hoffnungsvoll. Er sah sehr blaß aus. Dr. Frank erwiderte: »Keineswegs. Wie Anna schon sagte, haben die EEG-Werte auf eine schwerfällige

Persönlichkeit hingewiesen. Hätte man die kortikalen und galvanischen Hautreaktionen getestet, wäre man wahrscheinlich zu ähnlichen Ergebnissen gekommen. Aber hätte man heute die gleichen Untersuchungen vorgenommen, wären die Befunde ganz anders. Der Unterschied wäre so gravierend wie der zwischen zwei völlig verschiedenen Individuen. Ich fürchte, daß ich Ihnen dafür keine zufriedenstellende Erklärung geben kann, denn ich kann für mich selbst nicht behaupten, daß ich dieses Phänomen verstehe. Das einzige, was ich mit Sicherheit sagen kann, ist, daß sich ihr Ich in völliger Auflösung befindet.«

»Das scheint ja dem gleichzukommen, was sie über sich selbst gesagt hat«, meinte Selwyn, der sehnsüchtig in Richtung Tür und auf den davor abgestellten Wagen blickte. »Das heißt, wenn Sie den ganzen Unsinn über Computer als Metapher verstehen. ›Neunundneunzig Anschläge pro Sekunde‹! Ich frage mich, ob das alles nur Wortspiele waren.«

»Ja und nein«, sagte Dr. Frank.

»Ist das alles ziemlich neu?« fragte Anna neugierig. »Ich meine, worauf hat Ihre Behandlung vorher abgezielt?«

»Auf jeden Fall nicht darauf«, sagte er, und man merkte ihm an, daß er seine Worte vorsichtig wählte. »Ich war von der Entwicklung schockiert. Genau das ist es, was mich zu der Vermutung veranlaßt hat, daß sie ein Trauma durchlebt haben muß.«

»Können Sie sie heilen?« Anna fiel auf, daß sie diese Frage in bittendem Tonfall gestellt hatte. Sie räusperte sich und bewegte sich auf die offene Tür zu. Selwyn und Dr. Frank folgten ihr.

»Wahrscheinlich kann ich ihr helfen«, antwortete Dr. Frank, wiederum sehr vorsichtig. Er musterte sie verschmitzt. »Werden Sie wiederkommen?« fragte er.

»Ich habe ihr doch ein Buch versprochen«, erwiderte sie kurzangebunden. Sie wollte sich nicht festlegen. Allem Anschein nach war Selwyn ebenfalls nicht sonderlich daran interessiert. Dr. Frank schien Verständnis zu haben. Er äußerte sich nicht weiter, begleitete sie aber zum Wagen, um sich zu verabschieden.

»Netter Typ, meinst du nicht?« fragte Anna, als sie auf die Chertsey Road abbogen. Aber zumindest diesmal weigerte Selwyn sich zu reden. Er blieb mürrisch und ruhig sitzen, bis sie nach Hammersmith kamen.

»Weißt du, was sie mit dem Hund, dem Hirsch und dem Vogel meinte?« fragte Anna in der Hoffnung, ihn aufmuntern zu können, bevor sie nach Hause kamen. Durch einen Verkehrsstau waren sie zur Untätigkeit verdammt. Auf einer Reklamewand gleich neben ihnen verkündet ein Plakat, daß ein Flug nach Australien weniger Zeit in Anspruch nähme als die wenigen Meilen, die sie auf ihrem Nachhauseweg hinter sich legen müßten.

»Kommt drauf an, ob sie *Die weiße Göttin* gelesen hat«, sagte Selwyn mit flacher Stimme. »Graves zufolge bewacht der Hund die Unterwelt; der Kiebitz ist ein mit Tabu belegter Vogel, der einen trügerischen Lockruf hat und seine Eier versteckt. Ich kann mich nicht genau daran erinnern, was es mit dem weißen Rehbock auf sich hat, aber auf jeden Fall hat er auch was mit Verstecken zu tun. Wenn du mich fragst, hat sie dir in einer Art Allegorie mitteilen wollen, daß du sie in Ruhe lassen sollst.«

Anna war nun an der Reihe zu schweigen.

Als sie zuhause ankamen, stieg Selwyn aus dem Wagen und stapfte die Treppe hinauf, ohne ein Wort zu sagen. Er hatte seinen Schlüssel vergessen und mußte deshalb auf Anna warten, damit sie ihm die Tür öffnete.

»Wer oder was ist Anna, die Katze?« forderte sie ihn heraus, als sie den Schlüssel im Schloß herumdrehte.

»Kannst du denn nicht einmal in deinem Leben ein Buch lesen?« fuhr er sie an, während er sich an ihr vorbei ins Haus drängte. »Anna, die Katze ist eine Hexe aus dem siebzehnten Jahrhundert.«

13

Auf der einen, sanft ansteigenden und mit Äckern übersäten Seite des Abhangs verlief die Straße in Windungen, doch auf der anderen, bewaldeten Seite fiel sie steil zur See ab. Anna hielt am obersten Punkt an, denn von dort hatte sie einen Blick auf das durch den Fluß in zwei Hälften geteilte Britmouth. Sie wollte nachvollziehen, was in den zwei Wochen, in denen Thea vermißt wurde, passiert war, wußte aber nicht, wie sie vorzugehen hatte. Jeglicher Versuch, von dem Zeitpunkt auszugehen, an dem Thea verschwunden war, war fehlgeschlagen. Nun konnte sie mit ihrem Wiederauftauchen am Mittwoch beginnen. Doch die fehlenden zwei Wochen ließen viele Vermutungen zu, und es gab keinerlei Anhaltspunkt außer der zunehmenden Sicherheit, die sie übrigens mit Dr. Frank teilte, daß etwas Bemerkenswertes hatte geschehen müssen, um das brillante Mädchen, nach dem sie gesucht hatte, in das vereinsamte und verrückte Kind zu verwandeln, das sie letztendlich gefunden hatte.

Der einzige Hinweis, den sie hatte, führte zu dem Polizeibeamten, der Thea in das Krankenhaus in Britmouth eingeliefert hatte, zu Constable Mason. Aber da seine Nachforschungen aller Wahrscheinlichkeit nach der Grund für Rodney Hahns Panik waren, würde sie Vorsicht walten lassen müssen, um die Dinge nicht noch schlimmer zu machen, als sie ohnehin schon waren.

Erinnerungen an Selwyn schlichen sich in ihre Überlegungen ein: sein ungewöhnliches Schweigen, seine schlechte Laune. Die Gründe für diese Verhalten waren ihr klar geworden, als sie sich auf die Reise nach Britmouth gemacht hatte. Bea war für einen der üblichen kleinen Plausche zu ihr nach oben gekommen. Sie hatte sich gerade die Haare gewaschen und war noch in Lockenwicklern gewesen, als Selwyn nach Hause gekommen war. Sie hatte etwas unbehaglich auf der Kante von Annas Bett gesessen und ihr stockend und verlegen einen Vortrag über die poetische Sensibilität ihre Mannes gehalten. Anna hatte zugeben müssen, daß es ein Fehler gewesen war, ihn zu dem Treffen mit Thea mitzunehmen, und sie waren übereingekommen, daß das nicht wieder geschehen sollte.

»Er wollte nicht, daß ich nach oben komme und es dir erzähle«, meinte Bea ungeschickt. »Er hat geglaubt, du würdest ihn für einen Weichling halten. Aber nachdem ich darauf bestanden habe, hat er mich förmlich die Treppe raufgeschoben, damit ich dich ja nicht verpasse. Er ist sehr durcheinander. Er hat wirklich helfen wollen, aber ich glaube nicht, daß die Geisteskranken mit ihm einer Meinung sind.«

Anna tat es leid, daß sie Selwyn verwirrt hatte. Obwohl sie ihn schon seit Jahren kannte, war es ihr immer noch unmöglich, im voraus zu wissen, was ihn beunruhigen und was ihn in Freude versetzen würde. Was ihre Person betraf, ging es ihr allerdings eher darum, daß sie nun keinen mehr hatte, der ihr mit Thea helfen würde. Selbst wenn Selwyn verwirrt worden war, hatte er doch zumindest Einsicht in das bekommen, was sie meinte. Zudem konnte Anna selbst nicht behaupten, daß Thea keinen Eindruck bei ihr hinterlassen hätte. Sie hatte die Begleitung einfach ebensosehr gebraucht wie einen möglichen Übersetzer.

Selwyn, so hatte Bea ihr erzählt, wollte sich nach einem Ersatz umsehen. Aber Anna geriet darüber nicht gerade in Begeisterung. Im großen und ganzen war auf Selwyns Freunde noch weniger Verlaß als auf Selwyn selbst.

Jetzt, drei Stunden später, wurde es Zeit, die Bekanntschaft von Constable Mason zu machen. Sie ließ den Wagen an und fuhr, dem Zickzackverlauf der Straße folgend, durch den Wald zur Stadt hinunter.

Im Zentrum der Stadt, gleich am Fluß gelegen, fand sie das Polizeirevier. Es befand sich in einem flachen, quadratischen Gebäude, das, bedingt durch die Abgase, von einer schwarzen Schicht überzogen war. Drinnen begegnete sie den üblichen abgenutzten Linoleumböden, der üblichen Neonbeleuchtung, die den Lichteinfall aus den wie üblich klein bemessenen Fenstern ergänzen sollte. Und den üblichen gelangweilten Sergeanten an der Auskunft. Sie setzte ein möglichst unschuldiges Lächeln auf und begann, Erkundigungen einzuziehen.

Wie sie erfuhr, war Tom Mason nicht im Dienst. Er wäre oben in der Stadt auf dem Cricketfeld bei dem Spiel Britmouth XI gegen Charbarrow. Britmouth würde Charbarrow haushoch schlagen, obwohl einer von deren Spinbowlern sich vor fünfzehn Jahren bei Hampshire versucht hätte. Nach vorsichtigem Nachbohren hatte sie sogar in Erfahrung gebracht, daß das Cricketfeld am nördlichsten Ende der Stadt lag, und daß sie es auf ihrem Weg ins Zentrum tatsächlich schon passiert hatte.

Anna folgte ihren Hinweg zurück und fand das Spielfeld an der äußersten Peripherie der Stadt auf dem letzten ebenen Stück. Nicht völlig eben, wie ihr ein Platzwart versicherte. Das Feld wäre leicht abschüssig, was ein cleverer Mannschaftskapitän dazu nutzen könnte, seine schnellen Werfer am oberen Ende des Hügels aufzustellen. Tom Mason, so erzählte er weiter, war nach nur elf Läufen durch einen ausgefuchsten In-Swinger bereits ausgeschieden.

Er saß untröstlich auf einem Stück Rasen neben dem Clubhaus. »Ich habe den Ball aus den Augen verloren«, sagte er zu einem kleinen Jungen, der voller Verachtung neben ihm stand. »Laß nie den Ball aus dem Auge.« Der kleine Junge sah ihn an, als könnte er sich nicht vorstellen, so dumm zu sein, wenn er erst einmal groß genug wäre, einen Schläger zu halten, und ging dann ohne ein Wort davon.

»Das war mein Sohnemann«, meinte Tom Mason verdrießlich, als Anna neben ihm Platz genommen und sich vorgestellt hatte. »Ich scheine immer früh rauszufliegen, wenn meine bessere Hälfte ihn mitbringt. Ich weiß nicht, warum. Ich streng' mich wahrscheinlich zu sehr an oder so. Aber ich wünschte wirklich, daß sie den Jungen zuhause ließe.«

Anna hatte Verständnis für ihn. Sie freute sich, daß er bereits ausgeschieden war, hätte ihm aber mehr als nur elf Läufe gewünscht. Fünfundzwanzig oder dreißig, dachte sie, hätten ihn wahrscheinlich zugänglicher gemacht. Sie erzählte ihm, daß Theas Vater sie hergeschickt hätte, um Theas Gepäck wiederzufinden. Ein solcher Zugang schien am wenigsten Verdacht zu erwecken. Sie wollte auf keinen Fall, daß er zu neugierig wurde.

»Ihr Gepäck?« sagte er nachdenklich. »Soweit ich mich erinnern kann, hatte sie keins bei sich. Auch keine Schuhe, das arme Kind. Nur eins von den kleinen Schulterdingern, die diese Kids immer tragen.«

»Wo genau haben Sie sie gefunden?«

»Im Einkaufsviertel, direkt vor Woolworth«, erzählte er ihr. »Jemand hat im Revier angerufen und gesagt, daß da ein krankes Kind wäre, das sich komisch verhalten würde. Aber als ich dort angekommen bin, war sie schon wieder auf den Füßen und hat mit einer Geschwindigkeit von einer Meile pro Minute geredet.«

»Sie ist sehr krank, das arme Ding«, sagte Anna ohne viel Nachdruck.

»Mir kam es vor, als wäre sie helle genug.« Er unterbrach sich. Eine Welle von Applaus breitete sich um das Clubhaus aus. Die Schlagmänner hatten drei Läufe gemacht. »Guter Schlag«, rief Tom Mason und begann, ebenfalls zu klatschen. »Wir werden sie doch noch schlagen. Nein, sie war echt helle«, fuhr er fort, während er den Blick immer noch auf die weißen Figuren auf dem Spielfeld gerichtet hielt. »Man könnte sogar sagen, zu helle. Hat gesagt, sie wäre irgendwo durch ein Gatter gegangen, und ein Bulle hätte sie angegriffen. Dann hat sie gesagt, nein, es wäre doch kein Bulle, sondern ein Mann gewesen, und sie hätte ihn umgebracht.

Ich habe versucht, sie zu beruhigen, damit ich sie in den Wagen krieg'. Deshalb sag' ich zu ihr: ›Schwätz nicht so blöd rum.‹ Aber sie hat einfach nicht genug gekriegt. Nein, sagt sie, ich habe diesen Mann umgebracht. Na ja, später am Nachmittag hab' ich dann gehört, daß es in Southampton einen Mord gegeben hat; und da hab' ich mir so meine Gedanken gemacht, aber als ich dann zum Krankenhaus zurückgegangen bin, war sie schon nach London verlegt worden.«

»Hat sie etwas darüber gesagt, wen sie umgebracht hat?« fragte Anna.

»Sie hat gesagt, es wäre ihr Vater gewesen. Ich bin mir da aber nicht ganz sicher. Als ich sie gefragt habe, was sie mit ihm gemacht hätte, hat sie gesagt, sie hätte ihn aufgegessen. Ich weiß, daß das jetzt komisch klingt, aber es hörte sich an, als würde sie glauben, was sie gesagt hat. Aber vorzugeben, verrückt zu sein, ist einer der ältesten Tricks der Welt.«

»Sie gibt nichts vor«, sagte Anna bestimmt. »Und ihr Vater ist wohlauf und lebt in Wimbledon.«

»Na ja, ich hab's ja gewußt«, sagte er fast mit Bedauern. »Trotzdem ist da noch dieser Mord.«

»Was wissen Sie denn darüber?« fragte sie und suchte, einen Anschein von gelassener Neugier zu erwecken.

»Ich glaube, die Typen von Southampton versuchen immer noch herauszufinden, wer der Mann ist. Aber er wurde in den Nacken geschossen. Das Zimmermädchen hat ihn an jenem Morgen in seinem Zimmer gefunden. Ist schon seit der Nacht tot gewesen. Ist ein riesiges Hotel, das Continental Gateway, und da hatte gerade ein Kongreß oder etwas in der Art stattgefunden. Aber keiner hat den Schuß gehört. Das glauben Sie doch selbst nicht, oder? All diese Leute in der Nähe, und keiner soll etwas gehört haben?«

Starker Applaus von den Fans der gegnerischen Mannschaft unterbrach seine Rede und übertönte Annas unwillkürliche Reaktion auf den Namen des Hotels. Die Anhänger der Heimmannschaft stimmten nur wenige Sekunden später in den Applaus ein. Der Schlagmann, der eben noch drei Läufe hintereinander gemacht hatte, lief mit einem verärgerten Grinsen in seinem roten, runden Gesicht vom Spielfeld. Er war in der Mitte des Laufs »ausgeschlagen« worden.

»Pech gehabt, alter Knabe«, rief Tom ihm zu, als er an ihnen vorbeiging, und fügte, indem er sich Anna zuwandte, hinzu: »Er hätte einen Lauf sausen lassen sollen. Er kann's nicht lassen, bei einem kurzen Ball zuzuschlagen und ihn in den Himmel zu jagen, der blöde Kerl. So geraten sie immer wieder aus der Bahn. Was haben Sie gesagt, wohin das Kind gebracht worden ist?«

»Na ja, weiß ich nicht genau«, entgegnete sie fröhlich. »Aber wissen Sie was? Der Rechtsanwalt der Familie, Mr. Embury, weiß über alles Bescheid.« Offensichtlich wurde es Zeit zu gehen, deshalb schrieb sie ihm unter Vortäuschung äußerster Hilfsbereitschaft Mr. Emburys Telefonnummer auf. Das konnte keinen Schaden anrichten, überlegte sie mit einem amüsierten Grinsen. Wenn Mr. Embury schon überheblich sein mußte und eine der Oberklasse gemäße Obstruktionspolitik betreiben wollte, sollten seine Fähigkeitn sich ebensogut dort erweisen können, wo sie von Nutzen waren.

Als Anna das Cricketfeld verließ, hatte Britmouth XI 39 Läufe gemacht, wobei drei Spieler ausgeschieden waren. Unter anderen Umständen wäre es eine angenehme Art gewesen, den sonnigen Nachmittag so zu verbringen: neben dem kleinen, weißen Clubhaus auf dem Rasen zu sitzen, während Kastanienbäume diese Seite der Spielfeldgrenze in Schatten tauchten und sich hinter ihr die bewaldeten Hügel erhoben. Statt dessen kehrte sie in ihrem Wagen zum Zentrum von Britmouth zurück.

Das Einkaufsviertel wirkte, als wäre es in den Sechzigern von jemandem entworfen worden, der einen Abscheu vor den im älteren Teil der Stadt vorherrschenden weichen Linien und Ausschmückungen hatte. Fast alle Geschäfte waren zu diesem Zeitpunkt geschlossen, und Anna war eine der wenigen, die noch durch das Einkaufsviertel schlenderte. Sie fand Woolworth: Eine kahle Glasfassade und geschlossene Türen. Es gab nichts Auffälliges zu sehen, und niemand war da, mit dem sie hätte reden können; deshalb verließ sie das Einkaufsviertel und ging zu einem leeren Parkplatz, der dahinter lag. Auf der anderen Seite grenzte ein Busbahnhof an den Parkplatz.

Er war ebenfalls mehr oder weniger verlassen. Sie schlenderte ein wenig herum, sah sich Bekanntmachungen und Straßenkarten an. Die Busse, so bemerkte sie, kamen von und fuhren nach Yeovil, Lyme, Exmouth, Weymouth, Bournemouth, Poole und Dorchester. Die 369 war eine Direktlinie zwischen Britmouth und Southampton.

Der Fahrkartenschalter war das einzige Gebäude, das noch nicht geschlossen hatte. Anna öffnete die Tür und ging hinein. Eine dicke, grauhaarige Frau saß am Schalter, lutschte Peardrops und las die Zeitschrift *True Love*. Anna sagte: »Entschuldigen Sie. Eine meiner Bekannten hat am Mittwoch auf ihrer Durchreise im Bus eine Tasche verloren. Könnte ich bitte einen Blick auf die Fundsachen werfen?«

»Die Fundstelle ist nur von montags bis freitags geöffnet«, erwiderte die Frau, ohne aufzuschauen.

»Ich weiß, daß es Umstände macht, aber ich komme von ziemlich weit her«, sagte Anna einschmeichelnd.

»Montags bis freitags«, meinte die Frau, während sie vergnügt ihr Bonbon lutschte. »Ich verkaufe nur Busfahrkarten.« Sie blätterte eine Seite um. Anna biß die Zähne aufeinander. »Wissen Sie, meine Bekannte hat ihre dritten Zähne in der Tasche gelassen«, sagte sie mit einem zunehmenden Gefühl der Ohnmacht. »Sie hat seit Mittwochmorgen nichts Anständiges zu sich genommen. Es ist wirklich wichtig, daß ich sie finde.«

»Ich bin für die Fahrkarten zuständig. Bei dem Geld, das ich hier verdiene, wäre es zuviel verlangt, wenn ich auch noch Fundsachen öffnen müßte«, erklärte die Frau und blätterte eine weitere Seite um. »Kommen Sie am Montag wieder.«

»Nun, könnte ich den Aufsichtsbeamten sprechen?« fragte Anna. Endlich blickte die Frau auf. Sie lächelte. »Der Aufsichtsbeamte ist bis Montag nicht im Dienst«, sagte sie und schob sich ein weiteres Bonbon in den Mund. Anna wußte, wann sie sich geschlagen geben mußte.

Sie trottete schlecht gelaunt durch das Einkaufsviertel zu ihrem Wagen zurück. Sie würde nicht bis Montag in Britmouth bleiben, hatte aber auch keine Lust, hierher zurückzukehren. Einzig wegen der Widerspenstigkeit anderer Leute schien ihr Leben zu neunzig Prozent aus Dingen zu bestehen, die sie nicht tun wollte. Als sie in den Wagen steigen wollte, bemerkte sie, daß ein Antiquariat noch geöffnet hatte. Sie ging hinein. Im hinteren Teil des Ladens saß ein alter Mann mit einer fetten, braungestreiften Katze auf dem Schoß in einem Schaukelstuhl. Er schien fest zu schlafen, und sein leises Schnarchen drang durch die Regale, die mit verstaubten Büchern gefüllt waren.

Anna ging auf Zehenspitzen. Sie wollte ihn nicht aufwecken, bevor sie etwas gefunden hatte, das sie kaufen wollte. Ein Buch für Thea zu finden, würde ein Problem sein – ihre Bücherregale waren ohnehin schon bis zum Platzen mit Klassikern und Lehrbüchern vollgestellt. Eingedenk der Kleinmädchenstimme ging sie schließlich zu der Abteilung mit Kinderbüchern und fand nach langer Suche eine zerlesene Ausgabe von *Big Tiger and Christian*, ein Buch, das sie mit zehn Jahren begeistert gelesen hatte. Selbst wenn Thea es nicht mochte, so dachte sie, würde sie es selbst gern wieder lesen wollen. Sie weckte den alten Mann, um das Buch zu bezahlen, und ging, ihre Eroberung fest an sich gedrückt, in die Nachmittagssonne hinaus. Jetzt fühlte sie sich schon besser: Sie war eher in der Lage, den langen Heimweg anzutreten, obwohl sie wußte, daß sie am Montag würde wiederkommen müssen.

14

Es war schon ziemlich dunkel, als sie zuhause ankam. Die Fenster im Haus der Prices waren hell erleuchtet, und die Töne einer Bebop-Melodie der fünfziger Jahre drangen, gedämpft durch Fensterscheiben und Vorhänge, auf die Straße. Noch bevor sie die Haustür geöffnet hatte, wußte sie, daß Selwyn eine seiner spontanen Parties gab. Zwar überraschte er die Nachbarschaft nur ein- oder zweimal im Jahr mit solchen Parties, doch für gewöhnlich waren sie unvergeßlich. Diese Ereignisse fingen meist damit an, daß ein oder zwei Leute zum Abendessen eingeladen wurden. Selwyn ging dann unter dem Vorwand zum Pub, seinen Weinkeller aufstocken zu wollen, und nachdem er sich dort mit ein oder zwei Drinks Mut angetrunken hatte, verteilte er Einladungen an jeden, der das Pech hatte, anwesend zu sein. Die sich daraus ergebende soziale Mischung war immer ausgefallen und oft nur unter Schwierigkeiten zu bewältigen.

Die Haustür stand offen. Anna ging ins Haus und sah, daß die Party sich aus der Wohnung der Prices ergossen hatte und wie Wasser in einer Badewanne die halbe Treppe hinauf zu ihrer eigenen Wohnung angestiegen war. Einige Leute, wie der Gemüsehändler, ein ältlicher Nachbar oder die örtliche Gemeindeschwester, begrüßten sie lautstark. Sie konnte kein anderes bekanntes Gesicht entdecken. Ein Gutteil der Nachbarn war immer anwesend, da die einfachste Art, eingeladen zu werden, darin bestand, anzurufen und sich über den Lärm zu beschweren.

Völlig aufgelöst und mit von Geselligkeit und algerischem Rotwein gerötetem Gesicht kam Selwyn in die Diele geplatzt. »Leo!« grölte er. »Verzage nicht! Komm rein! Ich möchte dir jemanden vorstellen.« Er griff sie am Arm und bahnte sich seinen Weg ins Wohnzimmer.

Die Möbel waren zwar an die Wand zurückgeschoben, aber dennoch bot der Raum kaum genügend Platz für die Menge von Leuten, die sich darin drängte. Aus den Stereoboxen kam Dizzy Gillespies *Swing Low Seet Cadillac*, und einige schlecht zusammenpassende Paare schoben sich in völliger Mißachtung des Beats durch die Mitte des Raumes. Die anderen Leute waren mit dem beschäftigt, was auf Parties üblich ist: Trinken, rauchen und schreien. Anna sah die Mittelmeerschönheit aus dem italienischen Restaurant um die Ecke Wange an Wange mit dem jungen Fernmeldetechniker tanzen, der ein Fan der Queens Park Rangers war und schon seit Monaten ein Auge auf sie geworfen hatte. Nun, außerhalb des Einflußbereichs ihrer großen und übermäßig besorgten Familie, wollte sie die Nacht durchmachen. Ein Mann, von dem sie wußte, daß er einer der Bankmanager von der High Street und Stammgast in Selwyns Lieblingspub war, unterhielt sich mit einer aus unterschiedlichsten Frauen zusammengesetzten Gruppe, von denen die eine Friseuse und eine andere die Frau des Gemüsehändlers war. Seine eigene Frau war nirgends zu sehen.

Im Gefolge von Selwyn wäre sie beinahe über Sam Tulloch gestolpert, der auf einem Kissen zu Füßen einer Schauspielerin mittleren Alters saß, die Selwyn heiß verehrt hatte, bis ihr ein Licht aufgegangen war, und sie ihren Agenten geheiratet hatte.

»Hallo, Pilgrim«, rief Anna ihm zu. »Was machst du denn hier?«

»Er schmeichelt meinem angeschlagenen Ego«, schrie die Schauspielerin. »Hattest du gewußt, daß der kleine Liebling hier mich noch von meinen alten Filmen im Fernsehen her kennt? Und so jung!«

»Ich bin eigentlich gekommen, um Sie zu sehen«, rief Sam, der noch immer auf dem Boden saß. Er wirkte angetrunken und leicht verwirrt. »Mr. Price hat mich gebeten, hereinzukommen und hier auf Sie zu warten.«

»Ich bin sofort wieder da«, sagte Anna, die von Selwyns eisernem Griff um ihren Arm weitergezogen wurde. Vor Bea hielten sie einen Moment inne – gerade lange genug, damit Selwyn ihr ein Glas in die Hand drücken und Bea es mit einem Getränk auffüllen konnte, das die Augen zum Tränen brachte. Bea trug ihr bestes Stück, das blaue Seidene, und war nur noch zu einem schiefen Lächeln in der Lage. Morgen würde sie sich beschweren, doch heute abend wollte sie sich vergnügen.

»Kannst du nicht jemand Jüngeres für Sam finden?« schrie Anna.

»Sam ist zu jung für jemand Jüngeren«, brüllte Selwyn zurück. »Eine ältere Frau ist das einzige, was er in seinem Alter erwarten kann.«

»Mindestens vierzig Leute«, meinte Bea überglücklich. Ein ihr unbekannter junger Mann mit einer schiefsitzenden Krawatte legte seinen Arm um sie, gab ihr einen Kuß auf die Wange und bat sie um Wein und einen Tanz. Bea schob ihn von sich, doch nur so weit, daß sie sein Glas füllen konnte. Selwyn schnaubte wütend und ging weiter, bis er an das Fenster kam und nicht weiterkonnte. Er tippte mit dem Finger auf einen breiten Rücken und sagte, als der Fremde sich umdrehte: »Quex, das ist Leo. Leo, das ist Quex.«

»Hallo, Quex«, sagte Anna gut aufgelegt und hoffte, daß dies nicht wieder einer von Selwyns Kreuzzügen als Heiratsvermittler war. Von Zeit zu Zeit bekundete er ein unverschämtes Interesse an ihrem Liebesleben. Immer wenn es dort Lücken gab, brachte er Kandidaten auf, die diese Lücken füllen sollten, doch Anna hatte bis jetzt noch keinen passenden gefunden.

»Quex ist ein Kollege«, vertraute Selwyn ihr in voller Lautstärke an. Anna wußte nicht, ob das nun heißen sollte, daß er ein Dichter war, daß er bei der Zeitschrift arbeitete, die Selwyns Arbeiten gelegentlich veröffentlichte, daß er früher einmal mit Selwyn studiert hatte oder daß er einfach betrunken war. Auf jeden Fall schien er nicht betrunkener als alle anderen zu diesem Zeitpunkt, und im Vergleich zu Selwyn war er bestimmt der Gruppe der Nüchternen zuzurechnen. Seine Augen waren so dunkel, daß Anna die Pupillen nicht sehen konnte; er schien zu lächeln, aber auch darüber konnte sie sich nicht sicher sein, denn die untere Hälfte seines Gesichts war von einem lockigen, braunen Bart bedeckt.

»Es ist alles in Ordnung. Ich habe ihm schon von meinem Magengeschwür erzählt«, brüllte Selwyn mit Donnerstimme, als er mit einem pummeligen Rotschopf am Arm in der Menge verschwand.

Quex sagte: »Er hat mir erzählt, daß er Ihnen bei einem Fall geholfen hat, aufgrund seines Magengeschwürs aber aufgeben mußte.« Jetzt konnte sie sein Lächeln erkennen, denn für einen kurzen Moment blitzten seine weißen Zähne auf.

»Blähungen«, rief Bea ihm zu, als sie sich in den Armen der schiefsitzenden Krawatte in ihrer Nähe durch die Menge kämpfte.

»Wollen Sie tanzen?« fragte Quex, der sie am Arm nahm und sie in die Mitte des Raumes zog.

»Nein«, sagte sie.

»Ich auch nicht«, sagte er und begann, sich rechtzeitig zum Takt der Musik zu wiegen. Von allen Seiten eingeschlossen, wiegte Anna sich mit ihm. Alle tanzten nun *American Pie.*

»Sie sind nicht gerade das, was man eine Schönheit nennen würde«, sagte er über ihren Kopf hinweg. »Aber ich muß schon sagen, Sie haben Elan.«

»Ich werde mich wahrscheinlich mit Elan davonmachen, wenn Sie mich nicht ein bißchen weniger fest an sich drücken«, beklagte sie sich in eine Handvoll seines schwarzen Cordjacketts hinein. Gehorsam lockerte er seinen Griff.

»Selwyn hat mich zum Abendessen eingeladen, um mir Ihr Problem darzulegen.« Er hatte sich zu ihrem Ohr hinabgebeugt. »Sowas hatte ich allerdings nicht erwartet.«

»Das hatte keiner«, schrie Anna. »Selbst Selwyn nicht.«

»Wir brauchen mehr zu trinken!« Selwyns Stimme übertönte den Lärm. »Was wir hier haben, reicht noch nicht einmal aus, um eine Maus darin zu ertränken.«

»Kommen Sie«, sagte Quex und führte sie zur Tür. »Das klingt, als wäre es genau das Richtige für uns.« Bereitwillig folgte Anna ihr. In der stickigen Luft und dem Gedränge ging sie ein.

Die Nachtluft war warm und erfrischend. Während sie in freundlichem Einverständnis zur Weinhandlung gingen, erzählte Anna Quex ein wenig von Thea Hahn, und er erzählte ein wenig von sich selbst. »Ich habe mal in einer Tagesstätte für geistig Behinderte und andere Außenseiter gearbeitet«, sagte er und sog mit offensichtlichem Vergnügen die Nachtluft ein. »Wenn jemand sich seltsam verhält, wirft mich das nicht aus der Bahn. Und wenn ich nicht gerade auf dem trockenen sitze, bin ich in ungefähr derselben Branche wie Selwyn tätig. Wenn er also helfen konnte, werde ich es wahrscheinlich auch können – das heißt, ohne daß ich davon Magengeschwüre bekomme.«

Anna lachte. Trotz Selwyns Erklärungen schien er die Situation auf gewitzte Art erfaßt zu haben. »Matrose der Handelsmarine?« fragte sie.

»Takler«, erwiderte er kurzangebunden. »Nordsee.« Er schien nicht weiter darauf eingehen zu wollen, deshalb gingen sie schweigend weiter. Im Off-License kauften sie Rotwein und Weißwein in Korbflaschen. Es ging um die Menge. Keiner würde Qualität zu schätzen wissen, nur der Bankmanager könnte eine Ausnahme sein; doch der hatte, als sie die Party verlassen hatten, eine Vorstellung von einem Hot-Dog-fressenden Elefanten gegeben und war zu diesem Zeitpunkt schon zu betrunken gewesen, um sich noch um irgend etwas zu kümmern. Die Korbflaschen waren schwer, und Anna hatte genug damit zu tun, zwei davon zu tragen. Doch Quex schaffte es, zwei Flaschen in jeder Hand zu tragen. Er war sehr stark.

An der Haustür wurden sie von einem freudigen Johlen begrüßt und dazu gezwungen, hier und dort mit dem Ausschenken zu beginnen, so daß ihre Last merklich leichter geworden war, als sie wieder das Zentrum der Party erreicht hatten. Nachdem sie ihre Pflicht erfüllt hatten, machte Anna sich auf die Suche nach Sam. Sie fand ihn wieder, wo sie ihn verlassen hatte, nur daß er jetzt, mit offenem Mund an die bezaubernden Beine der italienischen Schönheit gelehnt, fest eingeschlafen war. Die italienische Schönheit war zu sehr in die Knutscherei mit dem Fernmeldetechniker vertieft, um es zu bemerken. Die Schauspielerin tanzte mit einem Inder, Bea mit dem Bankmanager. Selwyn, der allein tanzte, hielt eine Flasche Weißwein an die Brust gedrückt, und die schiefsitzende Krawatte legte mit der Tochter des Gemüsehändlers einen Boogie aufs Parkett. Schon bald war Anna mit etwas beschäftigt, das nur vage an einen Tanz mit Quex erinnerte.

Wenn nicht die italienischen Brüder gewesen wären, hätte die Party bis zum Morgen dauern können. Eine ganze Schar von ihnen erschien plötzlich in der Tür, um die Schöne in Sicherheit zu bringen. Einer von ihnen schlug dem Fernmeldetechniker in der Art einer freundlichen Warnung auf die Schulter. Der junge Mann erwiderte den Schlag. Selwyn versteckte sich unter dem nächstbesten Tisch, und Sam wachte auf und versetzte versehentlich der italienischen Schönheit einen Hieb.

Als die Lage sich ein wenig beruhigt hatte, waren die Italiener verschwunden, kümmerte Bea sich um abgeschürfte Knöchel, hatte Sam eine blutige Nase, war die Gesäßtasche von Annas Jeans abgerissen und lag Selwyn in tiefstem Schlaf versunken unter dem Tisch.

Sam sagte: »Was für 'ne tolle Party!« und ging zur Küche, um Quex beim Wegräumen der zerbrochenen Gläser zu helfen.

Es waren nur noch wenige Gäste da, und alle, die geblieben waren, hatten sich entweder am Kampf beteiligt oder ihn überschlafen. Erstaunlicherweise schienen alle Sams Meinung zu sein. Anna begann, Bea beim Aufräumen zu helfen. Immer mehr Leute gingen nach Hause. Zwar glücklich, einen Kampf miterlebt zu haben, waren ihre Mägen für das Nachspiel doch zu schwach. Jemand erbot sich, Sam nach Hause zu bringen, doch der ging erst fort, nachdem er sich wieder und wieder bei Bea für einen fantastischen Abend bedankt hatte.

Als die Ordnung wieder einigermaßen hergestellt war, machte Bea Kaffee für die Überlebenden, und Anna errichtete einen kleinen Haufen von unbekannten Gegenständen, die sie auf dem Boden, zwischen Kissen und in den Ecken gefunden hatte: einen Schlüsselbund, einen Schuh, eine Brieftasche, drei Krawatten, ein Tuch, fünf einzelne Ohrringe, einen Umschlag mit Schnappschüssen, einen Kamm und ein Haartoupée. Quex wettete mit Anna, da keiner den Mut haben würde, das Toupée zurückzufordern.

Nach dem Kaffee, während Bea und Quex Selwyn ins Bett trugen, stahl Anna sich aus dem Zimmer. Sie war sehr müde. Ihre eigene Wohnung wirkte wie ein Muster an Ruhe und Ordnung, als sie sich für das Bett fertigmachte. Sie wollte gerade das Licht ausschalten, als es an der Tür klopfte. Sie stand auf, um zu öffnen und stand dem haarigen, massigen Quex gegenüber, der sich an das Treppengeländer gelehnt hatte. Er wirkte hellwach, als wäre er zu noch drei weiteren Parties bereit. Er trat ein und sagte: »Du hast mir jetzt doch nicht gesagt, ob du willst, daß ich dir mit Thea helfe.«

»Ich hatte mich noch nicht entschieden.« Anna strich sich mit den Fingern durch das Haar und fragte sich, ob diese Nacht je ein Ende nehmen würde. »Ich glaube, wenn du wirklich interessiert bist, könntest du es schon machen, aber zuerst muß ich mit den Leuten von Adam House reden.«

»Oh, ich bin schon daran interessiert.« Er setzte sich in einen ihrer Lehnstühle und sah sie aus unergründlichen, schwarzen Augen an. »Du könntest sie morgen früh als erstes anrufen, und nach dem Frühstück könnten wir schnell rüberspringen.«

»So, könnten wir das?« Sie hatte ein wenig zuviel getrunken, aber nicht soviel, daß sie sich jetzt nicht fragte, wo er sein Frühstück einzunehmen gedachte.

»Ja«, sagte er. »Ich habe mir gedacht, ich könnte heute hier übernachten. Was du heute kannst besorgen, das verschiebe nicht auf morgen.«

»Das wäre vielleicht wirklich die praktischste Lösung«, gab Anna zu. »Das Sofa ist ziemlich bequem.«

»Ich hatte nicht ausschließlich an eine praktische Lösung gedacht.« Für einen kurzen Moment blitzten seine weißen Zähne auf. Er war so groß, daß Anna befürchtete, sie könnte ihn nicht bewegen zu gehen, wenn er es nicht wollte. Sie sagte: »Tut mir leid, aber eine praktische Lösung ist alles, was ich zu bieten habe.«

»Unten haben wir uns doch prächtig verstanden«, meinte er nachdenklich.

»So wie wir uns verstanden haben«, sagte Anna abrupt, »müßte ich dich noch viel besser kennenlernen, bevor mehr laufen sollte.«

»Nun gut, das Sofa sieht tatsächlich nicht schlecht aus.« Er reichte hinüber und trommelte mit der Faust auf die Springfedern ein. »Kannst du's heute nicht besorgen, dann verschieb' es nur auf morgen.«

»Die Frage ist, ob es je ein Morgen geben wird«, sagte Anna und ging weg, um Decken und ein Extrakopfkissen zu holen.

15

Am nächsten Morgen war Quex übertrieben freundlich. Anna, die nur fünf Stunden geschlafen und zudem einen dicken Kater hatte, mußte den Kühlschrank ausräumen, um seinen Hunger stillen zu können. Ein großer Mann, dachte sie, hat nicht nur großen Appetit, sondern kann auch den Alkohol schneller abbauen; deshalb litt Quex nicht unter einem Kater, was seine Anwesenheit vielleicht erträglicher gemacht hätte.

»Bist du am Morgen immer so still?« fragte er, während er riesige Mengen von Toast verschlang, auf die er Corn-flakes, Eier, Schinken und Tomaten folgen ließ. »Ich mag Leute, die am Morgen nicht viel reden.«

»Ich auch.« Anna spülte mit dem Kaffee ein Aspirin hinunter und beobachtete fasziniert, wie Schnitte um Schnitte in dem lockigen, braunen Bart verschwand.

»Der Kaffee ist auch gut.« Er hatte bereits drei Viertel der zweiten Kanne geleert. »Auf jeden Fall habe ich schon in schlechteren Quartieren übernachtet, auch wenn das Sofa ein bißchen kurz war.«

Das Sofa war zwei Meter zwanzig lang. Anna wußte das genau, weil sie es bei ihrem Einzug hatte nachmessen müssen, um herauszufinden, ob es um die Treppenbiegung paßte.

»Hast du Adam House angerufen?« fragte er, als es schien, als würde keine Entschuldigung für die Länge des Sofas mehr folgen.

Anna nickte. Tatsächlich hatte sie, sobald sie seine entsetzlich gute Laune bemerkt hatte, Pläne zu ihrer Beseitigung gemacht.

»Sobald es dir paßt«, schlug sie höflich vor. Aber er bestand darauf abzuwaschen, wobei er *Modern Major General* vor sich hinpfiff. Anna ging ins Bad, um sich die Zähne zu putzen, und blieb dort, bis das Pfeifen aufhörte.

Zumindest hatte er einen eigenen Wagen: einen alten Jaguar mit abgerundeten Kotflügeln und anmutig geschwungenen Linien. Anna folgte ihm in ihrem Renault bis Fulham, wo er hielt, um einen Kassettenrecorder abzuholen. Sie hatten sich darauf geeinigt, daß Anna ihn mit Thea alleinlassen würde, sobald klar wäre, daß das Mädchen ihn akzeptierte. Quex war sich ihrer positiven Reaktion gewiß, und Anna, die sich nicht vorstellen konnte, daß jemand ihn vollkommen ablehnen würde, solange er ihn nicht am frühen Morgen traf, hoffte das Beste.

Hinter Fulham übernahm sie die Führung und fuhr durch Richmond und Twickenham bis Adam House voran.

Sie fanden Thea im Garten, wo sie vor einem Azaleenbeet auf dem Rasen saß. Mehrere Leute verbrachten den Sonntagmorgen damit, in den Anlagen herumzuschlendern oder in der Sonne zu sitzen. Einige von ihnen waren wahrscheinlich Krankenschwestern, doch wie gewöhnlich wußte Anna nicht genau, wer.

»Es ist Anna, die Katze«, sagte Thea mit Grabesstimme, wie zu einem unsichtbaren Begleiter. »Sie hat einen weiteren Vertrauten mitgebracht.«

»Hallo, ich bin Quex«, sagte er und ließ sich wie ein Braunbär ins Gras fallen. Thea sah nicht auf. Sie saß nach vorne gebeugt und hielt ihre Ellbogen wie eine verhärmte, alte Frau. Sie hat mehr Launen, als ein Baum Blätter hat, dachte Anna und setzte sich ebenfalls. Das Buch, das sie mitgebracht hatte, schien jetzt unpassend. Thea nahm es dennoch entgegen und drückte es an die Brust. »Ich schreibe jetzt an meinem eigenen Buch«, ließ sie die beiden wissen. »Aber trotzdem vielen Dank.«

»Kann ich es mir ansehen?« fragte Anna, und Thea rückte ihre Beine zur Seite, um den Blick auf ein Heft freizugeben, das sie darunter versteckt gehalten hatte. Auf die erste Seite hatte sie etwas geschrieben, das wie eine Liste aussah. Anna Las: »Ich-Sein, Es-Sein, Augen-schein, Immer-Sein, Titten-Nein.« Quex, der über Annas Schulter hinweg mitgelesen hatte, brach in Gelächter aus. Thea fiel zögernd in sein Lachen ein. Auf der nächsten Seite stand in einer völlig anderen Handschrift:

Ein heit'rer mathematischer Verlauf von Stunden.
Es kommt die eine,
In der ein positiv' Element elektrische Spannung stört,
Und flüchtig erleuchtet eine Gestalt,
Gargantuesk
Ihr Schatten für Sekunden
Ein Bild, ins Mauerwerk gebrannt.

Eine Stunde war er dort.

Nicht jetzt ist die Zeit.
Gestern war sie und wird morgen wieder sein.
Seine Vergangenheit wägt er in einer Hand,
Und in der andern seine Zukunft.
»Betrogen«, ruft er mit Entsetzen aus.
Und unbemerkt vergehn' auch diese zwei Sekunden.
Nicht Gott hat ihn erschaffen.
Er schuf sich selbst, hat keine Wurzeln
Und nur drei grüne Triebe sprießen vor.
Der weiße Pfeil, Elektrizität entfesselt,
Vernichtet ihn,
Richtet ihn.
Und voller Sorgfalt, im Gleichmaß grausamer Gerechtigkeit,
Trennt Zukunft von Vergangenheit.

»Wer hat das geschrieben?« fragte Anna. Die Handschrift, in der die Liste verfaßt war, hatte sie als die von Thea erkannt. Das Gedicht, falls es das sein sollte, war viel flüssiger und in verschnörkelter Schrift geschrieben.

Wieder kicherte Thea. »Die Verleit-maschinenschreiberin«, sagte sie. »Weder von Hahnschem Copyright noch von deren Maid.«

Quex rupfte einen langen Grashalm aus und legte sich darauf kauend zurück und blickte in den Himmel. Er sagte: »Anna muß jetzt gehen.«

»Ich komme wieder. Keine Angst«, sagte Anna. »Und ich lasse dir den Großen Bären als Gesellschaft hier. Er ißt ziemlich viel, ist aber eigentlich ganz nett.«

»Der Vertraute des weißen Ritters?« fragte Thea unsicher.

»Richtig«, erwiderte Anna. »Er ist ein bißchen zu vertraulich, wächst einem aber mit der Zeit ans Herz.«

Wieder lachte Quex laut auf. »Jetzt legen sie schon beide los«, meinte er. »Setz dich und red ein bißchen mit mir, Verleit-maschinen-schreiberin.«

Thea setzte sich wieder, und Anna ließ die beiden allein. Sie konnte wirklich nicht glauben, daß Thea die Passage, die sie gerade gelesen hatte, selbst geschrieben hatte. Abgesehen von der Unterschiedlichkeit der Schriftzüge schien es ihr unmöglich, daß ein Mädchen, das nicht einmal wagte, ein Bild zu malen, einen Text wie diesen aufgesetzt haben könnte. Aber wer immer es auch geschrieben hatte, und was immer es bedeuten sollte, falls es überhaupt einen Sinn ergab, so hatte es sicherlich etwas Rätselhaftes an sich. Sie hoffte, daß dies einer der Punkte war, bei denen Quex ihr weiterhelfen könnte. Er hatte ein schweres Stück Arbeit vor sich, dachte Anna, und er war herzlichst dazu eingeladen.

In der Zwischenzeit wollte sie noch einmal mit David Rietz reden. Morgen würde sie wieder in Dorset sein, dann bliebe ihr keine Zeit für dieses Gespräch.

Sie fuhr nach Hause, stellte den Wagen vor dem Haus ab und machte sich, ohne noch einmal hineinzugehen, auf den Weg nach Notting Hill Gate. Auf der Straße gingen die Leute jenen seltsam ziellosen Beschäftigungen nach, mit denen Sonntage für gewöhnlich ausgefüllt zu werden pflegen: Sie kauften eine Zeitung, warteten darauf, daß die Pubs öffneten oder gingen mit Hund und Kindern im Park spazieren. Einige der Familien, an denen Anna vorbeikam, hatten kleine Boote oder Modellflugzeuge bei sich, die sie auf dem Round Pond fahren oder in Kensington Gardens fliegen lassen wollten. Es wehte nur eine leichte Brise, deshalb fehlte die Truppe derjenigen, die ihre Drachen steigenlassen wollten; aber wie es schien, waren alle anderen an die frische Luft gegangen, um aus dem Tag das Beste zu machen. Selbst die Kirchen waren gut besucht, wie die Frauen in den schmucken Frühlingshüten und die Männer mit den engsitzenden Hemdkragen bewiesen, die abseits von ihren weltlich orientierten Mitmenschen vor den Kirchen beisammen standen.

In Notting Hill selbst hielten die Leute vor den Haustüren oder auf den Motorhauben ihrer Wagen ein Schwätzchen oder hörten Musik, die aus offenen Fenstern auf die Straße drang. Die Gruppe vor David Rietz' Haustür hatte Lynton Quasi Johnson auf Kassette laufen; zu den Tönen von *Di Black Petty Booshwah* bahnte Anna sich ihren Weg ins Haus. Sie ging die baufällige Treppe hinauf und klopfte an seine fleckige und Blasen werfende Tür. Nach einiger Zeit wurde die Tür einen Spaltweit geöffnet, und David Rietz' Freundin lugte mißtrauisch hinaus.

»Kannst du dich an mich erinnern?« fragte Anna. »Ich bin am Dienstag hiergewesen, um mit David zu sprechen. Kann ich reinkommen?« Die Tür ging etwas weiter auf, und Anna ging hinein.

»Tut mir leid«, meinte Davids Freundin. »Ich dachte, du wärst einer von den Stutzern von unten. Sie hängen ständig hier rum und gehen mir auf die Nerven, wenn Dave nicht da ist. Ich wünschte, er würde sich woanders eine Wohnung suchen.« Sie trug einen schmuddeligen, grünen Kimono und war offensichtlich eben erst aufgestanden. Sie ging ins Bett zurück und zog sich das gräuliche Laken über die Schultern. »Da drüben steht ein Wasserkessel«, sagte sie. »Würdest du ihn bitte aufsetzen? Ich komme erst in die Gänge, wenn ich einen Kaffee getrunken habe.«

In einer Ecke, halb von einem Wandschirm verdeckt, entdeckte Anna eine Spüle und einen einsamen Gaskocher. Sie füllte einen schwarz angelaufenen Kessel mit Wasser und zündete die Gasflamme an. Auf dem Ablaufbrett standen zwei schmutzige Becher, über die einige Aluminiumbehälter gestülpt waren, die einmal ein chinesisches Gericht enthalten hatten, an deren Rändern jetzt jedoch lediglich die verkrusteten Überreste von Reis und Süß-Sauer klebten. Sie kippte eine angebissene Frühlingsrolle aus einem der Becher, spülte ihn aus und sagte, während sie sich nach dem Kaffeepulver umsah: »Dave ist also nicht da?« Sie fand eine Dose mit gemahlenem Kaffee: sie hatte keinen Deckel mehr und der Kaffee war klumpig.

»Er ist rausgelaufen, als du weggegangen warst. Ich hatte gedacht, er wäre dir hinterhergelaufen. Hast du ihn nicht gesehen?«

Anna meißelte einen Löffel Kaffee aus der Dose. »Mir hinterhergelaufen?« fragte sie. »Ist er seitdem nicht mehr hiergewesen?«

»Ich hatte den Eindruck, daß er auf dich abfährt«, sagte das Mädchen und gähnte laut. »Ich habe gedacht, daß er dir folgen würde. Er versucht immer wieder, mich auf diese Art in Rage zu bringen. Ich hasse ihn wirklich.«

Das Wasser kochte, und Kondenstropfen rannen von Wänden und Fenstern. Anna schüttete das heiße Wasser in einen Becher. Außer ein paar Flaschen, die nach saurer Milch rochen, gab es keine Milch. Sie sagte: »Ihr habt keine Milch mehr. Nimmst du Zucker in deinen Kaffee?«

»Scheiße. Ach ja, Zucker geht in Ordnung.«

Was einmal Würfelzucker gewesen war, hatte sich, irgendwann feucht geworden, nun am Boden der Zuckerbüchse als formlose, steinharte Masse abgesetzt. Anna brach ein Stück ab und rührte es in den Kaffee. Sie reichte dem Mädchen den Becher.

»Er hat dich also nicht eingeholt?« Das Mädchen schlürfte den Kaffee und verzog die Nase, als ekelte sie sich. »Ich frage mich, wohin er dann gegangen ist. Er liebt es, mysteriös zu sein. Er liebt es, mich zu verletzen. Ich sollte wirklich nach Hause gehen. Ich weiß nicht, warum ich mich noch mit ihm abgebe – er ist ein solches Schwein. Reich mir eine von den Kippen rüber, ja? Ohne Nikotin komm ich nicht in die Gänge.«

Anna reichte ihr die Zigaretten und öffnete ein Fenster. Das Mädchen sagte: »Aber er sieht wirklich gut aus. Meinst du nicht, daß er gut aussieht? Und verdammt intelligent ist er. Er gehört zu den drei Besten aus diesem Semester. Fährst du nicht auf Männer mit Grips ab? Ich meine, wieso muß er so ein Arschloch sein?«

»Frag' mich nicht«, meinte Anna gelangweilt. »Hier, ich geb dir meine Visitenkarte. Es wäre nett, wenn du mich anrufen würdest, sobald er zurückkommt.«

»Vielleicht tu ich's«, sagte das Mädchen, »vielleicht aber auch nicht. Ich hab's an seinem Blick gesehen, daß er auf dich abfährt. Ist dir das nicht aufgefallen?«

»Nein.« Anna ging zur Tür. »Aber du hättest an meinem Blick erkennen können, daß da nichts ist, worüber du dir Gedanken machen müßtest.«

»Magst du ihn nicht?« Das Mädchen drehte Annas Visitenkarte zwischen den Fingern und sah sie erstaunt an.

»Nicht wirklich.« Anna öffnete die Tür. »Eigentlich kotzen Typen wie er mich an. Ruf mich an, ja?«

»Du gehst doch nicht, oder? Könntest du nicht hierbleiben und dich ein bißchen mit mir unterhalten? Ohne jemanden, mit dem ich mich unterhalten kann, komm ich nicht in die Gänge. Du könntest mir erzählen, was ich wegen Dave unternehmen soll.«

Anna ging hinaus, steckte ihren Kopf jedoch kurz durch den Türspalt ins Zimmer zurück. »Du hast genug drauf, um einen Studienplatz zu bekommen«, sagte sie. »Also müßtest du auch wissen, wie man mit Kerlen wie ihm umgeht.«

Das Mädchen seufzte und sagte: »Natürlich hast du recht. Tief drin muß ich sogar Spaß daran haben. Meinst du, ich bin masochistisch?«

Anna zuckte mit den Schultern und schloß die Tür hinter sich. Sie wollte nach Hause und sich hinlegen. Ihre Kopfschmerzen waren plötzlich schlimmer geworden.

16

Was von diesem Sonntag noch übrigblieb, war eigentlich nur bemerkenswert für das, was nicht passierte. David Rietz meldete sich nicht. Quex kam nicht zurück. Die Prices tauchten nicht in ihrer Wohnung auf. Und Annas Kopfschmerzen ließen nicht nach, bis sie aus lauter Verzweiflung um zehn Uhr ins Bett ging.

Am nächsten Morgen war sie gegen halb zwölf am Busbahnhof von Britmouth und fühlte sich so beschwingt und optimistisch, wie jedesmal an dem Morgen nach dem Morgen danach. Die Euphorie darüber, nicht mit einem Kater aufgewacht zu sein, wirkte immer wieder wie ein Zauber.

Heute wimmelte es im Einkaufsviertel und auf dem Busbahnhof von Käufern und Reisenden. Anna öffnete die Tür zum Fundbüro und ging hinein. Diesmal wurde sie von einem gutgelaunten Mann begrüßt, dem fast alle Zähne fehlten und dessen Bierbauch Ähnlichkeit mit einem Wasserball hatte. Ihre Nachforschungen gingen nur schleppend voran, weil sie weder Theas Gepäck beschreiben noch angeben konnte, wieviele Gepäckstücke es waren. Aber als sie sagte, daß ihre Freundin ihres Wissens nach auch ihre Schuhe verloren hatte, erhellte ein Lächeln des Wiedererkennens sein Gesicht.

»Oh, Sie haben recht«, sagte er und blätterte in einem kleinen Register. »Gefunden in der 369 von Southampton. Dienstag, ich hab sie. Muß mit ihren Gedanken wer weiß wo gewesen sein, Ihre Freundin.« Er schlurfte in eine Nische im hinteren Teil des Büros und kam mit einer Tasche im Schottenmuster und einem Paar Joggingschuhen aus Leinen zurück. »Trotzdem«, fuhr er fort, während er ihr die Tasche über die Theke hinwegzuschob«, würden Sie sich wundern, was die Leute alles vergessen. Letztes Jahr hat ein Kerl einen toten Hund liegenlassen. Er wollte ihn zum Ausstopfen wegbringen, wenn Sie das glauben können. Natürlich haben wir gedacht, er hätte ihn absichtlich liegenlassen, und der Vorstand hat dann beschlossen, ihn in den Müll zu werfen. Er hat gesagt, daß er uns gerichtlich belangen würde, hat es aber nie getan. Unterschreiben müssen Sie hier.«

Am Tragegriff der Tasche war zwar ein Namensschild befestigt, doch war keine Adresse angegeben. Anna sagte: »Ich seh' lieber erst nach, was drin ist. Ich würde mir nicht gerne das Gepäck von einem Fremden unter den Nagel reißen wollen.« Sie zog den Reißverschluß auf. In der Tasche lagen die Kleider völlig durcheinander.

»Ganz schön unordentlich, Ihre Freundin«, meinte der Mann, als Anna versuchte, sich in der Unordnung zurechtzufinden.

»Das ist sonst eigentlich nicht ihre Art«, sagte Anna. »Aber in letzter Zeit hat sie sich ziemlich mies gefühlt.« Sie fand ein Buch mit Essays von Montaigne. Auf der ersten Seite stand die Widmung: »Für Thea. Zu ihrem neunten Geburtstag. In Liebe, Mom und Dad.« Ach du heiliger Strohsack, dachte Anna; Montaigne zum neunten Geburtstag: kein Wunder, daß das Mädchen ein Überflieger war. Sie sagte: »Das ist sie«, und setzte ihre Unterschrift in das Register, das der Mann ihr hinhielt.

Sie trug die Tasche und die Schuhe zum Wagen, stellte beide behutsam auf den Vordersitz neben sich und begann, die Tasche Stück für Stück auszuräumen: Sie schüttelte jedes Kleidungsstück sorgfältig aus, bevor sie es wieder zusammenfaltete und auf den Rücksitz legte. Das meiste entsprach dem, was sie schon in Wimbledon vorgefunden hatte. Aber dann stieß sie auf ein tief ausgeschnittenes, schwarzes Nylonkleid mit einer dazugehörigen Goldkette als Gürtel, das Valerie Hahn Schauder über den Rücken getrieben hätte. Als die Tasche leer war, durchsuchte Anna den Kulturbeutel und fand unter dem üblichen Durcheinander von Nagelschere, Bürste, Zahnbürste, Deo und Seifendose eine Packung mit Anti-Baby-Pillen, die zur Hälfte geleert war.

Nachdem sie dies alles in die Tasche zurückgesteckt hatte, ließ sie mit einem Gefühl der Unausweichlichkeit, dem sie nicht nachgeben wollte, den Wagen an und fuhr in Richtung Küstenstraße nach Southampton.

Das Continental Gateway war in einer Art abgesägtem Hochhaus untergebracht, das durch einen kleinen Park von der Hauptstraße getrennt war, die zu den Hafendocks führte. Seine Lage hatte weder mit erholsamer Ruhe noch mit schönem Ausblick zu tun, sondern war allein durch die Nähe zur Fähre bestimmt; zudem hatte es den unpersönlichen Anstrich eines Hotels, das lediglich als Durchgangsstation auf dem Weg zu weit attraktiveren Zielen benutzt wird.

Die Eingangshalle entsprach diesem Eindruck, denn sie wirkte wie eine Flughafenhalle und schien eher unter kommerziellen Gesichtspunkten denn mit Blick auf die Gemütlichkeit gebaut worden zu sein, wie eine Boutique mit dem Flair eines Duty-Free-Shops auf der einen und eine kleine Kabine für Paßbilder auf der anderen Seite bewiesen. An dieser Kabine war gleich neben werbewirksamen Paßbildern von freundlich lächelnden Gesichtern und Kindern mit Teddybären ein Steckbrief angebracht, der Kopf und Schultern eines Mannes zeigte, unter denen mit Großbuchstaben geschrieben stand: KENNEN SIE DIESEN MANN?

Wie es bei vielen Steckbriefen der Fall war, kam Anna dieses Foto halbwegs bekannt vor. Einerseits schien ihr, als hätte sie dieses Gesicht nie zuvor gesehen, andererseits hatte es Ähnlichkeit mit jemandem, den sie nicht gut genug kannte, und an den sie deshalb keine Erinnerung hatte. Die Augen wirkten verschlafen und gläsern, und da sie vorher schon viele solcher Bilder gesehen hatte, erkannte sie auf Anhieb, daß es sich um das Foto eines toten Mannes handeln mußte, dessen Gesicht zu Dreiviertel von der Kamera abgewandt war, um eine Wunde zu verbergen. Anna hatte sich oft gefragt, von welchem Nutzen solche Steckbriefe waren. Das Bild war so fragmentarisch – sie konnte sich nicht vorstellen, daß selbst die nächsten Anverwandten die Person erkennen könnten, die darauf abgebildet war.

Sie ging zum Empfang und buchte ein Zimmer. Als sie sich in das Hotelregister eingetragen hatte, fragte sie: »Wer ist der Mann auf dem Steckbrief?« Der Portier, ein dünner, mit Sommersprossen übersäter Mann, sagte: »Man hat ihn letzte Woche Mittwoch tot in seinem Zimmer aufgefunden. Erschossen. Vor ein paar Tagen ist die Polizei darauf zurückgekommen. Ich wünschte, sie hätten es nicht getan, denn seitdem gibt es nichts als Fragen.«

»Schlecht fürs Geschäft?«

»Im Gegenteil«, erwiderte der Portier angeekelt. »Die Leute schlagen sich um die Zimmer, seit bekanntgeworden ist, daß es hier einen Mord gegeben hat. Völlig krank, nenn' ich das.« Er gab Anna den Schlüssel und rief nach einem Hotelboy, obwohl sie nur einen kleinen Übernachtungskoffer bei sich hatte, den sie auch allein hätte tragen können.

Der Hotelboy war ein etwas älterer Jugendlicher, der in einem schmuddeligen Kragen steckte und nach Zwiebeln roch. Als sie im Lift zum vierten Stock hochfuhren, fragte er: »Sie sind bestimmt an dem Mord interessiert, Miss, oder?«

»Na ja, Mord«, meinte Anna unbestimmt und starrte auf die beständig fortlaufenden Zahlen, die mit eins, zwei, drei die Stockwerke angaben, während sie nach oben fuhren.

»Für einen Zehner zeig' ich Ihnen das Mordzimmer«, schlug er mit gepreßter Stimme vor.

»*So* interessiert bin ich nun auch wieder nicht.«

»Sieben ist mein letztes Angebot«, sagte er, als sie den vierten Stock erreicht hatten. Sie folgte ihm, als er den Fahrstuhl verließ und durch den Flur voranging. »Sie müssen ja ein Vermögen machen. Keiner, der bei Verstand ist, würde doch eine solche Summe zahlen, oder?« fragte sie.

»Wenn Sie wüßten«, sagte er mit einem höhnischen Grinsen. Er öffnete die Tür zu ihrem Zimmer und warf die Tasche auf eines der Betten. »Einigen wir uns auf einen Fünfer, und ich bringe Sie direkt nach oben in das Zimmer.«

»Warum nicht?« Scheinbar verzweifelt suchte sie in ihrem Portemonnaie herum und gab ihm den Schein. Er verschwand in seiner schwitzigen Faust; dann führte er sie über den Flur zum Aufzug zurück.

Den Lift nahmen sie nur bis zum nächsten Stockwerk, und von dort aus ging es über die Feuertreppe zum sechsten Stock. »Als die Befragungen abgeschlossen waren, hat man dieses Stockwerk geräumt«, sagte er, während er mit weitausholenden Schritten den langen Flur hinunterging. Allem, was er tat, lastete etwas Verstohlenes an. »Aber in ein paar Tagen wird er der Öffentlichkeit wieder zugänglich gemacht. Die Direktion hat ihr möglichstes getan. Es ist nicht so, daß wir zu der Zeit voll belegt gewesen wären.« Vor dem Raum mit der Nummer 627 hielten sie an, und nachdem er einen Schlüsselbund hervorgezogen hatte, schloß er die Tür auf.

Das Zimmer war eine Enttäuschung – eine Bude mit einem Tweedteppich, zwei ungemachten Betten und einem angeschlossenen Bad.

»Hier ist er gestorben«, sagte er und zeigte auf eines der beiden Betten. »Sie haben ihn in den Nacken geschossen. Auf der Matratze kann man noch die Blutflecken sehen. Und auf dem Teppich, dort, wo er auf den Boden gerutscht ist, sind noch mehr davon.«

Auf dem Bett und dem Teppich waren tatsächlich einige rostrote Flecken zu sehen.

»Man hat ihn auf dem Boden liegend gefunden«, fuhr der Hotelboy mit gewichtiger Miene fort. »Er hat auf der Seite gelegen. Sehen Sie, ich kann's Ihnen zeigen.«

»Bemühen Sie sich nicht«, sagte Anna schnell. Er war bereits in die Knie gegangen, um ihr die Haltung des toten Mannes vorzuführen, doch sie hielt ihn ab. »Wer hat ihn gefunden?«

»Das Zimmermädchen«, sagte er verstimmt, während er sich erhob. »Wenn Sie wollen, können Sie ihre Version auch haben. Zwei für mich, fünf für sie. Sie kann von dem langen Haar auf dem anderen Kopfkissen und den komischen Geräuschen in jener Nacht erzählen.«

»Was hat es damit auf sich?« Sie warf einen letzten langen Blick auf das Zimmer und wandte sich dann der Tür zu.

»Zwei für mich, fünf für sie«, wiederholte er fest. Er kam zu ihr auf den Flur und schloß die Tür hinter sich ab. »Die Bullen suchen überall nach der mysteriösen Frau. Nun ja, Jackie hat sie mit eigenen Augen gesehen. Sie hat den Bullen alles erzählt und wird es an keinen anderen weitergeben, bevor der nicht was springen läßt.«

»Kein schlechtes Geschäft, das Sie beide da laufen haben«, meint Anna säuerlich, als sie wieder nach unten gingen.

»Sie ist für die beteiligten Personen und ich für die technischen Daten zuständig«, stimmte er ihr stolz zu. »Ihr Frauen seid nur nicht so sehr an den technischen Details interessiert. Wenn Sie ein Mann wären, hätte ich Sie über die Mordwaffe und ähnliches aufgeklärt. Frauen wollen aber nur wissen, wie der Tote aussah und so weiter.«

»Na schön, und was für eine Waffe war es?« fragte Anna. »Als ob Sie das wissen könnten.«

»Eine 9 mm Luger«, erwiderte er prompt. »Der Direktor hat die Patronenschachtel gefunden, und darauf stand Luger. Außerdem ist eins der Mädchen von der Bar mit einem von der örtlichen Polizei zusammen, und der hat es ihr erzählt. An einem Ort wie diesem machen Neuigkeiten schnell die Runde.«

Und das versuch mal zu verhindern, dachte Anna. Sie sagte: »Nun, wenn Sie schon soviel wissen, wie wär's dann, wenn Sie mir erzählen würden, wo die Wunde war, und wie es kommt, daß die Polizei das Ganze als Mord behandelt. Es hätte doch auch Selbstmord sein können, oder?«

Er rieb sich den Nacken und sagte verächtlich: »Nee. Wo war denn dann die Pistole? So ein kleiner Süßer schießt sich doch nicht selbst in den Nacken, latscht dann davon und wirft die Waffe weg.«

Sie waren wieder im vierten Stock angelangt. Anna sagte: »Das ist ja ausgesprochen günstig für Sie. Mit Selbstmord kann man keinen Reibach machen.«

»Da haben Sie nicht unrecht«, meinte er ernsthaft, während er sich anschickte, den Lift zum Erdgeschoß zurückzubringen. »Soll ich Jackie raufschicken? Das macht...«

»Zwei für Sie und fünf für das Mädchen, ich weiß. Ich werde es Ihnen erst geben, wenn sie kommt.« Sie ging auf ihr Zimmer und schloß die Tür hinter sich ab. Nachdem sie sich Gesicht und Hände gewaschen hatte, rief sie im Büro an, um Beryl mitzuteilen, wo sie sich aufhielt.

»Wie lange wollen Sie bleiben?« fragte Beryl, ohne ihr Gelegenheit zu einem kurzen Smalltalk zu geben.

»Vielleicht nur heute«, erwiderte Anna. »Vielleicht auch bis morgen. Es kommt drauf an.«

»Hauptsache, Sie vertrödeln Ihre Zeit nicht. Sie sind nicht im

Urlaub. Und führen Sie genau Buch über alles. Ich will einen Bericht, der sich sehen läßt. Und vergessen Sie nicht die Quittungen.«

»Ja, ja«, meinte Anna. Beryl ließ sich nie die Möglichkeit entgehen, sie über die selbstverständlichsten Dinge zu instruieren. Es bereitete ihr solches Vergnügen, daß Anna oft das Gefühl hatte, ihre wichtigste Funktion bestünde darin, Beryl als Sündenbock zum Opfer gebracht zu werden. Die Männer wurden verhätschelt oder in einen Flirt verwickelt, doch Anna meinte, daß Beryls spitze Zunge dem vorzuziehen wäre. Beryls Flirts waren ein unerträgliches Schauspiel.

Sie schlenderte zum Fenster und blickte hinaus. Das Sonnenlicht tauchte die Betonbauten hinter den Dockanlagen in ein fahles Gelb, und das trübe Grün-Grau der See ging ohne klare Horizontlinie in die Farbe des Himmels über. Ginge man zwei Stockwerke höher, würde man nichts anderes sehen.

Jackie bot auch nicht gerade den hübschesten Anblick. Sie hatte einen Körper, der weniger Geilheit als vielmehr Mitleid erweckte, und ihre Augen wirkten wie von einem öligen Film überzogen, den man oft auf den Pfützen von Garagenvorhöfen findet. Das wenige, was sie an Charme besitzen mochte, war völlig hinter ihrer rosaroten Hotelkleidung und einem Gesichtsausdruck verschwunden, der dem einer Frau gleichzukommen schien, die gerade mit offensichtlichem Vergnügen ihrer besten Freundin erzählt, daß deren Mann eine Affäre mit seiner Sekretärin hat.

»Nun?« sagte sie mit näselnder Jammerstimme und einem kalten Lächeln. Anna machte mehr Geld locker, und das Lächeln wurde um einen Grad freundlicher.

»Das war so«, sagte Jackie, die sich, ihre dicken Beine übereinandergeschlagen und ihre rosa Hände wie ein Lehrer von der Sonntagsschule ineinandergelegt, auf eines der Betten gesetzt hatte. »Dienstag morgen um halb acht, okay? Der Kerl von 627 hatte einen Tee und ein kleines Frühstück bestellt, okay? Ich steh also mit meinem Tablett vor der Tür. Ich klopf also an, okay? Keine Antwort. Natürlich hab' ich gedacht, daß der noch schläft, deshalb klopf' ich noch mal und hole meine Schlüssel raus. Seh'n Sie, ich sollte ihn morgens auch wecken. 627 hatte mich für halb acht bestellt, okay? Ich schließ' die Tür auf und geh rein. Das hab' ich schon tausendmal gemacht. Ich habe also nichts anderes erwartet als gewöhnlich. Ich geh' also mit meinem Tablett rein, okay? Und da hat er dann völlig zusammengesackt zwischen den Betten in seinem eigenen Blut gelegen. Das hat mir einen solchen Schrecken eingejagt, daß ich den Orangensaft verschüttet habe, ehrlich wahr.«

Sie legte eine spannungssteigernde Pause ein. Anna fragte: »Und was haben Sie dann gemacht?«

»Nun, ich bin rausgerannt und ins Wäschezimmer gelaufen. Da ist ein Telefon. Ich hätte doch nicht das Zimmertelefon benutzen können, oder? Ich hätte über ihn rübersteigen müssen, um daranzukommen, und das hätte ich nie fertiggebracht, Da hab' ich also die Rezeption angerufen und gesagt, auf 627 wäre ein Unfall passiert. Dann bin ich zurückgegangen.«

Wieder legte sie diese atemlose Pause ein, die Anna nutzte, indem sie fragte: »Warum haben Sie das gemacht? Hatten Sie denn keine Angst?«

»Das schon. Aber stellen Sie sich einmal vor, er wäre wegen unterlassener Hilfeleistung gestorben. Es war meine Pflicht als Christin, oder etwa nicht?«

Anna murmelte etwas vor sich hin, das wie »meiner Oma erzählen« klang, von Jackie aber als Lob aufgefaßt wurde. Selbstgefällig fuhr sie fort: »Ich habe mich also neben den Verstorbenen gekniet – na ja, zu diesem Zeitpunkt wußte ich natürlich nicht, ob er schon tot war – und habe seine Hand berührt.« Sie streckte ihre Hand vor und zog sie sofort wieder zurück, als hätte sie sich verbrannt. »Eiskalt wie Marmor war die. Und steif wie ein Brett. Da hab' ich mir gedacht, für diese arme Seele kommt jede menschliche Hilfe zu spät. Und ich habe ein kurzes Gebet für ihn gesprochen. Geweint hab ich auch. Weichherzig, wie ich bin.«

»Das glaub' ich Ihnen aufs Wort«, meinte Anna, ohne ein Miene zu verziehen.

»Und dann ist der Direktor hochgekommen. Er war noch im Schlafanzug und kalkweiß im Gesicht, und hat gesagt: ›Oho, in dem anderen Bett hat auch jemand geschlafen.‹ Das hat gestimmt. Und auf dem Kopfkissen hat dieses glänzende blonde Haar gelegen. Und er hat zu mir gesagt: ›Wer hat auf 627 gewohnt?‹ Da hab' ich ihm zur Antwort gegeben, daß es ein Mr. Jones gewesen wäre, weil das so auf der Frühstücksliste gestanden hatte. In dem Moment ist Des reingekommen. Des kennen Sie ja schon. Und der hat sich die Frühstücksliste angesehen. Deshalb sagte er: ›Jackie hat recht!‹ sagte er. ›Ein Mr. Jones. Er hatte zwei Zimmer gebucht. Dieses und das gleich nebenan für seine Nichte!‹ Und ich konnte ihm ansehen, daß er dasselbe denkt wie ich, denn *sowas* hatten wir schon öfters gehört. Was wirklich stimmt. Auf jeden Fall geht der Direktor nach nebenan, aber da ist niemand mehr. Abgehauen. Hat sich aus dem Staub gemacht. Aber Des hat sie gesehen, als er ihr die Taschen nach oben getragen hat, und ich hab' sie beim Auswechseln der Handtücher gesehen, und ich wette um alles in der Welt, daß sie nicht seine Nichte war. Ihr blondes Haar ging bis hier unten. Und ihr Busen hat so weit vorgestanden.« Jackies Hände beschrieben Brüste von solchen Ausmaßen, wie man sie nicht einmal im Fernsehen zu sehen bekommt. »Und einen Blick hatte die: kalt und grausam«, fuhr sie fort und setzte dabei einen Blick auf, der mehr als berechnend war. »Auf jeden Fall: Als die Polizei angefangen hat, den anderen Leuten auf diesem Stockwerk Fragen zu stellen, haben die beiden von 626, das gleich gegenüber liegt, steif und fest behauptet, gegen zwei Uhr lautes Schluchzen und schnelle Schritte gehört zu haben. Es wäre herzzerreißend gewesen, sagen sie.«

»Geht die Polizei davon aus, daß er um diese Zeit gestorben ist?« fragte Anna mit weitaufgerissenen Augen.

»Irgendwann zwischen eins und halb drei morgens«, bestätigte Jackie. »Jetzt muß ich aber zurück zur Arbeit, sonst zieht Mrs. Molethrop mir das Fell über die Ohren.« Sie erhob sich und strich ihren zerknitterten Rock glatt. Anna stand ebenfalls auf und stellte sich, scheinbar naiv, zwischen Jackie und die Tür. »Nun gut, es hat mir wirklich gefallen, Jackie«, sagte sie mit einem traurigen Lächeln. »Einfach großartig. Ist fast einen Fünfer wert. Aber ich habe Sie nicht für ein Märchen bezahlt, oder? Falls Sie es sich nicht anders überlegen und noch einmal von vorne beginnen, möchte ich bitte mein Geld zurück.«

17

»Was ist denn los?« fragte Jackie mit fast schon wissenschaftlichem Interesse.

»Nun, zunächst war seine Hand nicht steif wie ein Brett, oder? Nicht nach höchstens sechseinhalb Stunden.« Niemand, der nicht selbst dabeigewesen war, hätte das mit Sicherheit behaupten können, doch Anna hielt es für einen guten Anfang.

Jackie legte ihre Stirn in Falten. »Nein?« fragte sie. »Nun ja, die meisten Leute mögen diesen Teil. Sie kommen nicht von der Polizei, oder?«

»Nein, aber man braucht kein Polizist zu sein, um den Unterschied zwischen einer wahren und einer erfundenen Geschichte herauszubekommen. Zudem: Wenn die Leute von 626 das Schluchzen und die Schritte gehört haben, wie kommt es dann, daß ihnen der Schuß entgangen ist? Wenn sie mir nicht erzählen, wie es wirklich war, werde ich in meinem Artikel ihren Namen falsch schreiben. Vielleicht werde ich ihn nicht einmal erwähnen.«

Jackie setzte sich wieder. »Sie schreiben einen Artikel? Wirklich?« fragte sie begeistert. »Warum haben Sie das nicht früher gesagt? Na ja, ist nicht mein Fehler. Des hat mir gesagt, Sie wären eine von der üblichen Sorte; und denen erzählen wir, was sie hören wollen.«

»Da hat Des schiefgelegen«, meinte Anna trocken. »Erzählen Sie mir mehr über die Schritte.«

»Nun ja, in der Nacht ist dieser Sturm aufgekommen.« Jackie rümpfte verächtlich die Nase. »Und keiner hat was gehört. Ich heiße Jacqueline, mit einem Q in der Mitte, P-O-W-I-S. Müssen Sie sich das nicht aufschreiben? Der Typ vom *Chronicle* hat einen Kassettenrecorder dabeigehabt.«

Anna tippte sich an die Stirn. »Topgedächtnis«, sagte sie wichtigtuerisch. »Und worum geht's bei diesem langen, blonden Haar? Selbst wenn die Vorhänge offen gewesen wären, hätten Sie es ohne ein Mikroskop niemals auf dem weißen Kopfkissen entdecken können.«

»Sowas nennt man Lokalkolorit«, erklärte Jackie ihr. »Aber das andere Bett *war* zerwühlt, das schwöre ich. Und die Polizei hat den Kopfkissenbezug und das Laken für eine genauere Untersuchung mitgenommen.«

»Was die Blondine aus dem Nebenzimmer ein bißchen unglaubwürdig macht, meinen Sie nicht?« fuhr Anna unerbittlich fort.

»Ja, gut, eigentlich hatte sie dunkles Haar. Und – um ehrlich zu sein – jung wie sie war, hätte sie tatsächlich seine Nichte sein können. Aber keiner kann sich daran erinnern, sie öfters gesehen zu haben. Sie war ein Niemand. Aber eine der Kellnerinnen hat gesagt, daß er mit einer dickeren Frau in einem roten Kleid, die nicht seine Nichte war, zu Abend gegessen hat. Ein bißchen grell soll sie gewesen sein. Deshalb sind Des und ich auf die Idee mit der Frau in Rot gekommen. Aber die Nichte hatte sich am nächsten Morgen wirklich aus dem Staub gemacht. Und die Polizei hat eine Beschreibung von ihr herausgegeben.«

»Ach ja?«

»Sehen Sie in der hiesigen Tageszeitung nach, wenn Sie mir nicht glauben. Da steht, daß sie zwischen fünfzehn und zwanzig Jahre alt sein soll. Im Gegensatz zu Harry von der Rezeption habe ich selbst sie nicht gesehen, aber Des hat ihnen das Gepäck nach oben gebracht. Das Problem ist, daß sie nicht gerade eine auffällige Erscheinung gewesen ist. Des ist sie zumindest kaum aufgefallen. Und das Abendessen hat sie auch nicht unten zu sich genommen. Sie hat sich ein

Sandwich aufs Zimmer bringen lassen. Aber als das Mädchen es raufgebracht hat, war sie gerade im Bad; die hat sie also auch nicht gesehen.«

»Die Beschreibung ist nicht gerade genau«, sagte Anna und dachte gleichzeitig, daß sie zwar zu vage und doch zu treffend war, um einfach abgetan zu werden. Ihr lag daran herauszufinden, ob Thea in dem Zimmer neben der 627 gewesen war, aber sie wollte niemanden wissen lassen, daß sie es wissen wollte. Und war es nicht lediglich ihre eigene Begegnung mit Thea, was eine Beschreibung, die auf Tausende von anderen Mädchen zutreffen könnte, so erscheinen ließ, als paßte sie zu der Person, von der Anna am meisten hoffte, daß sie nicht am Ort des Geschehens gewesen war? Sie sagte: »Wer ist diese Frau in Rot? Will die Polizei auch mit ihr reden?«

»Schon passiert«, meinte Jackie und sah auf die Uhr. »Entschuldigen Sie, aber ich muß jetzt wirklich gehen. Mrs. Molethrop wird noch zuviel kriegen.«

»Nur noch eins. Der Kerl von 627 hatte keine Papiere bei sich, oder?«

»Keine Brieftasche, kein Scheckheft, keinen Paß. Nichts. Falls das Mädchen ihn erschossen hat, muß sie seine Taschen hinterher sorgfältig durchsucht haben. Wenn's nicht gerade ein Verbrechen aus Leidenschaft gewesen ist, muß das der Grund gewesen sein.« Jackie sah nachdenklich vor sich hin. »Ich will nicht behaupten, daß es nicht geplant war«, setzte sie schon fröhlicher hinzu. »Ich meine, warum würde er sich sonst Mr. Jones nennen und eine falsche Adresse angeben? Genau wie sie. Sie soll angeblich Miss Susan Jones heißen. Ich bitte Sie!« Sie erhob sich und ging zur Tür.

Anna sagte: »Es gibt natürlich auch Leute, die wirklich Jones heißen.« Und als Jackie sich zum Gehen wandte, setzte sie hinzu: »Würden Sie die Kellnerin, die die Frau in Rot gesehen hat, bitten heraufzukommen?«

»Carmen?« fragte Jackie und blieb in der Tür stehen. »Ihren Namen werden Sie doch wohl hoffentlich nicht erwähnen, oder?«

»Nur Hintergrundinformationen«, sagte Anna schnell. »Keine Namen. Nicht wichtig genug.«

»Sie wird nicht vor fünf können«, sagte Jackie besänftigt. »Ich werd's ihr ausrichten.« Sie schloß die Tür hinter sich, und Anna wartete, bis sich ihre Schritte entfernt hatten. Dann ging sie ebenfalls hinaus.

Bei so vielen Lügen und Übertreibungen, die wie Luftballons durch die Gegend schwirrten, wurde es Zeit, sich außerhalb des Hotels nach

Beweisen umzusehen. Normalerweise würde man nicht als erstes auf die Idee kommen, die letzten Ausgaben der Lokalzeitung durchzublättern. Doch Anna kannte niemanden bei der örtlichen Polizei, und selbst wenn das der Fall gewesen wäre, würde sich eine Kontaktaufnahme zu diesem Zeitpunkt noch nicht lohnen. Informationen von der Polizei hatten immer ihren Preis, und das einzige Zahlungsmittel, das sie hatte, war zu empfindlich, als daß sie es hätte eintauschen wollen. Es könnte zu leicht passieren, daß sie damit mehr Schaden als Gutes anrichtete.

Statt dessen ging sie in die Bibliothek und vertiefte sich in die Zeitungen der letzten Woche. Die banalen Fakten, die nach den ersten »Horror im Hotel«-Schlagzeilen aufgeführt wurden, entsprachen ungefähr Jackies zweiter Version und den technischen Details, die Des ihr genannt hatte. Ein Mann war mit einem Nackenschuß tot aufgefunden worden. Die Mordwaffe war eine Luger. Die Wunde wies auf einen Mord aus nächster Nähe hin. Die Waffe war verschwunden. Die Polizei ging von Mord aus. Man nahm an, daß der Angreifer dem Opfer gut bekannt gewesen war. Die Polizei war sich über die Identität des Opfers nicht im klaren, hatte aber die Beschreibung einer jungen Frau herausgebracht, der sie Fragen stellen wollten. Sie hatten eine Mrs. Patricia Westerman aus der Nähe von Woking in der Grafschaft Surrey befragt, von der gesagt wurde, daß sie mit dem Opfer zusammen dessen letzte Mahlzeit eingenommen hatte. Aber wie sich herausstellte, hatten sie lediglich einen Tisch geteilt, weil das Restaurant aufgrund eines Kongresses des Rotary Clubs überfüllt gewesen war.

Sicherlich erhielt Anna durch diese Artikel zusätzliche Informationen, ihre persönlichen Fragen sowie ihre Zweifel blieben jedoch ungeklärt.

Nachdem sie die Zeitungen der Bibliothekarin zurückgegeben hatte, lief sie mit einem erleichterten Seufzer auf die Straße, um dort ein Telefon zu suchen. Als sie eines gefunden hatte, das funktionierte, rief sie die Auskunft an, die ihr schließlich Mrs. Patricia Westermans Nummer und Anschrift gab. Weißt du nicht weiter, dann ruf doch mal an, dachte sie nicht zum erstenmal.

Bis fünf Uhr blieb ihr noch eine Stunde Zeit. Anna fühlte sich verschwitzt, ihre Poren waren verklebt, und sie war mehr als nur ein wenig abgespannt. Bis jetzt war es schon ein langer Tag gewesen. Sie ging zum Hotel zurück, um sich frischzumachen und umzuziehen. In der Eingangshalle drängten sich die Teilnehmer einer Busgesellschaft, die am nächsten Morgen mit der Fähre nach Le Havre wollten. Ihr

Blick fiel auf Des und einige weitere Hotelboys, die Überstunden machten und Koffer neben dem Lift aufstapelten; sie fragte sie, wieviele Touristen Des in das Mordzimmer locken könnte. Vielleicht fertigte er ja ganze Busgesellschaften auf einmal ab. Nach einem verärgerten Blick auf den überfüllten Lift ging sie rasch auf die Treppe zu.

Als sie in ihrem Zimmer angelangt war, klebte ihre Bluse feucht unter den Achseln. Ihre Übernachtungstasche lag auf einem der Betten, wo sie sie hatte liegenlassen. Sie öffnete sie und hielt dann, mit der Hand nach einer frischen Bluse suchend, inne. Beim Packen hatte sie die Bluse ordentlich über den Kulturbeutel und die frische Unterwäsche gelegt. Jetzt aber war die Unterwäsche leicht darübergerutscht. Sie suchte weiter. Es fehlte nichts. Sie hatte ohnehin nichts eingepackt, was einen Diebstahl wert gewesen wäre. Doch alles war in leichte Unordnung geraten. Ihr ging es zunächst darum festzustellen, ob sie die Notizen zum Fall Hahn in der Tasche vergessen hatte. Sie waren jedoch sicher in ihrer Schultertasche untergebracht.

Sie hätte keine weiteren Schritte unternehmen können. Es war kein Schaden entstanden – was blieb, war ein unangenehmes Gefühl, das nicht der Ironie entbehrte: Sie, die so oft die Möglichkeit hatte, das Eigentum anderer Leute zu durchsuchen, haßte es, wenn ihr die gleiche Behandlung zukam. Sie zuckte mit den Achseln und nahm die frische Bluse mit ins Bad. Sie ließ kaltes Wasser ins Waschbecken laufen. Währenddessen begann sie, sich auszuziehen.

Es war ein kleines Badezimmer ohne Fenster, das durch den grellrosa Duschvorhang, der vor der Badewanne hing, noch beengender wirkte. Ein großer Spiegel über dem Waschbecken sollte einen Eindruck von Geräumigkeit erwecken, doch Anna ließ sich nicht täuschen und ließ die Tür zum Schlafzimmer offen, um atmen zu können.

Es war weniger ein Geräusch, was sie herumfahren ließ – es war nicht einmal eine wirkliche Bewegung –, sondern vielmehr ein seltsames Gefühl auf der nackten Haut, das auf eine Veränderung des Luftdrucks hinzuweisen schien. Und es war eher eine Ahnung als eine Sicherheit, was sie dazu veranlaßte, ihre Hand zu dem schmalen Spalt zwischen den Duschvorhängen zu führen und einen von ihnen zur Seite zu reißen.

Er stand im Bad, hatte sich leicht vorgebeugt und ein Auge zugekniffen, um besser durch die Öffnung blinzeln zu können. Er war wie ein Hotelboy gekleidet, und der Schlitz seiner Hose stand offen.

Anna riß ein Handtuch vom Handtuchhalter und hielt es sich vor die

Brust. Er öffnete das Auge, das er vorher zugekniffen hatte. Auf seinem Gesicht erschien für einen Moment ein Ausdruck erbärmlicher Beschämung. Anna spürte, daß sie ähnlich reagierte. Sie standen nur einen halben Meter voneinander entfernt.

Fast höflich trat sie einen Schritt zurück. Für eine Sekunde stand er regungslos da und fummelte lediglich an seinem Reißverschluß; dann richtete er sich auf und sprang auf die offene Tür zu.

Annas erste Überlegung war, ihm hinterherzulaufen. Aber diese Reaktion verpuffte sofort wieder. Eine Frau, die unerwartet ohne Kleider überrascht wird, ist nicht gerade selbstbewußt. Sie mag sich erniedrigt fühlen, verärgert, verängstigt oder selbst aggressiv sein, aber sie kann keinen klaren Gedanken fassen außer dem, sich bedecken zu müssen.

Anna schlug die Badezimmertür hinter sich zu und quälte sich in Bluse und Hosen, wobei ihre Finger immer wieder von Reißverschluß und Knöpfen abrutschten. Ihr Gesicht war rot vor Wut. Währenddessen fluchte sie beständig und giftig vor sich hin.

Als sie einige Zeit später aus dem Bad kam, stand die Tür zum Flur weit offen. Eine Frau in schwarzem Rock und weißer Schürze stand im Eingang und sagte: »Sie sollten die Tür nicht offen lassen. Es könnte jemand hereinkommen.«

»Das müssen Sie mir gerade sagen«, meinte Anna und stopfte sich den Rest der Bluse in die Hose. »Hier muß gerade ein Hotelboy rausgekommen sein. Haben Sie ihn gesehen?«

»Miles?« fragte sie und warf Anna einen mißtrauischen Blick zu. »Er ist gerade in den Lift gegangen, als ich herauskam. Wollen Sie, daß er zurückkommt?«

»Will ich...? Ach, nein«, sagte Anna. Sie knöpfte den obersten Knopf ihrer Bluse zu, obwohl der Kragen ein wenig eng war. »Miles, und wie heißt er weiter?«

»Miles Gancitano.« Der fragende Blick der Frau wich einem verschlagenen Lächeln. »Hat er Ihnen das nicht gesagt? Toller Typ, was?«

»Wie bitte?« Anna starrte sie an. »Wer zum Teufel sind Sie überhaupt?«

Die Frau schien beleidigt. »Carmen Ockney«, sagte sie. »Jackie hat mir gesagt, daß Sie mich sprechen wollten.«

»Carmen? Jackie? Ach, Mist.« Anna drehte sich abrupt um. »Na gut, kommen Sie herein und schließen Sie die Tür.« Sie stellte sich mit dem Rücken zum Fenster, und Carmen kam zu ihr hinüber, um auf dem Stuhl vor dem Frisiertisch Platz zu nehmen. Anna sagte: »Sie sind also diejenige, die den Mann, der erschossen wurde, zusammen mit der Frau in Rot gesehen hat?«

»Jackie hat mir gesagt, daß Ihr Blatt für solche Dienstleistungen zahlt.« Carmen behielt ihr wissendes Lächeln bei. Es war ein rundes, glattes, durch und durch korruptes Lächeln. »Einigen wir uns auf einen Fünfer, ja?« fuhr sie fort. »Ist 'türlich nicht das, was Ihr Blatt jemandem wie Miles zahlt. So behilflich bin ich nicht.«

Anna zog scharf den Atem ein. Sie ging zu Carmen hinüber, packte sie am Ellbogen und zog sie mit einem heftigen Ruck auf die Füße. »Sie dreckige, kleine Schlampe«, sagte sie und schob sie zur Tür. »Was dieses Hotel betrifft, würde ich allerdings sagen, daß Sie nicht schlechter sind als der Durchschnitt.« Sie öffnete die Tür und stieß die verwirrte Kellnerin auf den Flur. »Raus hier! Ich würde nicht mal 'nen halben Pfennig hergeben für die Zoten, die Sie mir zu bieten haben«, fügte sie hinzu, als sie die Tür vor Carmens empörtem Gesicht zuschlug.

»Idiot«, murmelte sie vor sich hin, während sie ihre Sachen zusammensuchte und sie in die Tasche zurückpackte. »Idiot. Wieso läßt du es auch immer am Falschen aus? Idiot.« Ihr Gesicht brannte noch immer vor Wut. Als sie das Zimmer verließ und die Tür mit einem heftigen Knall hinter sich zuzog.

18

Es gab vieles, was sie Carmen hätte fragen können, und auf der anderthalbstündigen Fahrt nach Woking dachte Anna verärgert darüber nach. Ebenso wütend erinnerte sie sich an die Theorie, die besagte, daß Exhibitionisten unzulängliche Männer waren, die nur in den seltensten Fällen gefährlich wurden. Laut dieser Theorie war ein Exhibitionist noch lange kein Vergewaltiger. Doch fast jeder Mann kann fast jeder Frau Gewalt antun, wenn er will. Und das war Annas vorherrschendes Gefühl gewesen, als sie plötzlich nackt vor Miles Gancitano gestanden hatte. Wahrscheinlichkeiten gingen zum Fenster hinaus und ließen ein viel zu dominierendes Spiel mit Möglichkeiten zurück.

Er war weggelaufen: In diesem Punkt ließ sich die Theorie halten. Sie hätte ihm höchstwahrscheinlich mehr antun können, als er je mit ihr vorgehabt hatte. Aber sie war zu sehr damit beschäftigt gewesen, sich dumm, empört und verängstigt zu fühlen. Für eine Frau war es ohnehin erniedrigend genug, von einem Exhibitionisten beobachtet zu werden, doch für Anna, die selbst eine professionelle Schnüfflerin war, nahm dies alles die Dimension eines katastrophalen Versagens an. Sie kam sich lächerlich vor.

Und jetzt suchte sie sich ihren Weg durch die grünen, von Golfplätzen gesäumten Wohnviertel von Woking. Und selbst das wäre vielleicht überflüssig gewesen, wenn sie ihren Verstand beisammen gehabt und Carmen nicht in einem Anfall von Unbeherrschtheit aus dem Zimmer geworfen hätte.

Sie hielt vor einem hübschen Vorstadthaus. Wie ein gepelltes Ei auf einem Salatblatt stand es inmitten eines gepflegten Rasens, der wiederum von Rosenbeeten umgeben war. Die Rosen standen noch nicht in Blüte, aber jede einzelne war an den Wurzeln sorgfältig mit Stroh umwickelt.

Mit Widerwillen sah Anna sich um. In ihrer gedanklichen Verwirrung war sie an einen Punkt angelangt, an dem sie das obzöne Gelächter zu hören meinte, das ihr entgegenschlagen würde, sobald sie irgend jemandem aus dem Büro erzählte, was sich zugetragen hatte; deshalb konnte sie im Moment alles nur mit Widerwillen betrachten. Aber die Anzeichen einer wohlgeordneten Vorstadtexistenz empfand sie als einen besonderen Affront. Sie hätte es gern gesehen, wenn der saubere, cremefarbene Stuck mit primitiven Graffitis verunziert worden wäre.

Während sie im Wagen saß, um sich so weit zu sammeln, daß sie ein sinnvolles Gespräch mit Mrs. Westerman würde führen können, kam ein gefleckter, idiotisch aussehender Englisch Setter aus dem Nachbargarten, strollte zum Torpfosten des Westermanschen Hauses und hob sein Bein. Mit einem Ausdruck der Zufriedenheit blickte er durch die Gegend und begab sich dann in seinen eigenen Garten zurück. Dies war einer der Momente, die eigentlich nichts bedeuteten, und trotzdem alles plötzlich in einem anderen Licht erscheinen ließen.

Sie stieg aus dem Wagen und lief, ein Hüpfen unterdrückend, den Platttenweg zur Haustür hinauf. Statt eines Klingelns ertönten die ersten vier Töne einer Melodie. Anna versuchte gerade zu entscheiden, ob es die Anfangstöne von *The Bluebells of Scotland* waren oder nicht, als ein Mann mittleren Alters, in Hausschuhen und mit Brille, ihr öffnete und sie ansah. Über einem eleganten, weißen Hemd trug er eine ärmellose Weste von Fair Isle. Gerade zurück vom Büro, dachte Anna. So freundlich wie ihr möglich war, fragte sie: »Könnte ich wohl bitte Mrs. Westerman sprechen?«

»Sie verkaufen doch keine Konversationslexika, oder? Haha«, sagte er jovial, trat einen Schritt zurück und öffnete die Tür ein wenig weiter. »Falls Sie das nämlich vorhatten – wir haben eine vollständige Ausgabe. Nicht daß ich wüßte, wozu man es gebrauchen kann. Nein, in diesem Haus ist die Frau die Intellektuelle. Fernuniversität und was es sonst noch so gibt. Das nenne ich Weiterbildung, was?«

Anna versicherte ihm, daß sie weder Konversationslexika noch Sonstiges verkaufen wollte, und er öffnete eine Tür, die von der Diele abführte. Er rief: »Patsy! Besuch für dich, Liebes. Kann ich Ihnen ein Glas Sherry oder sonst etwas anbieten?«

»Hm, nein danke, ich bin mit dem Wagen da«, sagte Anna und fragte sich, ob er meinte, sie wäre mit seiner Frau befreundet.

»Sehr vernünftig«, sagte er in einem Ton nichtssagender Munterkeit. »Bierchen, Schnäpschen, ein Glas Wein – könn' am Steuer gefährlich sein, sage ich immer, haha.«

»Sind Sie in der Werbebranche tätig?« fragte Anna.

»Wie kommen Sie darauf?« fragte er erstaunt, woraufhin sie sich nur noch ausdruckslos ansahen, bis Mrs. Westerman erschien. Sie war eine dunkelhaarige, muntere Frau und trug über einem luftigen Sommerkleid eine Metzgerschürze. Sie wirkte zehn Jahre jünger als ihr Mann, was wahrscheinlich aber nicht der Fall war. Eine Frau, die hart an sich gearbeitet hat, dachte Anna. Mrs. Westerman warf ihrem Mann einen fragenden Blick zu und sagte: »Guten Abend, Miss ...?«

»Miss?« sagte Mr. Westerman und sah Anna fragend an.

»Lee«, meinte Anna. Die Westermans warfen sich einen Blick zu. Anna sagte: »Ich komme gerade von Southampton und ...«

»South Coast Conservation Corps, Hugh.* Wir werden ins Arbeitszimmer gehen«, sagte Mrs. Westerman. »Wolltest du nicht die Tomaten umsetzen?«

»Tomaten? Ach ja, richtig«, erwiderte er und wandte sich zum Gehen. Anna folgte Mrs. Westerman nach oben in ein leerstehendes Schlafzimmer, das zu einem Arbeitszimmer umfunktioniert worden war. Gegenüber der Tür war an eine Spanplatte ein Plakat geheftet, das das vergrößerte Foto eines mittelblauen Schmetterlings zeigte und die Aufschrift »South Coast Conservation Corps« trug. Gleich daneben verkündete ein Plakat, daß die Theatergruppe Woking und Umgebung ein Stück mit dem Titel *She Stoops to Conquer* geben sollte, und ein drittes kündigte eine Ausstellung mit Aquarellen ortsansässiger Künstler an. Auf dem Tisch am Fenster herrschte eine kunstvoll hergestellte Unordnung aus Stapeln von unbeschriebenen Schreibblocks, Veröffentlichungen der Fernuniversität und Büchern.

* Anm. d. Ü.: Naturschutzorganisation

Der einzige Titel, den Anna von der Tür aus lesen konnte, bezog sich auf die Bedeutung des malerischen Werks von George Herbert. Wenn Mrs. Westerman tatsächlich auf Weiterbildung aus war, packte sie es von mehreren Seiten an. Sie sagte: »Ich bin eigentlich nicht wegen des ›Conservation Corps‹ gekommen, Mrs. Westerman.«

»Verdammt, daß weiß ich doch genau«, sagte Mrs. Westerman mißmutig und drehte sich, die Hände in die Hüften gestemmt, um. »Nach unserem Gespräch hat Ihr Chef mir versichert, daß die Gründe für meinen Aufenthalt in dem verdammten Hotel vertraulich behandelt und niemand zu mir nach Hause kommen würde, ohne sich vorher telefonisch angemeldet und einen Termin mit mir vereinbart zu haben.«

»Darüber hat man mich nicht in Kenntnis gesetzt«, sagte Anna mit Bedauern.

»Ich hätte schon Lust, dort anzurufen und mich zu beschweren«, sagte Mrs. Westerman, deren sorgfältig nachgezogene Augenbrauen in einer aus Ärger entstandenen Mulde oberhalb der Nase zusammentrafen, so daß sie wie eine von Kinderhand gezeichnete Schwalbe wirkten. »Mit Leuten wie Ihnen ist es immer das gleiche. Die Rechte weiß nicht, was die Linke tut.«

Anna nickte verständnisvoll: Im Moment wußte nicht einmal die Linke, was die Linke tat.

»Ich meine, stellen Sie sich doch bloß mal diese Peinlichkeit vor«, fuhr Mrs. Westerman fort. »Es war eine Reihe unglücklicher Zufälle. Wie konnte ich denn wissen, daß das Treffen abgesagt worden war? Und wie konnte ich wissen, daß die Frau des Vorsitzenden nach einem Autounfall im Krankenhaus lag? Schließlich habe ich ihm nur Gesellschaft geleistet. Wissen Sie, er ist sehr gebildet. Jemand, von dem ich geglaubt hatte, daß ich zu ihm aufsehen könnte. Aber selbst gebildete Männer trinken zu viel und werden dann tölpelhaft, wie ich zu meinem Nachteil herausfinden mußte. Stellen Sie sich vor, ein Mann mit seinen Qualitäten kippt in diesem verdammten Hotelzimmer besoffen um, so daß ich gezwungen bin, mein Abendessen allein einzunehmen. Das wäre nie passiert, wenn diese blöde Sekretärin früh genug angerufen hätte, um mich davon abzuhalten, daß ich losfahre. Sie weiß, daß ich unternehmungslustig bin. Es war die reine Unfähigkeit, aber Hugh würde das ja nie verstehen. Er hat einfach nicht die nötige Vorstellungskraft.«

»Und Mr. Jones?« fragte Anna nach, der ebenfalls die rechte Vorstellungskraft fehlte.

»Nun, Sie wissen ja, wie das ist: eine Frau allein in einem

überfüllten Restaurant. Da war dieser verdammte Kongreß, und kaum hatte ich mich hingesetzt, als auch schon diese beiden Flegel an meinen Tisch kamen. Mr. Jones war auch allein und wirkte ein paar Grade vertrauenswürdiger als der Rest; deshalb bin ich auf ihn zugegangen und habe ihn gefragt, ob ich mich zu ihm setzen könnte. Zum Schutz, Sie verstehen schon. Es ist sonst nicht meine Gewohnheit, in Restaurants fremde Männer anzusprechen. Sie wissen also immer noch nicht seinen Namen?«

Anna schüttelte den Kopf. »Worüber haben Sie sich unterhalten?« fragte sie. Mrs. Westerman nahm eine Packung Rothmans vom Tisch und steckte sich eine an. »Müssen wir das wirklich alles noch mal durchgehen? Ich habe Chief Superintendent Whatsit alles schon zweimal gesagt. Jemand hat mitgeschrieben, und ich habe meine Unterschrift unter das Protokoll gesetzt. Sie können es sicher nachlesen.«

»Das ist nicht so einfach«, gab Anna zu. »Fangen Sie doch noch mal von vorne an.«

Mrs. Westerman sah sie plötzlich argwöhnisch an. Sie nahm einen tiefen Zug aus ihrer Zigarette und sagte dann: »Sie sind gar nicht von der Polizei aus Hampshire, oder?«

»Das habe ich nie behauptet«, sagte Anna mit Unschuldsmiene.

»Sie haben auch nie behauptet, daß Sie es nicht wären.« Mrs. Westerman blies den Rauch durch die Nase aus. »Also wer sind Sie dann? Ach du liebe Güte, Sie sind doch wohl nicht so 'ne verdammte Journalistin, oder? Von welcher Zeitung? Sie können nichts von dem, was ich gesagt habe, drucken. Ich werde jedes Wort abstreiten. Ich werde Ihren Verleger anrufen. Wie heißt er? Ich werde beim Presseamt Beschwerde einlegen.« Von der Zigarette fing sie an zu husten, woraufhin ihre wütenden Augen zu tränen begannen. Anna sagte: »Ich bin Privatdetektivin und ziehe im Auftrag einer Klientin Erkundigungen ein.«

Mrs. Westerman bekam noch immer keine Luft. Erst nach einer Weile war sie in der Lage zu sagen: »Was für Erkundigungen? Wer ist Ihre Klientin?«

»Ich bedaure, daß ich Ihnen das nicht sagen kann. Aber im Moment ist sie sehr krank und hat mich hinzugezogen, damit ich ihre Interessen vertrete. Ihre Aussage könnte ihr wirklich von Nutzen sein.«

»Nun, Sie haben wirklich Nerven«, meinte Mrs. Westerman, räusperte sich geräuschvoll und wischte sich die Augen. Dabei verwischte sie die Wimperntusche, die nun wie eine schwarze Pfütze unter den Augenrändern lag. »Mich unter Vorgabe falscher Tatsachen dazu zu bringen, absolut vertrauliche Dinge preiszugeben! Wenn Sie nicht auf der Stelle mein Haus verlassen, rufe ich die Polizei.«

»Okay«, sagte Anna ruhig. Es hatte keinen Zweck, weiter zu argumentieren. Es war immer dasselbe, wenn man Leute in einem falschen Glauben beließ: war ihnen erst mal ein Licht aufgegangen, fühlten sie sich hintergangen und wurden natürlich feindselig.

»Andererseits«, fuhr sie fort, »leuchtet mir nicht ein, wieso es Ihnen zum Nachteil gereichen sollte, wenn Sie mir erzählen, was Sie über Mr. Jones wissen; und es würde meiner Klientin wirklich weiterhelfen. Ich würde kein Wort nach außen dringen lassen.«

»Ich bin Ihnen gegenüber zu keiner Aussage verpflichtet«, sagte Mrs. Westerman. Ihr sorgfältig geschminkter Mund verengte sich zu einem schmalen Strich. »Was Sie wissen wollen, geht mich nichts an. Ich muß an meine Ehe und meinen Ruf denken. Sie befinden sich hier in meinem Haus, und ich muß Sie bitten, es sofort zu verlassen. Das ist mein gutes Recht.«

Man mußte äußerst vorsichtig vorgehen, wenn man es sich mit Leuten aus der Mittelklasse nicht verderben wollte, dachte Anna bekümmert auf ihrem Weg nach draußen. Sie wußten nicht nur ihre Rechte, sondern sprachen sie auch mit unangenehmer Exaktheit aus. Schlimmer noch: wenn sie zu der Überzeugung gelangt waren, daß man sich unerlaubt Freiheiten herausgenommen hatte, wußten sie sehr genau, wen sie anrufen mußten, um sich zu beschweren.

Sie kam zu dem Schluß, daß dies nicht ihr bester Tag gewesen war, und machte sich auf den Heimweg.

19

Es war fast acht Uhr, als Anna zuhause ankam. Sie machte sich auf den Weg ins obere Stockwerk, doch die Tür zur Wohnung der Prices war nur angelehnt, und Bea steckte ihren Kopf heraus, um sie zurückzurufen. Quex lümmelte sich in einem Sessel und balancierte ein Glas Rotwein auf den Knien. Selwyn lag mit hochrotem, glühendem Kopf auf dem Sofa ausgestreckt.

Bea sagte: »Ich sag' ihm immer wieder, daß es nur Sodbrennen ist, aber er will nichts davon hören. Er besteht auf seinen Magengeschwüren.«

Quex quälte sich aus der Tiefe des Sessels hervor, um Anna ein Glas Rotwein einzuschenken. »Wie wär's mit 'ner Angina Pectoris?« schlug er gefühllos vor. »Hast du im linken Arm Schmerzen, mein Junge?«

»Im linken Arm kriegt man keine Magengeschwüre«, sagte Selwyn entsetzt. »Mein Herz ist noch in Ordnung, oder, Leo?«

»Soweit ich weiß, hast du gar kein Herz«, sagte Anna. Aber er war tatsächlich röter als sonst um diese abendliche Stunde. Sie warf einen Blick auf die Weinflasche und sah Bea fragend an. Bea schüttelte den Kopf und zuckte mit den Achseln. »Nicht soviel wie gewöhnlich, würde ich sagen«, berichtete sie ihr hinter Selwyns Rücken.

»Es kann nicht an meinem Herz liegen. Ich bin völlig fit«, meinte Selwyn besorgt. Schützend legte er die Hände auf den Bauch. »Vielleicht sehe ich nicht so aus, aber in Wirklichkeit bin ich's. Ich bin einfach ein bißchen zu fett für mein Alter.«

Anna stellte ihr Glas ab und legte ihre Hand auf Selwyns Stirn. Sie war heiß und feucht. »Er fühlt sich ein bißchen erhitzt an«, sagte sie zu Bea.

»Das liegt an der warmen Nacht«, sagte Bea abwehrend.

»Hat er schon den Blinddarm rausgekriegt?« fragte Quex, der sich über das Sofa gelehnt hatte und den Leidenden neugierig betrachtete.

»Daran habe ich auch schon gedacht«, meinte Anna. »Ist er raus, Bea?«

»Nicht daß ich wüßte«, erwiderte Bea.

»Wenn er raus ist, muß da eine Narbe sein«, sagte Quex. »Hat er auf seinem Bauch eine Narbe?«

»Wenn's nicht unbedingt sein muß, sehe ich mir seinen Bauch nicht an«, sagte Bea, die anfing, sich Sorgen zu machen. »Vielleicht hätte ich das tun sollen.«

»Einen Moment mal!« schrie Selwyn. Ich bin auch noch da. Ich kann für mich selbst reden. Wirklich nett, das Ganze. Sobald man nicht ganz auf der Höhe ist, reden sie über einen hinweg, als würde man nicht mehr existieren.«

»Also, haben sie dir deinen verdammten Blinddarm rausgenommen?« schrie Bea zurück. »Es sieht dir ähnlich zu behaupten, du hättest etwas so Ausgefallenes wie ein Magengeschwür, und dann an einer Blinddarmentzündung zu sterben, weil niemand dir glauben wollte, daß du ein Magengeschwür hast.«

Selwyn blickte sie bestürzt an. Selbst Quex und Anna waren überrascht. Bea wurde nur in den seltensten Fällen laut. Selwyn sagte schwach: »Nun, so schlimm sind die Schmerzen nun auch wieder nicht.«

»Ist er raus oder nicht?« verlangte Bea zu wissen.

»Nicht wirklich«, gab er zögernd zu. Und in einem der für ihre Ehe so typischen Gemütsumschläge war Bea auf der Stelle um seine

Gesundheit besorgt, während Selwyn nicht mehr zugeben wollte, daß etwas nicht in Ordnung war. Sie ging sofort zum Telefon und sagte: »Ich rufe Dr. Jaffrey an.« Und Selwyn antwortete: »Nicht zu dieser späten Stunde, Frau. Es ist nichts als Sodbrennen. Er würde sowieso nicht kommen.«

»Es ist keine schwere Operation«, sagte Quex genüßlich. »Kein langer Schnitt. Obwohl: ich würde sagen, daß sie in deinem Fall wahrscheinlich ziemlich tief werden schneiden müssen.«

»Schneiden?« rief Selwyn aus, der zusammengezuckt war und sich abrupt aufgesetzt hatte. »Kein Schnitt! Niemand wird mir mein Fleisch aufritzen.«

»An einem Blinddarmdurchbruch kann man sterben«, teilte Anna ihm freundlich mit.

»Da antwortete nur der Anrufbeantworter, der einem erzählt, wie man den stellvertretenden Arzt erreichen kann«, rief Bea besorgt aus und begann, wieder zu wählen. Es klingelte an der Haustür. Anna ging hinaus, um nachzusehen, wer es war.

Vor der Haustür stand David Rietz. Er trug einen hellen Regenmantel und hatte den Kragen hochgeschlagen. »Ich seh' dir in die Augen, Schnüfflerin«, sagte er affektiert mit schleppender Stimme und fixierte sie mit einem Blick der, eher auf Migräne hinzuweisen schien, als auf eine gelungene Bogey-Imitation. »Meine Alte hat mir gesagt, daß du von mir ein paar Tips über Thea Hahn willst.«

»Ach ja, laß mich raten«, sagte Anna gelangweilt. »Donald Duck! Brillant!«

»Laß die dummen Sprüche, Schwester.« Er wollte sie auf die Probe stellen. »Wo ich schon mal hier bin, bleib ich auch. Rietz, wenn nach dem Namen gefragt, denn Schnüffelarbeit ist angesagt.«

»Wobei ich mit meinem Vergleich wohl richtig lag«, sagte Anna nachdenklich. Sie hatte noch nicht zu Abend gegessen – ein Versäumnis, das dazu angetan war, sie unleidlich werden zu lassen.

»Vergleich mit was?«

»Donald Duck.«

»Bist du immer so kratzbürstig? Immerhin warst du es, die mich sehen wollte.«

»Die Frage ist nur, ob du mir irgendwas zu sagen hast – über Thea Hahn natürlich.«

»Das wirst du nicht rausfinden, bevor du mich nicht reingelassen hast«, sagte er dreist.

»Okay.« Sie ließ ihn eintreten und führte ihn nach oben. Sie schaltete das Licht an und hob die Post auf, die Bea ihr vorsorglich unter die Tür geschoben hatte. Ein Brief von ihrer Schwester und die Gasrechnung. Mehr als gewöhnlich.

Unaufgefordert setzte David sich in einen Sessel am Kamin. »Nicht schlecht«, meinte er, nachdem er dem Raum einen prüfenden Blick gegeben hatte. »Obwohl keine Handschellen von den Bilderrahmen hängen. Ich bin enttäuscht.«

»Tut mir leid«, sagte sie abwesend. »Hör zu, nach dem Unterricht bei George Stickle, an dem Dienstag, an dem sie weggelaufen ist, haben Thea und du das Haus zusammen verlassen. Wohin seid ihr gegangen?«

»Ah, meine Schuld ist entlarvt. Vor dir kann man nichts verbergen, Schnüfflerin. Ich habe drei Kreise um sie gezogen und sie, als sie in meinem Bann war, auf ein Schiff nach Tanger gesetzt, oder war es ein Bus nach East Grinstead? Ach du liebe Güte, mein Gedächtnis.«

Anna wandte ihm den Rücken zu und ging zum Fenster, um es zu öffnen. Sie hatte die Vorhänge nicht zugezogen und konnte deshalb sowohl die dunkle Straße wie auch die Reflektionen des Zimmers hinter ihr sehen. Noch immer stand sie mit dem Rücken zu David und beobachtete in der dunklen Scheibe, wie er sie prüfend ansah. Nach einer Weile sagte er. »Gib's schon zu: du willst heute abend doch nichts Geschäftliches bereden? Weißt du, du faszinierst mich wirklich. Du hast so einen herben Charme, und ich habe bissigen Mädchen noch nie widerstehen können. Schließlich hast du mich hergebeten.«

Anna drehte sich um. »Erstens«, sagte sie mit schneidender Stimme, »bin ich kein Mädchen. Zweitens: Ich habe dir eine Visitenkarte dagelassen, weil es mir ums Geschäft geht. Drittens: Wenn du nichts über Thea zu sagen weißt, dann verschwinde.«

»Glückwunsch, du kannst wirklich zählen.« Er stand auf, ging langsam auf das Fenster zu und sagte: »Wenn du was von mir willst, solltest du mich ganz hübsch danach fragen.« Er streckte seine Hände aus und hakte seine Finger in ihren Gürtel. Sie trat ihm kräftig gegen das Knie. Sofort setzte er sich auf den Hintern, wobei er ihren Gürtel losließ. Anna lehnte sich wieder ans Fenster und sah ihn teilnahmslos an.

»Thea Hahn?« fragte sie geduldig. In dem Moment kam Quex ins Zimmer gestürzt. Wie ein Bulle ging er auf David Rietz los und zog ihn auf die Füße, wobei er sagte: »Okay. Jetzt ist es genug, kleiner Mann.«

Anna sagte: »Halt, einen Moment.«

Quex meinte: »Komm schon raus!« und schob David wie ein

Bagger, der einen Maulwurfhügel beseitigt, aus dem Zimmer. Anna eilte ihnen durch die Tür nach und rief: »Quex, du verdammter Schussel! Was zum Teufel machst du da eigentlich?«

Von der Treppe hörte man Stöße und ein Schlurfen, dann wurde die Haustür zugeschlagen. Einige Zeit später kam Quex, zwei Stufen auf einmal nehmend, die Treppe heraufgestürmt. Er wirkte selbstzufrieden: »Mieser, kleiner Mistkerl«, sagte er selbstgefällig. »Der wird dich nicht noch einmal belästigen.«

»Er hat mich keineswegs belästigt, du Trampel«, schrie Anna außer sich vor Wut. »Heilige Mutter Gottes! Er ist verdammt noch mal ein Zeuge. Meinst du eigentlich, du könntest deine Nase in jedermanns Angelegenheiten stecken?« Sie stürmte an ihm vorbei, die Treppe hinunter. Sie riß die Haustür auf und sah die Straße auf und ab. David Rietz war verschwunden.

Quex kam ebenfalls nach unten und sagte: »Natürlich hat er dich belästigt. Das habe ich doch gehört.«

»Dieser harmlose kleine Lüstling? Was meinst du eigentlich, wieso er dann auf dem Boden gesessen hat? Um auf meine Füße loszugehen?« Sie lief in schnellen Schritten auf die Holland Park Avenue zu. Quex holte sie ein und hielt sie an. »Wohin gehst du jetzt?« fragte er. Er war ebenfalls sehr verärgert.

»Ich muß ihn finden«, sagte sie. »Soviel ich weiß war er der letzte, der Thea gesehen hat, bevor sie verschwand. Er wollte mir gerade davon erzählen, als du wie eine Dampflok ins Zimmer gestürmt gekommen bist.«

»Ach Mist. Ich werde ihn für dich finden. Was meinst du, in welche Richtung er gegangen ist?«

»Vielen Dank, ich komme mit der Drecksarbeit schon allein zurecht. Statt eine Hilfe zu sein, bereitest du mir ohnehin nur Schwierigkeiten.« Sie versuchte, ihn zu überholen, doch er blieb ihr einen Schritt voraus. Schließlich legte er ihr beide Hände auf die Schultern und brüllte sie an: »Um Gottes willen, hör auf. Ich hab' gesagt, daß ich ihn finde, und dann finde ich ihn auch.«

In einem Fenster über ihnen ging das Licht an, und ein Wuschelkopf beugte sich hinaus. »Hey, was soll der Unfug?« fragte der Eigentümer des Kopfes. »Ich bin auf Frühschicht, und wenn ihr beiden nicht die Klappe haltet, hol' ich die Bullen.«

»Tut uns leid«, schrie Quex zurück. »Wo wohnt er?« zischte er Anna zu. »Ich kann ihn wahrscheinlich einholen.«

»Wenn er nicht gerade ein Fahrrad hat, vielleicht«, zischte Anna zurück. »Dann mal los, Richtung Notting Hill Gate.«

»Okay«, sagte er, ließ ihre Schultern los und setzte ein verschämtes Grinsen auf. »Übrigens, Leo, du hast nicht zufällig was zu essen in deiner Wohnung, oder?« Bevor sie ihm antworten konnte, hatte er sich umgedreht und rannte auf die Hauptstraße zu.

Anna trat gegen einen Laternenpfahl und fluchte vor sich ihn, teils aus Wut und teils wegen des Laternenpfahls, der nicht so nachgiebig war, wie Davids Kniescheibe. »Sau, so ein Scheißkerl.« Während sie zum Haus zurückhumpelte, verwünschte sie vor allem die Abstammung von Quex.

In ihrer Wohnung angelangt, durchforstete sie die Küche nach Lebensmitteln. Aufgrund des ruinierten Wochenendes hatte sie keine Zeit zum Einkaufen gehabt, und alles, was sie fand, war Knoblauch, eine Zwiebel, eine grüne Paprika, zwei Dosen Krabbenfleisch und eine Packung Spaghetti. Sie ging nach unten und lieh sich eine Dose Pilze, eine halbe Flasche Rotwein und eine Büchse Tomatenmark. Selwyn hatte sich ins Bett gelegt, während Bea voller Nervosität auf den Arzt wartete.

Wieder in der Küche, schnitt Anna ohne viel Sorgfalt das Gemüse, öffnete die Dosen und legte das Ganze in Rotwein ein. Die Früchte ihrer Anstrengung, die bei niedriger Temperatur vor sich hinköchelten, sahen wie die blutigen Überreste einer Schlacht aus, rochen aber großartig. Ihre Laune besserte sich allmählich. Sie legte eine Platte von Sadé auf, ging zur Küche zurück und zerhäckselte zu den Tönen von *Smooth Operator*, das in sattem Klang aus den Lautsprechern drang, ein wenig von dem frischen Basilikum. Dann setzte sie einen großen Topf Salzwassser auf, in den sie einige Tropfen Olivenöl gab, machte sich eine Tasse starken Tee und ruhte sich in ihrem Lieblingssessel aus.

Quex kam allein zurück. »Ich habe ihn gefunden«, sagte er ziemlich mürrisch. »Und ich habe ihn eingeladen, mit mir zu kommen, aber er wollte nicht.« Anna unterdrückte ein Lachen.

»Er scheint dich nicht mehr riechen zu können« , fuhr er fort. »Er beklagt sich darüber, daß seine Kniescheibe für immer Schaden genommen hat.«

»Dabei hat er noch Glück gehabt«, sagte Anna, die noch immer bemüht war, nicht zu lächeln.

»Schon möglich.« Er sah sie zweifelnd an und versuchte, ihre Laune abzuschätzen. »Du bist ganz schön in die Luft gegangen, Leo. Es tut mir leid, daß ich mich eingemischt habe. Wirklich. Aber nachdem ich jetzt mit dem kleinen Mistkerl geredet habe, kommt es mir ehrlich gesagt so vor, als hätte er nichts Wichtiges zu erzählen gehabt.

Offenbar sind Thea und er zusammen zum Bahnhof von Chalk Farm gegangen, und am King's Cross ist er dann auf die Circle Line umgestiegen. Er hat keine Ahnung, wohin sie danach gegangen ist. Wenn du mich fragst, war das Ganze nur ein Vorwand, hierherkommen zu können.«

»Das ist mir durchaus nicht entgangen«, entgegnete sie trocken. »Was soll's? Immerhin hat er was mit Thea zu tun.«

»Das wohl kaum. Er gibt zu, daß er am Kings Cross versucht hat, sie anzumachen. Aber, wie er sagt, hat sie daraufhin wirklich Angst bekommen und ist weggerannt. Er meint, daß sie total neurotisch ist. Ich muß sagen, Leo, daß ich ihm die ganze Sache abnehme.«

»Na ja, das hätte ich wahrscheinlich auch getan, wenn ich die Möglichkeit gehabt hätte.«

»Ich hab' schon gesagt, daß es mir leid tut.«

»Es ist *meine* Sache, wie ich diese Dinge angehe. Dafür werde ich schließlich *bezahlt*.«

»Verdammt noch mal, es tut mir leid.«

»Ist schon gut«, sagte sie versöhnlich. »Hungrig?«

»Kurz vorm Verhungern«, meinte er mit einem Grinsen, das den Bart vom Schnäuzer trennte.

»Glaubst du wirklich, daß Selwyn eine Blinddarmentzündung hat?« fragte sie und ging in die Küche, um nachzusehen, ob die Spaghettis fertig waren. Die Sauce war gut durchgekocht und sah nun weniger wie die Überreste eines Autounfalls, sondern eher wie eine richtige Sauce aus. Sie roch noch immer vorzüglich.

»Nun, zunächst war das alles nur ein Spaß.« Quex füllte mit seinem Körper die Küchentür aus und zog wie ein Hund schnuppernd die Luft ein. »Trotzdem bin ich mir nicht sicher. Irgendwas scheint mit ihm los zu sein. Aber ich möchte nicht an der Stelle des Chirurgen sein, wenn tatsächlich geschnitten werden muß. Selwyn ist wie eine künstliche Auster. Erst wenn man ihn aufgebrochen hat, weiß man, ob eine Perle oder eine Stinkbombe darin ist. Ist das Essen fertig?«

20

Vorgewarnt durch das Frühstück am Sonntag, hatte Anna die ganze Tüte Spaghetti gekocht. Quex aß drei Viertel davon. Im nachhinein fiel ihr auf, daß dieses Gericht für einen Mann mit Bart schlecht gewählt war, doch er wickelte die Spaghetti mit großer Geschicklichkeit um die Gabel, die in seinen massigen Fäusten nur noch wie ein

Streichholz wirkte, und schob sich jede Ladung säuberlich in den Mund. Anna hatte den Eindruck, daß sie nicht einmal die Mundwinkel berührte. Wickeln, Stopfen, Schlucken.

Als er sein Eßtempo so weit gemäßigt hatte, daß sie reden konnten, fragte Anna: »Dieses Gedicht, oder was es sonst war, in Theas Notizbuch – wer hat das geschrieben?«

»Sie selbst«, sagte er und wiederholte die Prozedur des Wickelns, Stopfens und Schluckens.

»Niemals! Hör zu, ich habe mit einer Menge Leute über sie geredet, sie mag zwar sehr intelligent gewesen sein, aber gleichzeitig war sie schrecklich gehemmt und fantasielos.«

»Beurteil' sie nicht nach dem, was die Leute über sie gesagt haben. Jetzt ist sie ganz anders. Tatsächlich verwandelt sie sich in alle möglichen Personen – eine Art Persönlichkeitseintopf.«

»Aber es war nicht einmal ihre eigene Handschrift.«

»Doch, es war ihre; ich habe sie schreiben sehen.« Er säuberte seinen Teller mit einem Stück Brot. »Sie hat es mit der linken Hand geschrieben«, fügte er, auf dem Brot kauend, hinzu. »Normalerweise ist sie Rechtshänderin. Komisch, nicht?«

Als sie zu Ende gegessen hatten, stand er auf und räumte den Tisch ab. Anna setzte Wasser auf. Sie sagte: »Nun, egal, mit welcher Hand sie es geschrieben hat, ich verstehe ja doch kein Wort davon. War es nicht bloßer Unsinn?«

»Das nicht gerade.« Er drehte den Hahn auf und ließ Wasser in die Spüle laufen. »Auf einer Ebene geht es über die Zerstörung eines Mannes.«

»Welchen Mannes?«

»Jemand, der vom Leben enttäuscht ist. Jemand, der sich einsam fühlt.« In rasender Geschwindigkeit fuhr er mit dem Spüllappen über die Teller. »Oh, und er hat wahrscheinlich drei Bücher geschrieben oder drei Kinder gehabt – hat auf jeden Fall drei neue Sachen hervorgebracht.«

»Wie?«

»Ja. Die ›drei grünen Triebe‹. Aber das Entscheidende ist, daß er von etwas zerstört wurde, das Thea ›den weißen Pfeil, Elektrizität entfesselt‹ genannt hat. Nun, das könnte etwas wie Liebe oder eine plötzlich Inspiration bedeuten ...«

»Könnte er nicht einfach in einem Gewitter umgekommen sein?« fragte Anna niedergeschlagen. Sie goß den Tee auf und stellte die Kanne zusammen mit zwei Bechern auf ein Tablett.

»Schon möglich. Andererseits ist die Atmosphäre des Stücks dafür etwas zu mystisch.« Er hob den Topfkratzer auf und nahm den Kochtopf in Angriff. »Du darfst das, was sie geschrieben hat, nicht allzu wörtlich nehmen. Wart' mal, ich kann dir zeigen, was ich meine.«

Anna brachte das Tablett ins Wohnzimmer. Nach einigen Minuten gesellte Quex sich zu ihr. Sie schenkte den Tee ein.

»Hast du ein Gerät, auf dem ich das hier abspielen kann?« Aus der Innentasche seiner Jacke holte er eine Kassette hervor. »Ich habe eine ihrer Sitzungen mit Tony Frank aufgenommen, und glaube, daß ich damit demonstrieren kann, wovon ich rede.«

Anna zeigte ihm, wie der Kassettenrecorder zu bedienen war, und er spulte das Band bis zum Anfang zurück. Währenddessen erklärte er: »Thea hat sich in dieser Sitzung eine Reproduktion von Leonardo da Vincis »Verkündigung an Maria« angesehen. Kennst du das Bild? Nun, es zeigt die Heilige Jungfrau Maria, wie sie in einem wunderschönen italienischen Garten auf einer Terrasse sitzt. Der Erzengel kniet vor ihr im Gras und hat eine Hand erhoben, um sie zu segnen. Es ist ein sehr ruhiges und gesetztes Bild. Es hat nichts Wildes oder Düsteres an sich. Und jetzt hör' zu.« Er drückte den Startknopf.

Das Band begann mit Dr. Franks Stimme, die gedämpft klang, als säße er zu weit vom Mikrofon entfernt. »Sieh dir das Bild an, Thea. Was siehst du da?«

Thea, mit klarer Stimme: »Nun, Adam und Eva im Paradies.«

Dr. Frank: »Und weiter?«

Thea: »Adam reicht Eva den Apfel.«

»Ja?«

»Ja. Der Apfel ist die Erkenntnis. Sie hätte ihn nicht nehmen sollen.«

Pause.

»Nein?«

Thea sehr entschieden: »Nein! Hat man einmal die Erkenntnis, wird Glauben unmöglich. Man sagt, daß Gott sie aus dem Paradies vertrieben hätte, aber eigentlich haben sie Gott vertrieben. Adam hat Gott vertrieben.«

»Nicht Eva?«

Thea, langsam und geduldig: »Wie wäre das möglich gewesen? Sehen Sie doch selbst. Im Apfel ist ein schrecklich fetter Wurm. Eine Schlange. Adam gibt ihn Eva. Es ist ganz offensichtlich. Man wird sagen, daß sie ihn verführt hat. Aber wie hätte sie das tun können? Sie hat ja keine Schlange. Er hatte die Erkenntnis. Kein Wunder, daß er Gott vertreiben mußte. Wo ist Gott?« – ein Geräusch, als würde Papier zerrissen – »Gott ist tot. Adam ist tot. Eva hat ihn umgebracht.« – Weiteres Reißen.

Dr. Frank, mit ruhiger Stimme: »Ist schon in Ordnung, Thea, Morgen sehen wir uns ein anderes an.«

Quex schaltete das Band ab. »Sie hat seinen Leonardo-Band völlig auseinandergerissen«, sagte er mit einem schiefen Lächeln. »Und dann hat sie sich ausgezogen.«

»Ein Striptease?« fragte Anna geschockt. »Was habt ihr dagegen unternommen?«

»Nun, sie war nicht aufzuhalten. Soviel weiß ich. Sie hätte sich nur zusätzlich aufgeregt. Nein, als sie fertig war, habe ich ihr meine Jacke gegeben. Damit war sie zufrieden.«

»Ihr war also heiß und sie mag Leonardo nicht besonders. Was soll's?«

Quex war enttäuscht. »Oh, wach auf, Leo«, sagte er. »Wahnsinn bedeutet eine Flucht vor dem wirklichen Leben, und zwar an dem Punkt, an dem es zu schmerzlich wird. Deshalb besteht eine Art, das Ausmaß des Wahnsinns abzuschätzen, darin zu testen, wie weit der Patient sich von der Realität entfernt hat. Thea wird ein Bild von der Verkündigung gezeigt, aber was sie beschreibt, ist eine auf den Kopf gestellte Version von Adam und Eva im Paradies.«

»Warum macht sie so was?« Anna war verwirrt.

Quex ging zu schnell zu weit, und was ihre Zwecke betraf, schlug er eine völlig falsche Richtung ein.

»Nun, ich nehme an, daß sie es tut, weil ihr etwas Ähnliches wie die Geschichte von Adam und Eva im Kopf herumgeht. Sie redet von einem Mann, der ein Mädchen mit seinem Wissen lockt, es verführt, seiner Unschuld beraubt und seinen Glauben zerstört.«

»Wer soll dieser Mann sein?«

»Du versuchst schon wieder, alles zu wörtlich zu nehmen«, sagte er ungeduldig. »Tony Frank meint, daß sie jedesmal in Aufregung gerät, wenn ihr Vater erwähnt wird; sie könnte also auch ihn gemeint haben. Es muß keine echte Verführung sein, weißt du. Mal angenommen, daß alles, was sie jemals von ihm wollte, ein bißchen Liebe war, während er nur ihre Erfolge gelten ließ. Um seine Liebe zu gewinnen, hat sie also alles getan, was er von ihr verlangt hat – alles gelernt, was sie in die Finger bekam. Trotzdem ist das Resultat nicht mehr Liebe von seiner Seite. Ihr Wissen ist das einzige, was ihr bleibt.«

»Einen Moment mal«, sagte Anna, die nun ebenfalls ungeduldig geworden war. »Laß uns wenigstens dies eine Mal zur Sache kommen. Ein durchaus wirklicher Kerl, der sich Jones genannt hat, ist in einem

Hotel in Southampton erschossen worden. Eine junge Frau, die sehr gut Thea gewesen sein könnte, hielt sich in einem Nebenzimmer auf. Sie hatte sich als seine Nichte ausgegeben. Als die Leiche von Jones in den Morgenstunden entdeckt wurde, war sie verschwunden. Am selben Tag ist Thea, in einem Bus von Southampton kommend, in Britmouth aufgetaucht. Dann hat sie ausgerechnet vor einem Bobby mehr oder weniger das Geständnis abgelegt, ihren Vater ermordet zu haben.«

»Genau das ist es«, unterbrach Quex sie aufgeregt. »Diese Interpretation ist doch viel interessanter, oder etwa nicht? Jones war ihr Liebhaber. Er war die Vaterfigur. Jemand anderes, dessen Liebe sie zu gewinnen suchte. Die Verführung ist echt. Die Erkenntnis besteht in der Entdeckung ihrer eigenen Sexualität.«

»Wie nett«, meinte Anna, die immer niedergeschlagener wurde. »Und was hat es mit Eva auf sich, die Adam und Gott umbringt?«

»Ganz offensichtlich fühlt sie sich für den Tod von jemand anderem verantwortlich.« Quex schenkte sich Tee nach. »Oder für seine Zerstörung«, fügte er eifrig hinzu. »Vielleicht hat sie einen geistigen oder moralischen Tod gemeint.«

»Nun, der Tote im Leichenschauhaus von Southampton ist nicht nur geistig tot«, sagte Anna verärgert. »Werde ich jemals etwas anderes als Metaphern aus ihr herausbekommen? Wird sie jemals in der Lage sein, eine klare Antwort auf eine klare Frage zu geben?«

»Jedenfalls nicht in absehbarer Zeit«, sagte Quex nach reiflicher Überlegung. »Ich fürchte, Metaphern sind das möglichste, was sie tun kann. Aber die sind der heiße Draht zu ihrem Unterbewußtsein, was auf eine Art besser ist als klare Antworten.«

»Nicht für mich. Und vor Gericht wird das auch nicht viel nützen. Die Polizei mag Wahnsinnige nicht besonders. Sie bevorzugt Leute, die für ihre Verbrechen verantwortlich gemacht werden können. Erinner' dich doch nur an diesen Massenmörder – du weißt, wen ich meine: total verrückt, aber weil die Grenze zwischen Recht und Rache nicht eindeutig definiert ist, muß er sich vor Gericht verantworten und wandert ins Gefängnis. Und alles nur, weil Polizei und Öffentlichkeit die Vorstellung nicht ertragen können, daß für ihn mildernde Umstände in Frage kommen könnten. Als ob Rampton oder Broadmore mildere Lösungen wären! Stell' dir doch nur mal den Aufwand an Zeit, Geld und Leuten vor, der betrieben worden ist, um zu beweisen, daß er zurechnungsfähig war. Und ein paar Monate später haben sie ihn ohnehin in die Psychiatrie verlegen müssen.«

»Aber bestimmt wird niemand versuchen, Thea für gesund zu erklären, oder?« Quex begann, sich Sorgen zu machen.

»Zunächst sind sie nicht dazu gezwungen. Wie das Gesetz im Moment steht, ist es ihr überlassen, ihre geistige Verwirrung zu beweisen.«

»Aber das wäre ja einfach.«

»Nicht unbedingt. Wenn sie es für wichtig genug halten, könnte die Krone eine ganze Anzahl von gefügigen Psychiatern dazu bringen, das genaue Gegenteil von dem zu behaupten, was Dr. Frank über sie sagt.«

»Quex strich sich mit den Fingern übers Gesicht und beugte sich, die Ellbogen auf die Knie gestützt, vor. Er sagte: »Wie ernst ist die Angelegenheit?«

»Ich weiß nicht. Wenn die Polizei zwei und zwei zusammenzählt, könnte sie vielleicht beweisen, daß sie sich im Gateway Hotel in dem Zimmer neben Jones aufgehalten hat. Eine ganze Anzahl von Leuten hat jemanden wie sie gesehen. Was sie danach werden beweisen können, kann ich nur raten. Die Waffe ist bis jetzt noch nicht gefunden worden. Aber stell' dir vor, sie würden sie praktischerweise in der Nähe der Buslinie zwischen Britmouth und Southampton finden. Und dann hat sie natürlich schon einem von ihnen erzählt, daß sie einen Mann umgebracht hätte.«

»Wenn die Polizei der Meinung ist, daß sie da was an der Hand hat, werden sie den Fall bis zum bitteren Ende durchziehen. Das Problem ist nur, daß es ihnen nicht schwerfallen wird, einen Fall aufzubauen, nachdem sie einmal angefangen haben.«

»Das wäre ja schrecklich«, meinte sie niedergeschlagen. »Fast schon tragisch. Ich meine nur: wenn man Thea so ansieht, kann man sich nicht vorstellen, daß sie irgend jemand etwas zuleide tun würde, oder? Sie ist eher der Typ, der die Gewalt gegen sich selbst richten würde.«

»Ja. Aber sie fühlte sich verantwortlich für den Tod eines Menschen. Das hast du selbst gesagt.«

»Ich weiß, ich weiß. Aber ich habe es nicht von deiner Warte aus gesehen. Ich war lediglich von ihrem geistigen Zustand fasziniert. Dich haben die praktischen Implikationen interessiert. Denk doch nur an diesen Abend mit der Aufnahme und allem, was ich sonst noch gesagt habe: Ich habe es geschafft, sie als so schuldig wie sonstwas hinzustellen.«

»Nun ja, das macht aber nichts«, sagte Anna. »Du hast es ja nur mir erzählt, und ich stehe auf ihrer Seite.»

Kannst du das wirklich? Ich meine, auch wenn sie jemanden umgebracht hat?«

»Ja. Weil sie sehr jung und hilflos ist. Ich bin zu der Überzeugung gekommen, daß ihr keine Schuld zukommt, was immer sie auch getan haben mag.«

»Zu der Überzeugung gekommen?«

»Nun, es ist ein rein persönlicher Standpunkt. Ich will ihn nicht rechtfertigen. Aber sie ist weder bösartig noch habgierig, weder kalt noch berechnend. Sie ist lediglich verrückt. Deshalb kann ich sie für nichts verantwortlich machen.«

»Du bist manchmal schwer zu begreifen, Leo«, sagte er, lehnte sich in die Polster zurück und sah sie neugierig an. »Du scheinst komplizierte Sachverhalte auf einen einfachen Nenner reduzieren zu können.«

»Oh, ich versuch's. Es ist wesentlich einfacher, als intelligent zu sein.« Sie gähnte und stellte die Becher auf das Tablett zurück.

Quex nahm die Kassette aus dem Recorder und steckte sie wieder in seine Jackentasche. Er begann, ebenfalls zu gähnen. »Ich geb's auf«, sagte er verzweifelt. »Kann ich noch mal hier übernachten? Ich bin todmüde.«

»In Ordnung, aber das Sofa ist immer noch nur zwei Meter zwanzig lang, und außer Kaffee hab' ich nichts zum Frühstück da.«

21

Wie sich herausstellte, hatten sie am nächsten Morgen keine Zeit für einen Frühstückskaffee. Anna hatte verschlafen und war erst durch das Klingeln des Telefons geweckt worden. Sie hatte von einer breiten Straße in einer Universitätsstadt geträumt. Diese Straße war an beiden Seiten von Gebäuden mit Türmen, Türmchen und barocken Schnörkeln gesäumt gewesen, die wie Klippen in den Himmel geragt und die Sicht auf ihn verdeckt hatten. Jemand hatte ihr gesagt, dies wäre die *Stadt des Verstandes*. Je weiter sie die Straße hinunterging, desto mehr verzweigte sie sich in immer kleinere Straßen, bis schließlich nur noch Gäßchen übrigblieben. Doch so eng die Gassen auch wurden: Die Gebäude wurden immer größer und komplexer.

Auf den Straßen waren keine Leute zu sehen, doch die Gebäude summten von Leben, und je näher sie dem Stadtkern kam, desto lauter wurde der Lärm. Schließlich hatte sie ein Gäßchen gefunden, das ins Zentrum der Stadt führte. Doch zum Gehen war es zu schmal.

Sosehr sie sich auch mühte, gelang es ihr doch nicht, sich zwischen den Gebäuden hindurchzuzwängen, und der Lärm wurde so laut, daß ihre Ohren schmerzten. Schließlich gab sie auf. Aber jetzt wurde es ihr unmöglich, aus diesem Ort wieder herauszufinden. Sie lief in diese und jene Richtung und hielt sich die Ohren zu, um den Lärm auszuschließen; doch gelang es ihr weder, die Stadt zu verlassen, noch in eines der Gebäude einzudringen.

Als sie aus dem Bett stürzte, um das Telefon zu beantworten, kam zu dessen aufdringlichem Klingeln noch ein Klopfen an der Tür. Quex ging, nur mit seiner Unterwäsche bekleidet, zur Tür. Anna beantwortete das Telefon im Nachthemd.

Beryl sagte: »Ich bin davon ausgegangen, daß Sie in Southampton sind. Ich habe da dreimal umsonst angerufen, weil ich dachte, die wären einfach inkompetent und könnten Sie nicht finden.«

Bea sagte: »Quex, was machst du denn hier?« Quex wies auf das Telefon und legte den Finger auf die Lippen.

Beryl sagte: »Wenn Sie wieder in London sind, heißt das, daß Sie zu spät zur Arbeit kommen. Sie hätten schon vor zehn Minuten im Büro sein sollen.«

Bea sagte: »Ich komme wegen Selwyn. Er muß ins Krankenhaus.«

Beryl sagte: »Im Fall Hahn haben sich neue Entwicklungen ergeben. Der Chef will Sie so schnell wie möglich sprechen.«

»Krankenhaus?« fragte Anna.

»Wovon reden Sie?« fuhr Beryl sie an. »Hier! Ich erwarte, daß Sie in einer Viertelstunde hier sind.«

Anna legte den Hörer auf die Gabel zurück. »Was ist mit Selwyn los?«

»Oh, Anna, du hast recht gehabt«, sagte Bea mit bebender Stimme. »Es ist eine Blinddarmentzündung. Letzte Nacht ist noch eine Ärztin vorbeigekommen. Sie hat gemeint, es wäre ein gereizter Blinddarm. Es wäre nicht gefährlich, aber er sollte trotzdem schon jetzt herausgenommen werden. Sie hat ihn heute morgen ins Marienkrankenhaus überwiesen.«

»Was zum Teufel ist ein gereizter Blinddarm?« fragte Quex. Anna sagte: »Wenn es Selwyns ist, muß er gereizt sein.«

»Das Problem ist, daß er sich weigert, ins Krankenhaus zu gehen«, meinte Bea hilflos. »Er sagt, daß er lieber eines natürlichesn Todes sterben möchte, als sich dem Messer eines Chirurgen anzuvertrauen. Und da habe ich mich gefragt, ob du nicht runterkommen und ihn anschreien könntest, Anna. Du kannst das besser als ich.«

»Das würde ich auch meinen«, sagte Quex.

»Und dann könntest du ihn vielleicht in deinem Wagen zum Marienkrankenhaus fahren«, fuhr Bea fort, ohne ihm Beachtung zu schenken. »Er will eigentlich nur bemuttert werden.«

»Gib mir eine Minute zum Anziehen«, sagte Anna. »Ich bin sofort unten.«

Die Zeit war knapp. Sie sauste vom Schlafzimmer ins Bad und wieder zurück, machte eine Katzenwäsche, putzte sich flüchtig die Zähne und ging mit einer Bürste durchs Haar.

Unten, im Schlafzimmer der Prices, klammerte sich Selwyn, der in seinem T-Shirt, einer Schlafanzughose und weißen Nylonsocken das Exempel für einen recht merkwürdigen Kleidungsstil abgab, eigensinnig an seine Bettdecke, als wollten die anderen ihn mit Gewalt aus dem Bett zerren und ihn, schreiend und um sich schlagend, zum Schlachthaus abführen.

»Leichenschänder«, schrie er, als Anna, Bea und Quex sich seiner Festung näherten. »Keiner wird mich aufschneiden. Die am Marienkrankenhaus sind allesamt Schlächter«, rief er aus, während er sein Kopfkissen, das er gegen seinen Blinddarm gedrückt hatte, umklammerte und in seiner Hysterie ins Walisische verfiel. »Warum laßt ihr mich nicht friedlich in meinem Bett sterben?«

»Friedlich?« schrie Anna ihn an und warf einen Seitenblick auf Bea, die ihr ermutigend zunickte. Dann gab sie ihm eine lebhafte, wenn auch nicht ganz korrekte Beschreibung der gräßlichen Todeskämpfe einiger walisischer Dichter, die an einer Bauchfellentzündung gestorben waren. Bea verlieh dieser pathetischen Ansprache zusätzliches Gewicht, indem sie von Zeit zu Zeit zustimmend nickte und Kommentare vor sich hinflüsterte wie: »Großartig; gelber, stinkender Eiter im Blutkreislauf, Absterben des Gewebes. Darauf wäre ich nicht gekommen. Weiter so. Du bist großartig.«

Erst als Anna beim Schicksal seines wurmzerfressenen Kadavers angelangt war, der hastig in einem Armengrab verscharrt werden würde, gab Selwyn auf. Und als Quex dann die Rolle des Mr. Freundlich übernahm und ihm versprach, ihn in aller Feierlichkeit in seinem Jaguar zum Krankenhaus zu fahren, konnte Anna sich endlich davonmachen.

Mit höchster Geschwindigkeit durchquerte sie den Holland Park, jagte Tauben, Jogger sowie frühe Spaziergänger ohne Unterschied auseinander und kam außer Atem in der Privatdetektei Brierly an.

»Endlich«, sagte Mr. Brierly, der sich von seinem erhabenen Blick auf die Kensington High Street gelöst hatte und sie nun verärgert ansah.

»Ja. Tut mir leid«, sagte Anna schnell. »Ein Notfall. Einer meiner Nachbarn mußte so schnell wie möglich ins Krankenhaus gebracht werden. Ich konnte ihm die Bitte nicht abschlagen.« Sie hatte diese Halbwahrheit schon bei Beryl zum besten gegeben, und es war wie am Schnürchen gelaufen.

»Nun, abgesehen davon sind Sie zu spät. Würden Sie Ihre Energie jetzt deshalb den relevanten Einzelheiten zuwenden? Es gibt viel zu tun. Die Polizei von Hampshire ist mit Mr. Embury in Verbindung getreten und verlangt eine Art Aussage von Miss Hahn. Um zwölf Uhr habe ich einen Termin mit Mr. Embury und Mr. Hahn. Gibt es irgend etwas, daß ich wissen sollte?«

»Ja«, sagte Anna und erzählte ihm, was sie bei ihren Nachforschungen in Britmouth und Southampton herausgefunden hatte. Er schwieg einen Moment, ließ seine Daumen wie ein Wasserrad rotieren und spielte nervös mit dem Kugelschreiber. Schließlich sagte er: »Nun, wie mir scheint, ist es jetzt an Mr. Embury, etwas für sein Geld zu tun, oder? Unterdessen will ich alles, was Sie mir erzählt haben, schriftlich. Ausnahmsweise diktieren Sie es am besten direkt Miss Doyle, denn ich brauche den Bericht möglichst schnell und will, daß er gut formuliert ist. Sie sollten ihn um zwölf Uhr bereithalten.«

Beryl würde über die Vereinbarung durchaus nicht entzückt sein. Deshalb überließ Anna Mr. Brierly die Übermittlung dieser Nachricht und ging in den Aufenthaltsraum, um sich einen Kaffee zu machen. Im Dienstraum traf sie Bernie und Johnny. Bernie schrieb tatsächlich an einem Bericht. Johnny wechselte die Batterien seines Taschendiktiergeräts aus. Er machte sich nie handschriftliche Notizen.

Bernie sagte: »Guten Morgen, Liebes«, und fuhr mit seiner Schreibarbeit fort, ohne ihr weitere Beachtung zu schenken. Johnny, dem jede Abwechslung willkommen war, sprang auf und sagte: »Bist du wegen der Quarzuhr gekommen? Das macht fünfzehn Eier.«

»Neulich hast du noch von zwölf fünfzig geredet«, meinte Anna, während sie zum Aufenthaltsraum ging. Johnny kam ihr hinterher. »Du bist unerbittlich«, klagte er. »In Ordnung, laß uns nicht weiter drüber reden: zwölf fünfzig, bar auf die Hand. Ich muß verrückt geworden sein.«

Anna füllte den Kessel mit Wasser und stellte den Gasherd an: »Selbst Billiges kaufe ich nicht, ohne es vorher gesehen zu haben«, sagte sie. »Wo ist die Uhr?«

»Mach uns ein Täßchen Kaffee, dann zeig ich sie dir.« Er öffnete seinen Spind, der direkt neben Annas lag und mit Pin-ups von Rennpferden und Windhunden verziert war. Für alle war es eine unerschöpfliche Quelle der Belustigung, daß er gerade an die Tiere erinnert werden wollte, die ihn in den meisten Fällen bitter enttäuschten. Den größten Teil seines Geldes brachte er dafür auf, die Gewinnquoten von ansonsten unbeachteten Startern in die Höhe zu treiben.

»Ist das nicht ein elegantes Stück?« meinte Johnny, der die Uhr mit dem Gebaren eines Hypnotiseurs vorführte, indem er sie von Daumen und Zeigefinger baumeln ließ.

»Sie scheint zu funktionieren«, sagte Anna erstaunt. Die Uhr gab die richtige Zeit an, und der Sekundenzeiger tickte wie zu ihrer Beruhigung gleichmäßig vor sich hin.

»Natürlich funktioniert sie«, meinte Johnny gekränkt. »Japanische Präzisionstechnik in Reinform. Würde ich dir irgendeinen Mist andrehen wollen?«

Anna schnaubte verächtlich und machte drei Tassen Kaffee. Eine davon brachte sie Bernie.

»So ein Angebot bekommst du nur einmal im Leben«, sagte Johnny redegewandt. »Sie gehen weg wie heiße Semmeln. Wenn du sie nicht nimmst, wird es dir hinterher leid tun. Bis Freitag werden sie alle weg sein.«

»Was meinst du?« fragte Anna, als sie Bernie seinen Kaffee reichte.

»Tja, meine Liebe. Sie scheint zu funktionieren«, sagte Bernie erstaunt.

»Japanische Präzisionstechnik in Reinform«, meinte Anna. Er schnaubte verächtlich. Johnny sagte: »Nur weiter so, Anna. Es kann gar nicht besser werden.«

»Gib ihm zehn Pfund«, meinte Bernie. »Nicht mehr und nicht weniger. Erinnerst du dich noch an die Toaster?« Anna konnte sich tatsächlich daran erinnern. Tim und Phil hatten jeweils einen gekauft, und beide Toaster hatten nicht länger als eine Woche funktioniert.

»Zehn?« rief Johnny empört aus. »Wo bleibt dein Herz? Das ist ja weniger als die Produktionskosten.«

»Zehn«, insistierte Anna und nahm das Geld aus ihrer Tasche. »Ja oder nein?«

Johnny nahm die zehn Pfund an sich und gab Anna die Uhr.

»Anna!« rief Beryl vom anderen Ende des Flurs. »Wo sind Sie? Ich habe nicht den ganzen Tag Zeit.«

»Die Nachtigall sang am Berkely Square«, murmelte Bernie vor sich hin, als Anna ihre Tasse nahm und den Raum verließ.

Um zwölf Uhr hatte Anna vier sauber getippte und fotokopierte

Berichte in vier Schnellheftern vom gleichen Blauton bereit. Sie wurde ins Büro ihres Chefs vorgelassen, wo sie Mr. Hahn die Hand gab, Mr. Embury zunickte und die Berichte verteilte.

Mr. Embury beherrschte offensichtlich die Methode des Querlesens. Schnell wie ein Wiesel überflog er die Seiten, und bevor Mr. Hahn die Hälfte der ersten Seite gelesen hatte, ging er bereits wieder zum Anfang zurück und sagte: »Wie ich sehe, ist Miss Lee der Ansicht, daß wir allen Grund zur Sorge haben.« Für einige Minuten, in denen Mr. Hahn nachzukommen suchte, blieb es ruhig. Er sagte: »Ich sehe nicht ganz ein, wieso es Anlaß zur Sorge geben sollte. Meine Tochter ist in dem Hotel nicht eindeutig identifiziert worden, und bevor das nicht geschehen ist, weigere ich mich zu glauben, daß sie auf irgendeine Art in die Sache verwickelt ist.«

»Miss Lee hätte dem Hotelpersonal wohl kaum das Foto Ihrer Tochter zeigen können«, sagte Mr. Brierly. »Aber ich denke doch, daß wir Miss Lees Befunde und Annahmen ernst nehmen sollten, gleichgültig, ob sie sich als richtig oder falsch erweisen.«

»Haben Sie dem Police Constable erzählt, daß Sie Miss Hahns Gepäck am Busbahnhof in Britmouth gefunden haben, oder daß es in einem Bus von Southampton liegengelassen wurde?« fragte Mr. Embury.

»Natürlich nicht«, sagte Anna. »Zu dem Zeitpunkt wußte ich nicht einmal, daß sie Gepäck bei sich gehabt hatte. Ich habe ihm nur erzählt, daß ich danach suche, weil ich es für die unauffälligste Art hielt, mich ...«

»Nun, wie unauffällig es Ihnen auch vorgekommen sein mag, Miss Lee, die Polizei weiß jetzt zumindest, daß und wo Sie das Gepäck gefunden haben. Schien es Ihnen auch unauffällig, der Polizei zu erzählen, wie Sie mit mir in Verbindung treten können?«

»Mr. Embury, ich bitte Sie«, warf Mr. Brierly schnell ein und sah Anna warnend an. »In unserem Beruf hängt vieles von der Zusammenarbeit mit der Polizei ab. Wir dürfen nicht den Eindruck erwekken, daß wir sie in ihrer Arbeit behindern. Der Name von Miss Hahn war ihnen zudem bekannt. Sie wußten die Nummer ihres Reisepasses und hätten sich ohne weiteres im Krankenhaus von Britmouth nach ihrem gegenwärtigen Aufenthaltsort erkundigen können. Miss Lee war einzig darum bemüht, Miss Hahn und ihre Eltern zu schützen, als sie der Polizei Ihre Telefonnummer gegeben hat. Eine Vorgehensweise, die Sie, wie ich angenommen hatte, begrüßen würden.«

»Sie hätten versuchen können, Zeit zu gewinnen«, sagte Mr. Embury kalt. »So aber wünscht die Polizei, Miss Hahn schon jetzt zu befragen, und es liegt weder in meiner noch in Ihrer Macht, sie davon abzuhalten.«

»Offensichtlich ist sie doch gar nicht in der Lage, Fragen zu beantworten«, sagte Mr. Hahn. »Immerhin liegt sie im Krankenhaus.«

»Das ist weder hier noch dort«, erwiderte Mr. Embury. »Die Polizei kann jeden an jedem beliebigen Ort befragen. Weder Dr. Frank noch ich können sie davon abhalten.«

»Was ihren Gesundheitszustand betrifft«, fügte Mr. Brierly hinzu, »so halten sie niemanden außer dem Richter und den Geschworenen für kompetent genug zu entscheiden, ob sie geistig normal ist oder nicht: nicht einmal einen Psychiater. Sie würden einfach davon ausgehen, daß sie normal ist, bis ein Richter ihnen anderweitige Anweisungen gäbe.«

»Das ist ja ungeheuerlich«, sagte Mr. Hahn. Er sah müde und verängstigt aus. Anna bemerkte, daß sich unter seinen Augen in den letzten Tagen schwarze Tränensäcke gebildet hatten.

»Es geht einfach darum zu verhindern, Geisteskrankheit zu einem allzu einfachen Verteidigungsgrund werden zu lassen«, sagte Mr. Brierly, der selbst Polizist gewesen war und aus dieser Zeit manche Sympathie für die Polizei hatte.

»Wie dem auch sei; wir sollten uns darüber klar werden wie wir am besten vorgehen«, meinte Mr. Embury. »Natürlich werde ich die Polizei so lange wie möglich hinhalten. Aber ich denke, daß wir für eine Art Verteidigung vorbereitet sein sollten. Falls die Polizei beweisen kann, daß Miss Hahn tatsächlich zusammen mit Mr. Jones im Gateway Hotel gewesen ist, wird sie wahrscheinlich Mordanklage gegen sie erheben, und für diesen Fall sollten wir gerüstet sein.«

»Dazu darf es nicht kommen.« Mr. Hahns Stimme überschlug sich vor Ärger. »Miss Lee muß gegenteilige Beweise finden. Sie muß nachweisen, daß meine Tochter niemals in diesem Hotel gewesen ist.«

»Vielleicht wird das nicht möglich sein«, sagte Mr. Brierly bestimmt. »Dennoch gibt es zwei Alternativen: Entweder hat ein bisher Unbekannter Mr. Jones erschossen, oder es war Selbstmord.«

»Natürlich«, sagte Mr. Hahn eifrig. »Miss Lee muß nachweisen, daß er sich selbst umgebracht hat.«

»Vielleicht wird das ebenfalls nicht möglich sein«, sagte Mr. Embury. »Aber es könnte uns helfen, wenn Miss Lee ihre Aufmerksamkeit diesem Mr. Jones zuwenden würde. Es ist möglich, daß dadurch auf diesem Gebiet Zweifel entstehen würden.«

»Unmöglich, daß eine Waffe . . .«, setzte Anna an, doch Mr. Brierly hob die Hand und sagte: »Es wäre sinnvoll, wenn wir herausbekämen, wie oder ob Miss Hahn überhaupt mit Mr. Jones in Verbindung stand. Mr. Jones ist uns ein Rätsel, aber es ist vielleicht lohnenswert, über seinen Hintergrund Erkundigungen einzuziehen.«

Mr. Embury meinte: »Hm, Sie meinen eine mögliche Notwehr oder etwas in der Art? Ja, es kann nur von Vorteil sein, über Mr. Jones Nachforschungen anzustellen.«

»Ich werde Hilfe brauchen«, sagte Anna schnell, bevor sie nochmals unterbrochen werden konnte.

»Lassen Sie ihr jegliche erdenkliche Hilfe zukommen«, sagte Mr. Hahn zu Mr. Brierly.

»Schön«, meinte Mr. Brierly. »Ich werde sehen, was sich machen läßt.«

22

Mr. Brierly veranlaßte, daß Bernie für den Rest der Woche freigestellt wurde; doch nicht, bevor er den Bericht, an dem er zur Zeit arbeitete, zu Ende gebracht hätte. Um diese Zeit zu nutzen, schlug Anna in der veralteten Ausgabe des Strafgesetzbuches, die im Büro stand, unter dem Abschnitt »Geisteskrankheit während Anklage und Verhandlung« nach. Die Aussichten waren nicht ermutigend.

Wenn für Thea die einzige Möglichkeit, juristisch nicht zur Verantwortung gezogen zu werden, darin bestand, in Dr. Franks Obhut zu verbleiben, war es unumgänglich, daß Anna sich etwas einfallen ließ, bevor die Polizei sich wirklich in den Fall verbeißen würde. Die einzige Alternative schien das Gefängniskrankenhaus zu sein, dessen Angestellte ihre eigene Einschätzung des Falls dem Leiter der Anklagebehörde würden zukommen lassen, der sie dann an Richter und Geschworene weiterleitete, damit diese wiederum entscheiden könnten, ob einem Plädoyer auf Unzurechnungsfähigkeit stattzugeben wäre.

Die Vorstellung, daß Thea in einer Gefängniszelle oder einem Gefängniskrankenhaus einer Befragung durch die Polizei unterzogen werden würde, rief in Anna ein unangenehmes Gefühl hervor. Adam House mit seinen gemütlichen Räumen und seinem sonnigen Garten schien ihr der einzige Ort, der eine beruhigende Wirkung auf Theas verwirrte Gedanken haben könnte. Zudem würde Dr. Frank sie sicherlich viel besser vertreten als offizielle Beamte, die sie nicht kannten oder an ihrem Geschick nicht einmal interessiert waren.

Anna hatte das Gefühl, daß Thea bei Dr. Frank gut aufgehoben war. Weniger realistisch, doch immerhin von einer Hoffnung getragen, war ihr Wunsch, daß er sie heilen könnte. Soweit sie es beurteilen konnte, hatte Dr. Frank sich unabhängig von diesen Überlegungen für eine Behandlungsmethode entschieden. Eigentlich wußte Anna nichts darüber, wie er Thea behandeln wollte. Auch er könnte letzten Endes auf Psychopharmaka oder Elektroschocks zurückgreifen. Doch das konnte Anna sich nicht vorstellen.

»Woher willst du eigentlich wissen, wo ein Mädchen in ihrem Zustand sich am glücklichsten fühlt?« hielt Bernie ihr entgegen, als sie ihm bei einem späten Mittagessen bei *Scoffs*, gleich neben dem Odeon, von ihrem Unbehagen erzählte.

»Ich habe sie im Krankenhaus in Britmouth gesehen, wo sie mit Medikamenten vollgestopft war und sich nur noch wie ein Zombie bewegt hat«, sagte Anna, während sie den letzten Bissen eines köstlichen Pilzomelettes mit einem Schluck gutem, starken Kaffee hinunterspülte. »Und ich habe gemerkt, daß sie seitdem wesentlich besser aussieht.«

»Aber wie fühlt sie sich?« fragte Bernie verständnisvoll. »Für ein Mädchen in ihrem Zustand könnte es das beste sein, überhaupt nichts zu fühlen. Vielleicht fühlen Zombies sich besser. Vielleicht ist Adam House nur ein Abfalleimer gehobener Klasse, und du läßt dich lediglich vom äußeren Schein blenden.« Er bedeutete der Kellnerin, daß sie zahlen wollten.

»Ich kann mir nicht vorstellen, daß es besser ist, sich eher tot als lebendig herumzuschleppen«, meinte Anna starrköpfig. »Die Psychopharmaka helfen doch nur, ihr seltsames Verhalten zu unterdrücken. Sie beheben nicht das eigentliche Übel. Und meiner Meinung nach ist es eben das seltsame Verhalten, daß Dr. Frank letztendlich Aufschluß darüber gibt, was wirklich falsch läuft.«

»So, du bist jetzt also der Experte für Psychiatrie«, sagte Bernie mit beruhigendem Grinsen. »Vielleicht hast du recht, und das arme Mädchen sollte wirklich besser in Adam House bleiben; aber wenn das der Fall ist, sollten wir ein bißchen dalli machen. Bis jetzt hast du mich über nichts anderes als deine eigene Meinung ins Bild gesetzt.«

Sie beglichen die Rechnung und gingen auf die warme und staubige Highstreet hinaus. In seinem grünen Gewand wirkte der Park einladend, und Anna meinte, daß sie hier ebensogut wie anderswo reden könnten. Doch Bernie hatte eine bessere Idee. Gemeinsam fuhren sie zu seinem Haus in Fincheley, wo sie seine Frau Syl antrafen, die eben ihre eigene Version einer Sachertorte, deren Rezept sie nicht preisgab, aus dem Ofen holte. Die Küchenfenster standen offen, und die buttergelben Vorhänge bewegten sich unruhig im Wind, der den Geruch von Schokolade in den Garten trug.

Sie gingen nach draußen und setzten sich unter Bernies heißgeliebten Pflaumenbaum – er in einem knarrenden, alten Bambusstuhl, und sie lümmelte sich zu seinen Füßen aufs Gras. Beide hatten ein Glas Zitronentee neben sich stehen. Gab es einen angenehmeren Ort, dachte Anna, wenn man an solch einem schönen Nachmittag arbeiten mußte? Mit seinen drei Obstbäumen, einem Pflaumen- und zwei Apfelbäumen, wirkte der Garten der Schillers wie eine kleine Obstplantage. Und an dem Ende, das am weitesten vom Haus entfernt lag, war Platz für einige Gemüsebeete. Nur zwei Salatpflanzen, deren Saatplatz mit Bedacht gewählt war, streckten ihre Köpfe hervor. Ansonsten wies nur ein wenig sorgfältig umgegrabene Erde, die über den Knollen von Salatkartoffeln, Mohrrüben und grünen Bohnen zu einem Hügel aufgeschichtet war, auf ein Gemüsebeet hin. Näher am Haus war ein altmodisches Blumenbeet mit scharlachroten Geranien, Bartnelken, Fingerhut und Pappelrosen angelegt worden.

Anna seufzte zufrieden und schloß die Augen. Auf der ganzen Welt gab es kein zweites Paar wie Bernie und Syl, das mit solcher Selbstverständlichkeit Gemütlichkeit verbreitete.

Bernie sagte: »Wach auf, du Schlafmütze. Ich habe dich nicht zum Schlafen hergebracht«, und stieß sie leicht mit dem Fuß an. Sie seufzte noch einmal, setzte sich dann auf und erzählte ihm, was bis jetzt passiert war. Nach einer Weile kam Syl mit der Sachertorte, die vom Backen noch warm und feucht war, zu ihnen heraus. Sie hatte ihr Strickzeug mitgebracht und saß nun neben ihnen, mit Händen, die geschickt über das Strickzeug flogen, und hübsch, wie nur eine glücklich Frau es sein konnte. Anna beobachtete sie beim Sprechen. Syl war ihr ein Rätsel. Neben ihr fühlte sie sich entwurzelt und unruhig, als würde ihr jegliche Gabe, in sich selbst zu ruhen, fehlen. Es war nicht so, daß Syl nie Probleme gehabt hätte. Es war nicht so, daß sie nie hart gearbeitet hätte, denn Anna wußte, daß sie tatsächlich hart gearbeitet hatte – zunächst, um nach dem Krieg ihre leidenden Eltern, die geflüchtet waren, zu versorgen, und später, als Bernie nicht genug verdient hatte, um seine junge Familie zu ernähren. Und sie arbeitete immer noch. Ständig war sie beschäftigt, und alles, was sie tat, war nützlich. Doch Syl war der Meinung, daß, wenn sie eine Mahlzeit zu kochen hatte, das Essen absolut köstlich sein müßte. Daß, wenn sie die Fenster putzte, diese vor Sauberkeit blitzen müßten. Daß, wenn sie einen alten Stuhl polsterte, dieser Stuhl der gemütlichste im ganzen Haus werden sollte. Trotzdem war sie keineswegs selbstgefällig. Sie wußte, daß sie es glücklich getroffen hatte, doch zugleich wußte sie ihr Glück zu schätzen und baute darauf auf.

Anna konnte nicht verstehen, wie man mit solch kleinen alltäglichen Dingen zufrieden sein konnte, war aber froh, daß Syl dazu in der Lage war. Manchmal, wenn sie schlecht gelaunt war, erwies es sich, daß noch im dicksten Trümmerhaufen ein Goldstück zu finden war, wenn man nur richtig zu suchen wußte. Im Gegensatz zu Syl konnte Anna das nicht: In den meisten Fällen gab sie sich damit zufrieden, daß irgend jemand irgendwo den Schlüssel zu dem Geheimnis hatte.

Mittlerweile hatte Bernie sich zurückgelehnt. Sein ergrauter Kopf war gegen die Rückenlehne des Stuhls gefallen, seine Augenlider hingen wie die Buddhas kraftlos herunter, und seine Hände hielt er über seiner ausladenden Hüfte gefaltet. »Irgendwelche Vorschläge?« fragte er schließlich, während er die Füße übereinanderschlug und seine Beine in der Sonne ausstreckte, deren Licht in ungleichmäßigen Flecken auf den Rasen fiel.

»Nun ja, da war, hm, dieser Voyeur«, murmelte Anna. Das war der Teil, den sie Bernie bis jetzt verschwiegen hatte. »Einer der Hotelboys vom Continental Gateway. Durchsucht das Gepäck der Leute und, nun ja, beobachtet sie quasi.«

»Und was hat er gesagt?« fragte Bernie.

»Ah, nun ja, eigentlich hat er nichts gesagt. Irgendwie hab' ich ihn nicht gefragt.«

Bernie starrte sie an. Syl hatte schneller verstanden und sagte: »Oh, Anna. Das konnte nur dir passieren.«

Bernie sagte: »Du meinst . . .? Erzähl weiter – das glaubst du doch selbst nicht.« Er brüllte vor Lachen. Anna pflückte ein Gänseblümchen und untersuchte es mit großem Interesse. Syl stieß Bernie tadelnd in die Seite, und mühsam um Haltung ringend, fragte er: »Er hieß nicht zufällig Tom, oder?«

»Miles«, erwiderte Anna steif. »Miles Gancitano. Und wenn du im Aufenthaltsraum auch nur ein Wort darüber verlierst, pfeffer' ich dir deine Thunfischsandwiches mit gemahlenem Glas. Da kannst du dir sicher sein.«

»Okay, okay.« Bernie hob beschwichtigend die Hand. »Aber natürlich müssen wir mit diesem Goldstück reden. Weiß Gott, was der vielleicht gesehen hat. Mit Ausnahme der hier Anwesenden«, fügte er hastig hinzu. »Wenn du so empfindlich bist, werde ich ihn mir vornehmen. Aber unsere eigentliche Aufgabe besteht wohl darin, uns auf diesen Jones einen Reim zu machen.«

»Wozu selbst die Polente nicht in der Lage war«, warf Anna ein.

»Richtig. Nicht, daß wir wüßten, was die Polente eigentlich in Hampshire wollte.«

»Kennst du jemanden in Hampshire?«

»Ich glaube nicht«, erwiderte Bernie nachdenklich. »Aber ich werde heute abend herumtelefonieren, um zu sehen, ob sich jemand finden läßt, der jemanden in Hampshire kennt.« Durch seine langjährige Arbeit bei der Londoner Polizei kannte er ein ganzes Netz von Leuten, die wiederum Leute kannten, die andere Leute kannten, während Annas Dienstzeit in Uniform vergleichsweise kurz gewesen war, und die Leute ihres Jahrgangs noch ziemlich unbedeutende Positionen einnahmen. Anna sagte: »Es macht uns die Sache in gewisser Weise leichter, daß sie jetzt von Thea Notiz genommen haben.«

»Stimmt. Zumindest ist jetzt keine Geheimniskrämerei mehr nötig. Ich werde also bis morgen früh warten und dann deinen Mr. Embury anrufen, um zu sehen, ob sie Thea schon befragt haben und mich erkundigen, wieviel sie wissen; dann werden wir die Sache von dieser Seite aufrollen.«

»Okay«, sagte sie. »Und dann runter zur Südküste?«

»Ja. Soll ich dich abholen, oder willst du deinen eigenen Wagen nehmen?«

»Meinen.«

»Dann ruf' ich dich morgen früh auch an.«

Syl schaltete sich ein und sagte: »Wenn das alles geregelt ist, warum bleibst du dann nicht zum Abendessen, Anna?« Anna lehnte mit Bedauern ab. Sie mußte noch ihre geplünderte Vorratskammer aufstocken und wollte früh zu Bett gehen. Bea würde allein und verängstigt zuhause sitzen, und Selwyn würde vielleicht erwarten, daß sie ihm einen Krankenhausbesuch abstattete.

Bernie setzte sie an der U-Bahn-Station in Finchley ab, und sie fuhr nach Hause, um das Haus verlassen vorzufinden. Die Stille wirkte unnatürlich. Sie hatte sich so sehr an das Geräusch von Selwyns Schreibmaschine, vom Fernseher und von laufendem Wasser gewöhnt, daß ihr die Wohnung ohne diese Geräusche wie ein Vakuum vorkam. Sie legte eine Platte von Free Key auf und räumte das Bettzeug von Quex weg. Das Telefon klingelte.

Jemand mit lauter Stimme und einem ausgesprochenen Edinburgher Akzent sagte: »Samuel Tulloch hier. Sind Sie die junge Dame, bei der mein Enkel neulich zu Besuch war?«

»Sam?« fragte Anna überrascht. »Ich denke schon, aber ich habe ihn seit Samstag nicht mehr gesehen.«

»Unerhört«, sagte die alte Stimme. »Seine Mutter hat mir erzählt, daß er um drei Uhr morgens betrunken nach Hause gekommen ist. Ich weiß nicht, ob Ihnen die momentane Situation in der Familie bekannt ist, junge Dame, aber es ist ziemlich grausam, die Mutter des Jungen einige Wochen nach dem Tod ihres Mannes in Angst und Schrecken zu versetzen.«

»So hatte ich es nicht geplant, Mr. Tulloch«, sagte Anna, die sich bemühte, möglichst erwachsen zu klingen. »Einer der Nachbarn hat eine Party gegeben, und Sam war bereits dort, als ich eingetroffen bin. Es tut mir leid, daß seine Mutter sich Sorgen gemacht hat.«

»Eine ältere Frau wie Sie sollte sich mehr um das Wohlergehen eines jungen Burschen kümmern«, fuhr Samuel Tulloch senior unbeirrt fort. »Der Junge ist im Moment sehr verletzlich, und ich werde es nicht zulassen, daß er unter schlechten Einfluß gerät. Ich würde Sie deshalb bitten, ihn sofort nach Hause zu schicken, wenn es Ihnen nichts ausmacht.«

»Er ist nicht bei mir, Mr. Tulloch«, sagte Anna, die sich, den Hörer noch am Ohr, durch den Raum schob, um den Plattenspieler leiser zu stellen. Solange Mr. Tulloch ihr wie ein schlechtgelaunter Schulmeister in das eine Ohr kreischte und das andere von dem tiefen Blues von Free Key in Beschlag genommen wurde, blieb ihr nicht genug Raum zum Denken.

»Sie brauchen sich gar nicht vor ihn zu stellen, junge Dame«, sagte der alte Mann. »Wenn er innerhalb der nächsten Stunde zuhause ist, werde ich über die Angelegenheit kein Wort mehr verlieren.«

Wenn sie sich streckte, kam sie gerade an den Regler für die Lautstärke heran. Sie drehte kurz daran und sagte dann in die gesegnete Stille hinein: »Ich stelle mich nicht vor ihn. Er ist nicht hier. Ich bin selbst gerade erst zurückgekommen. Ich erwarte ihn zwar nicht, aber falls er dennoch hier auftaucht, werde ich ihn sofort nach Hause schicken.«

»Der Junge ist nicht bei Ihnen, sagten Sie?« Seine alte Stimme zitterte. »Aber er hat gesagt, daß er Sie besuchen wollte, und das ist schon zwei Stunden her. Wir haben uns gestritten, der Junge und ich, und er meinte, daß es seine Sache wäre, wen er besuchen wollte. Ich habe ihm gesagt, daß er schnurstracks zu seiner Mutter nach Hause gehen sollte, aber die hat ihn seitdem nicht mehr gesehen.«

»Ich würde mir keine Sorgen um ihn machen«, sagte Anna, der ein wenig mulmig wurde. »Wahrscheinlich hat er einfach die Nerven verloren. Ich nehme an, daß er jetzt auf dem Heimweg ist.«

»Aber ich mache mir Sorgen um ihn.« Mr. Tulloch machte eine

Pause, um sich zu räuspern. »Vor allem, wenn er sich nicht unter Kontrolle hat. Wissen Sie, er hat etwas aus meinem Besitz mitgenommen ...«

Anna sagte: »Wie bitte, Mr. Tulloch? Ich kann sie nicht verstehen.« Die alte Stimme war zu einem Flüstern herabgesunken.

»Meine Pistole«, sagte Mr. Tulloch laut und deutlich. »Der Junge hat meine Pistole mitgenommen.«

»Verdammte Scheiße! Das hat er nicht.«

»Doch, und ich wäre Ihnen dankbar, wenn Sie nicht mehr fluchen würden.« Mit dem Tadel schien die krächzende Stimme zu neuem Leben zu erwachen. »Es ist nur ein Souvenir aus dem Krieg. Ich weiß nicht einmal, ob sie funktioniert. Aber sie ist geladen und ...«

»O nein«, stöhnte Anna. »Was um Gottes willen stellen Sie sich eigentlich vor? Eine Pistole aufzubewahren, wo ein Junge sie finden kann.«

»Ich selbst habe sie im Krieg erbeutet und seitdem gut unter Verschluß gehalten, damit Sie es wissen. Glauben Sie wirklich, ich wäre jemand, der Kinder mit einer Luger herumspielen läßt?«

»Einer was?« Selbst für ihre Ohren hörte ihre Stimme sich ein wenig schrill an. »Geben Sie mir Ihre Adresse, Mr. Tulloch. Ich komme sofort bei Ihnen vorbei.«

23

Die Straßenlaternen waren eben erst eingeschaltet worden, als sie das Haus in Dulwich erreichte. Samuel Tulloch lebte in einer Wohnung im zweiten Stockwerk eines Gebäudes, das zur Zeit Edwards VII. einmal ein respektables Haus gewesen war. Jetzt war es von Häuserblocks mit glattem Mauerwerk umgeben, die man dem sozialen Wohnungsbau vorbehalten hatte, und das Haus selbst war in Wohneinheiten von der Größe eines Kaninchenstalls unterteilt, von denen einige zu Wohn- und Schlafzimmer zusammengefaßt waren und andere als Gemeinschaftsbad dienten.

Mit zwei Zimmern, einer Küche und einem eigenen Bad wohnte Mr. Tulloch vergleichsweise luxuriös. Er kam ihr in der Tür entgegen und führte sie in einen Raum, der zur Vorderseite hinauslag und wegen seiner schwarzen Mahagonymöbel, die das grelle Licht einer Sechzigwattbirne schluckten, düster wirkte. Er war ein schlanker, fast magerer Mann, und sein Körper beugte sich unter der unsichtbaren Last einer Arthritis. Die Hand, die er ihr entgegenhielt, war von geschwollenen, steinharten Knöcheln entstellt, und ihre Finger waren seitwärts gekrümmt. Anna schüttelte sie nur andeutungsweise. Hätte sie eine Hand, die so offensichtlich schmerzte, würde sie es vermeiden wollen, sie Fremden zur Begrüßung zu reichen.

»Miss Lee, nicht wahr?« sagte er und sah sie aus funkelnden Augen an, die unter schweren Lidern und gleich über seiner Adlernase dicht nebeneinanderlagen. »Mein Enkel hat mir erzählt, daß Sie eine Art Detektivin sind. Ich muß schon sagen, daß Sie auf mich nicht gerade wie eine Detektivin wirken, aber mein Enkel ist leicht zu beeindrukken. Jetzt, wo mein Sohn tot ist, wird er sich nach Helden umsehen. Er ist in einem gefährlichen Alter. Ich habe ihm gesagt, daß er sich mit dem Pfarrer begnügen und sich nicht weiter umsehen sollte, aber dieses Kind ist ziemlich starrköpfig, und zudem leben wir in einem gottlosen Zeitalter, so leid es mir auch tut, das sagen zu müssen.«

»Die Pistole«, unterbrach Anna ihn. »Wo haben Sie sie aufbewahrt, Mr. Tulloch?«

»Ja, die Pistole.« Der alte Mann stieß einen Seufzer aus. »Sie war da, wo ich sie immer aufbewahrt habe – in dem Schränkchen neben meinem Bett, das ich immer abgeschlossen halte. Ich kann es Ihnen zeigen.« Er schlurfte langsam auf die Schlafzimmertür zu. Anna folgte ihm. Sie fragte: »Woher wissen Sie, daß Sam sie mitgenommen hat? Haben Sie gesehen, daß er sie aus dem Schränkchen genommen hat?«

»Natürlich nicht«, sagte er verärgert, während er, eine Hand auf der Türklinke, innehielt. »Würde ich es ihm sonst erlaubt haben? Aber ich war für einige Minuten im Badezimmer. Er war zu mir gekommen, um sich das Hochzeitsfoto seiner Mutter und seines Vaters bei mir abzuholen. Aber ich habe ihm die Bitte abgeschlagen. Seine Mutter hat ohnehin ein ähnliches Foto. Soll sie es ihm doch geben, sage ich. Aber als er gegangen war, habe ich gemerkt, daß das Bild nicht mehr da ist. Es hat mich schockiert, glauben zu müssen, daß der Junge sich dazu hergeben würde, seinen eigenen Großvater zu bestehlen, deshalb habe ich mich weiter umgesehen, um herauszufinden, was er sonst noch mitgenommen haben könnte.«

»War das Bild auch im Schlafzimmer?« fragte Anna.

»Ja, sicherlich.« Er öffnete die Tür und schaltete das Licht an. Aus dem Schatten ragte ein großer, schwarzer Kleiderschrank, neben dem eine Kommode gleichen Stils stand. Als Bett diente dem alten Mann eine schmale, spartanische Liege mit einer straff darübergezogenen braunen Decke. Daneben stand ein Schränkchen, auf dem ein weißes Spitzendeckchen lag. Auf diesem Schränkchen lagen eine große Bibel und Bifokalgläser. Eine Nachttischlampe gab es nicht. Der alte

Tulloch mußte wohl immer, wenn er seine nächtlichen Lesestunden beendet hatte, aufstehen, um das Licht auszumachen.

»Die Pistole hat hier gelegen«, sagte er und rüttelte an der Tür des Schränkchens. Es war tatsächlich gut abgeschlossen.

»Und der Schlüssel?«

»Hier.« Er öffnete die Schublade des Schränkchens und zog ein altes ledernes Brillenetui hervor, in dem mehrere Schlüssel lagen. Er nahm einen davon und schloß den kleinen Schrank auf. Darin befand sich ein weißer Nachttopf, auf dem eine angeschlagene Geldkassette aus Blech stand. Er griff hinter den Topf und zog eine lederne Pistolentasche hervor, auf dessen Klappe die Buchstaben K.H.W. eingraviert waren. Er sagte: »Ich habe sie 1944 einem deutschen Offizier abgenommen. Ich hätte sie abgeben müssen, aber das wollte ich nicht. Ich wollte etwas, das mich an diesen Tag erinnert.« Pistole oder nicht – er verzog seine Lippen mit grimmiger Zufriedenheit und fuhr mit seinem verkrüppelten Daumen besitzergreifend über das Leder.

»Wer hat gewußt, daß sie dort liegt?« fragte Anna. »Und wo der Schlüssel zu finden war?«

»Keiner außer meiner Familie.« Er bückte sich und legte die Pistolentasche wieder hinter den Nachttopf. »Wem sollte man außer der Familie noch vertrauen können?« Er verschloß das Schränkchen wieder und hielt den Schlüssel hoch, damit Anna ihn begutachten konnte. »Und zu Ihrer Information«, fuhr er fort und warf ihr einen scharfen, mißtrauischen Blick zu, »ich werde schon einen neuen Platz finden, an dem ich den Schlüssel verstecken kann.«

»Sehr weise«, meinte sie, ohne den Blick zu beachten. »Wann haben Sie das letzte Mal nachgesehen, ob die Pistole noch an ihrem Platz lag?«

»Es gab keinen Grund dafür, bevor ich heute entdecken mußte, daß der Junge mir das Bild gestohlen hat.«

»Und wo haben Sie das aufbewahrt?«

Er zeigte auf die Kommode. Darauf standen zwei weitere Fotos, und Anna ging darauf zu, um sie sich anzusehen. Auf einem Foto waren zwei Frauen abgebildet, wobei die Ältere steif wie ein Zaunpfahl auf einem einfachen Stuhl saß, während die Jüngere wie ein Wachtposten hinter ihr stand. Beide hatten Brüste von enormen Ausmaßen.

Das zweite war ein Familienfoto. Sie mußte es an die Lampe halten, um erkennen zu können, was darauf zu sehen war. Sie erkannte Sam wieder, der, einige Jahre jünger als jetzt, dünn und erwartungsvoll wirkte, doch was ihre Aufmerksamkeit erregte, war der Mann, der neben ihm stand. Er hatte eine Hand auf Sams Schulter und die andere um ein Mädchen gelegt, das ein wenig größer als Sam war. Neben ihm stand eine Frau mit einem noch kleineren Kind an der Hand.

Anna wirbelte herum und hielt Mr. Tulloch das Bild entgegen. Sie fragte: »Sind das Ihr Sohn und seine Familie?«

»Ja«, erwiderte er steif und wandte seinen Kopf ab.

Anna fühlte sich, als würden ihr Ameisen den Rücken hinunterlaufen.

Ihr erster Eindruck war, daß der Mann auf dem Foto Rodney Hahns jüngerer Bruder gewesen sein könnte: ein wenig dünner, natürlich, und nicht so wohlhabend, doch war eine gewisse Ähnlichkeit nicht abzustreiten.

Ihr nächster und viel eindringlicherer Gedanke war, daß dies der Mann sein mußte, den sie im Continental Gateway auf dem Fahndungsfoto gesehen hatte.

Langsam legte sie das Bild aus der Hand und sagte: »Erzählen Sie mir etwas über Ihren Sohn, Mr. Tulloch.«

»Mit Fremden rede ich grundsätzlich nicht über Familienangelegenheiten.« Er wandte ihr den Rücken zu und ging ins Wohnzimmer. Anna zog leise die Tür hinter sich zu und folgte ihm. Es kam ihr vor, als ginge sie auf rohen Eiern. Sie sagte: »Sie haben mir bereits anvertraut, daß Ihr Enkel ein Dieb ist. Wie steht's mit Ihrem Souvenir, Mr. Tulloch? Haben Sie die Waffe angemeldet?«

»Versuchen Sie nicht, mich einzuschüchtern, junge Dame«, knurrte er und sah sie finster an. »Ich bin ein Mann, der das Gesetz achtet, und außerdem ist es nichts als ein Andenken. Dazu wahrscheinlich noch antik. Sie würde nicht einmal funktionieren. Nicht nach all diesen Jahren.«

»Trotzdem ist es eine unregistrierte Schußwaffe. Und die wurde keineswegs an einem sicheren Platz aufbewahrt. Die Polizei würde nicht viel davon halten.« Sie selbst hielt nicht viel davon, armen, alten Männern Angst einzujagen, dennoch wollte sie nicht aufgeben.

Er ließ die Schultern sinken. »Wenn Sie tatsächlich so etwas wie eine Detektivin wären, würden Sie meinen Enkel finden und mir das Ding zurückbringen, bevor etwas passieren kann«, sagte er, nicht willens, sich unter moralischen Druck setzen zu lassen.

»Dafür könnte es schon zu spät sein, aber ich werde mein Bestes tun.« unfähig, ihm in die Augen zu sehen, blickte sie auf den abgewetzten, alten Teppich. »Erzählen Sie mir erst von Ihrem Sohn.«

»Ich kann mir nicht vorstellen, wieso Sie etwas über ihn wissen wollen«, sagte er. Er setzte sich und begann mühselig eine seiner gekrümmten Schultern zu massieren. »Ich habe ihm nie viel geben können, aber er war ein guter, aufrichtiger Junge – obwohl er in dieser moralisch verkommenen Stadt gelebt hat. Ich war arm. Ich wäre nie in diese Stadt gekommen, wenn nicht die Wirtschaftskrise gewesen wäre, wo es zuhause keine Arbeit mehr gab. Mein Sohn ist hier zur Welt gekommen. Ich entsinne mich, wie ich zu seiner Mutter gesagt habe, daß dies für eine Familie nicht der richtige Ort wäre, aber er hat mir das Gegenteil bewiesen. Er hat seine Stipendien bekommen und mich nie einen Pfennig mehr gekostet, als ich mir leisten konnte, und er ist nicht vom rechten Weg abgekommen – ehrlich, fleißig, ein Sohn, auf den man stolz sein konnte.

Ich wünschte nur, daß seine Mutter ihn noch hätte erleben können – als Lehrer an der Universität, Sie wissen schon. Ich habe gedacht, daß er zu hoch hinauswollte, aber er hat alle seine Examen bestanden und mir bis jetzt nicht einen Moment Kummer bereitet.« Der alte Mann blinzelte mit den Augen und sah Anna stirnrunzelnd an. Sie wartete geduldig darauf, daß er fortfuhr.

»Man hört von allen möglichen Vorgängen an der Universität – vom Trinken, Kartenspielen und ähnlichen schamlosen Dingen. Und als er gerade nach Oxford gegangen war, gab es mal eine Zeit ... aber ich habe ihm gesagt: ›Dir folgen immer zwei Paar Augen: das Auge Gottes und deine eigenen. Daran solltest du dich erinnern, wenn du in Versuchung gerätst; und frage dich dann selbst, ist dies eine Sache, die ich meinem Vater erzählen könnte, ohne mich zu schämen.‹ Ich habe ihn dazu erzogen, Gott zu fürchten, wissen Sie. Und danach hat er immer auf mich gehört.

Und als er Margaret dann den Hof gemacht hat, war er offen und ehrlich. Er hat sie Abend für Abend hierhergebracht. Und nachdem er sie nach Hause gebracht hatte, ist er jedesmal sofort zurückgekommen. Ich weiß das, weil ich immer auf die Uhr gesehen habe. Ich wußte, daß er sich eine gute Frau suchen würde. Und das hat er tatsächlich. Sie war wie seine Mutter – von der einfachen, ehrlichen und guten Sorte. Nicht eins dieser flatterhaften, jungen Dinger, die immer ihre Beine zeigen müssen und einem Lügen erzählen.

Margaret war ihm eine gute Frau, und das kann man heutzutage nicht über viele Frauen sagen.

Er war auch ein guter Ehemann. Sie hatte nie Grund zu klagen. Und jetzt, wo er tot ist, wird sie nicht zu kapsen haben. Er hat für seine Familie gesorgt.«

Anna wartete noch einen Moment, doch als sie merkte, daß er

nichts mehr zu sagen hatte, fragte sie: »Wann haben Sie ihn zuletzt gesehen, Mr. Tulloch?«

Der alte Mann schüttelte erschöpft den Kopf. »Sonntags ist er immer mit seiner Familie zu mir gekommen, um mich zur Kirche zu bringen. Aber er war das letzte Mal am Donnerstag hier, bevor er gestorben ist. Er war gekommen, um mir zu sagen, daß er am Wochenende verreisen würde, um zu arbeiten. Er hat hart gearbeitet. Ich war in der Bibliothek. Ich gehe immer mal morgens in die Bibliothek. Er hat nie eine Nachricht hinterlassen, wie andere es tun würden. Er hat nach mir gesucht. Er wußte, daß es mich stören würde, aber er ist trotzdem gekommen.«

Anna fragte: »Hatte er einen Schlüssel zu dieser Wohnung?«

»Natürlich hatte er einen«, sagte Mr. Tulloch. »Er hätte auf dem Tisch eine Nachricht hinterlassen können, aber das hat er nicht getan. Dafür werde ich ihn immer dankbar sein.« Wieder schüttelte er den Kopf und begann, etwas Leben in seine krummen Finger zu reiben.

Anna sagte: »Ich sollte jetzt gehen, Mr. Tulloch. Kann ich Ihnen eine Kanne Tee oder so was machen, bevor ich gehe?«

»Ich bin nicht krank, oder?« fuhr er sie fast schon wieder mit seiner alten Energie an. »Ich bin durchaus in der Lage, mir selbst einen Tee zu machen, vielen Dank. Finden Sie nur den Jungen, und sagen Sie ihm, daß er mir mein Eigentum zurückbringen soll. Mehr will ich nicht. Und danach können Sie ihn seiner Mutter überlassen. Sie will nicht, daß er bis spät in die Nacht herumlungert, falls Sie das verstehen.« Er brachte sie zur Tür und wartete mißtrauisch auf der Treppe, bis sie das Haus verlassen hatte.

24

»Nichts als Probleme«, murmelte sie laut vor sich hin und trommelte ungeduldig mit den Fingern auf das Lenkrad. An einer Ampel in Earls Court war sie bei dem Versuch, die Cromwell Road zu überqueren, in einen Stau geraten. Wohin wollten all diese Leute? Der dichte Verkehr floß von Westen nach Osten, von Osten nach Westen, aus dem Zentrum von London heraus und in die Stadt hinein: sechs nicht enden wollende Bahnen von Scheinwerfern, eine schier unerschöpfliche Menschenmasse, die in die eine Richtung wollte, und von ebensoviel unzähligen Menschen, die in die entgegengesetzte Richtung fuhren, immer wieder ersetzt wurde.

»Wie viele Tode stirbt der Erlöser?« flüsterte sie vor sich hin.

»Vielen Dank, Thea Hahn. ›Er schuf sich selbst.‹ Einsam, enttäuscht und drei Kinder. Gute Arbeit, Quex. Gute Arbeit, aber nicht gut genug.«

Sie beobachtete den nächtlichen Abschlag von Wagenkolonnen und fragte sich, wieso die Verkehrsplaner die Cromwell Road nicht einfach zum Fluß erklärten und für die Leute, die das Pech hatten, in nördliche oder südliche Richtung fahren zu müssen, einige Brücken bauten.

»Verdammte Probleme«, murmelte sie vor sich hin, während sie immer noch aufs Lenkrad trommelte, als sie an der Warwick Road wartete, um die Kensington Street zu überqueren. Sie kurbelte das Fenster hinunter und sog ihre Lungen mit purem warmen Kohlenmonoxyd voll. Jemand würde Sam Tulloch zuhause aufsuchen müssen. Sie wollte diese Aufgabe nicht selbst übernehmen, wollte sie nicht sofort und bestimmt nicht allein erledigen. Sie wollte in ihrer Wohnung sein, mit Bernie telefonieren und ihre Schwierigkeiten so auf zwei verteilen.

Als sie zuhause ankam, traf sie Bea und Quex in der Wohnung der Prices an. Bea war um Selwyn besorgt. Quex war um Thea besorgt. Beide wollten mit ihr reden. Es schien, daß an diesem Abend jeder seine Schwierigkeiten mit jemandem teilen wollte. Selbst wenn sie das bewältigen würde, blieben ihr am Ende des Abends doch noch mehr Probleme als jetzt.

Mit dem Versprechen, in einer Minute zurückzusein, rannte sie nach oben und wählte Bernies Nummer. »Nix als Probleme«, murmelte sie, mit den Fingern auf das Telefonbuch klopfend, vor sich hin, und wartete darauf, daß Bernie abhob. Als er schließlich ans Telefon kam, sagte sie: »Ich glaube, ich weiß, wer dieser verdammte Mr. Jones ist. Einer von Theas Privatlehrern, Joseph Tulloch. Nur darf das einfach nicht wahr sein.«

»Moment mal«, sagte Bernie ruhig. »Ist das nicht der, den man vor einigen Wochen ertrunken an der Küste von North Devon gefunden hat?«

»Nicht gefunden«, erwiderte Anna. »Das hat man nur angenommen. Aber sie haben für ihn schon einen Gedächtnisgottesdienst abgehalten.«

»Das soll dich nicht kümmern«, sagte Bernie. »Beruhig dich und erzähl mir den genauen Ablauf. Bis jetzt redest du nur wirres Zeug.«

»Ja, entschuldige«, sagte sie, während sie versuchte, sich zu sammeln. »Also, Thea hat sich am Donnerstag, dem zwölften, zu ihrem kleinen Ausflug aufgemacht. Tulloch ist Freitag den dreizehnten ertrunken oder was sonst. Dann zwölf Tage lang nichts, bis jemand mit

Namen Jones am Mittwoch, dem fünfundzwanzigsten, erschossen gefunden wurde. Am Nachmittag desselben Tages ist Thea meschugge wieder aufgetaucht.«

»In Ordnung.« Er zögerte eine Minute lang. Dann sagte er: »Nehmen wir mal an, daß Tulloch tatsächlich Jones ist – was hat es dann mit der Badeunfallsgeschichte auf sich? Inwieweit ist die Familie versicherungsmäßig abgesichert?«

»Ausreichend. Es geht mir darum, daß es ihnen jemand beibringen muß. Einer von ihnen wird die Leiche identifizieren müssen. Das wird sie verdammt treffen.«

»Darum geht es überhaupt nicht«, unterbrach Bernie sie. »Zumindest jetzt noch nicht. Alles schön der Reihe nach. Beruhig dich erst mal und erzähl mir dann, wieso du meinst, daß Tulloch Jones ist.«

»Ich habe bei seinem Vater unten in Dulwich ein Foto von ihm gesehen. Es ist dasselbe Gesicht wie das auf einem Fahndungsfoto in Southampton. Oh, Scheiße, und ich hätte beinahe das Wichtigste vergessen – sein Vater hat eine Luger gehabt, und der verrückte alte Kerl hat sie neben seinem Bett aufbewahrt. Die Luger ist verschwunden. Er glaubt, daß Sam junior sie ihm heute weggenommen hat, aber sie könnte schon seit Jahren verschwunden sein, weil er bis jetzt nie nachgesehen hat, ob sie noch da ist.«

Bernie seufzte: »Ich verstehe. Nun, am besten fragst du erst mal Sam junior, ob er die Pistole geklaut hat. Danach werden wir weitersehen.«

»Sam ist verschwunden. Deshalb hat mich sein Großvater angerufen. Zwischen ihnen hat es irgendwie geknallt.«

»Ruf bei ihm zuhause an und frag nach, ob er schon zurück ist«, riet Bernie ihr. »Ruf mich danach zurück.«

Anna legte den Hörer auf und blätterte im Telefonbuch, bis sie J. S. Tullochs Nummer gefunden hatte. Eine Frau mit flacher und trübseliger Stimme kam ans Telefon. Anna bat, Sam sprechen zu dürfen, und zu ihrer Erleichterung, die mit Besorgnis gemischt war, ertönte einige Minuten später Sams Stimme durchs Telefon. Sie holte tief Atem und sagte: »Hallo, Pilgrim, was ist denn mit dir losgewesen? Dein Opa hat mich gerade mit Vorwürfen überschüttet, weil ich dich vom rechten Weg abgebracht haben soll.«

»Das ist nicht wahr!« meinte Sam, dem der Schreck anzuhören war. »Das tut mir schrecklich leid. Wir haben uns ein bißchen in die Haare gekriegt, das ist alles.«

»Schon vergeben«, sagte Anna beiläufig. »Er scheint ein ruppiger alter Kerl zu sein.«

»Das kann man wohl sagen«, meinte Sam voller Überzeugung. »Bei ihm heißt es immer nur ›wie Gott es befiehlt‹. Nur, daß Gottes Wille und der von Opa immer gleich zu sein scheinen. Er hat mehr ›du sollst nicht‹ drauf, als man jemals im Buch Levicitus finden wird.«

Anna lachte. »Wo wir gerade dabei sind«, sagte sie leichthin, »du hast es doch nicht zufällig auf etwas abgesehen, das ihm gehört, als du heute bei ihm gewesen bist?«

Ein schuldbewußtes Schweigen folgte dieser Frage. Dann sagte Sam: »Ja, wissen Sie, Mom hat ihr Hochzeitsfoto verloren. Sie ist deshalb wirklich die Wände hochgegangen. Wir haben überall gesucht, es aber nicht gefunden. Deshalb habe ich Opa gefragt, als ich ihn heute besucht habe, ob er mir seins geben könnte. Aber alles, was ihm dazu eingefallen ist, war, mir einen Vortrag über die Unantastbarkeit von Eigentum zu halten. Das hat mich rasend gemacht, und als er dann für eine Minute auf dem Lokus war, habe ich es mir in den Blazer gestopft und bin nach Hause gegangen. Ich weiß, ich hätte es nicht tun sollen.«

»Er glaubt, daß du ihm auch sein Kriegsandenken gestohlen hast.«

»Sie machen wohl Scherze«, rief Sam entrüstet aus. »Die deutsche Waffe, die der unerschrockene Corporal Tulloch im Alleingang erbeutet hat? Das würde ich niemals wagen. Wissen Sie, er hat sie neben seiner Geldkassette aufbewahrt. Er behauptet ja wohl nicht, daß ich ihm auch noch die Ersparnisse geklaut habe.«

»Nur die Pistole.«

»Er muß senil geworden sein. Die würde ich nicht mal mit 'ner Kneifzange anfassen. Es wäre schon seltsam – an einem Tag demonstriere ich für atomare Abrüstung, und am nächsten soll ich ihm seine blöde Waffe geklaut haben.«

»Ziemlich seltsam«, stimmte Anna ihm zu. »Ich hab' mir gedacht, ich sollte es dich wissen lassen. Am besten rufst du den alten Knaben an und stellst die Dinge klar, bevor er auf dumme Gedanken kommen kann und die Polente anruft.«

»Dazu wäre er durchaus in der Lage«, meinte Sam. »Das mache ich sofort. Und ich geb' ihm besser sein blödes Foto zurück. Wann kann ich mal bei Ihnen vorbekommen?«

»Für ein paar Tage werd' ich nicht in der Stadt sein«, sagte Anna feige. »Sobald ich zurück bin, komm' ich bei dir vorbei.« Sie legte auf und wählte nochmals Bernies Nummer.

»Er hat sie nicht«, sagte sie, als Bernie ans Telefon kam. »Was sollen wir jetzt machen?«

»Also, du wirst nichts unternehmen«, sagte er gelassen. »Ich werde zum Chef gehen und ihm berichten, was du mir erzählt hast. Wir werden jede Entscheidung darüber, ob wir es den Tullochs, der Polizei oder unseren Klienten sagen, ihm überlassen. Dazu ist er ja da. Was die Tullochs nicht wissen, wird ihnen auch nicht schaden. Für einige Tage zumindest nicht. Wir beide werden wie vereinbart zur Südküste runterfahren. Soweit ich es sehe, ändert dieser neue Kram nichts an dem, was wir zu tun haben. Wir sind immer noch hinter der alten Sache her: mildernde Umstände für Miss Hahn. In Ordnung?«

»In Ordnung. Aber, Bernie, die Sache verwirrt sich mehr und mehr, und Thea steckt bis zum Hals drin.«

»Mach dir nicht so viele Sorgen«, sagte er mit honigsüßer Stimme. »Damit machst du dich nur selbst fertig. Schlaf dich mal richtig aus; ich seh dich dann morgen früh. Dein Problem ist, daß du alles zu persönlich nimmst. Was geschehen ist, ist geschehen, und das lange, bevor du in die Sache verwickelt warst. Jetzt kannst du nichts mehr daran ändern. Reg dich also nicht unnötig auf.«

Bernies guten Rat noch in den Ohren, stürzte Anna sofort nach unten, um sich dort unnötig über Selwyn aufzuregen. Bea hatte sich Wodka mit Tonic in einen großzügigen Tumbler eingeschenkt, saß nun in ihrem üblichen Sessel gekuschelt und wirkte abgespannt. Sie sagte: »Um ehrlich zu sein, Anna, wenn der Mann morgens unter Narkose abkratzt, brauche ich ihn wenigstens nicht eigenhändig umzubringen.«

»Er hatte sich nur unerlaubterweise einen genehmigt«, meinte Quex. Er stand mit dem Rücken gegen den Kamin gelehnt, hielt die Arme ausgebreitet und wirkte riesig amüsiert.

»Sich um neun Uhr morgens Mut antrinken – ich bitte dich!« rief Bea wütend aus. »Natürlich konnten sie ihn deshalb nicht operieren, oder?«

»Das konnten sie nicht«, sagte Quex mit einem Grinsen. »Sie haben sich außerdem ein bißchen auf den Schlips getreten gefühlt.«

»›Auf den Schlips getreten‹ ist nicht der richtige Ausdruck. Er hat ihren gesamten Zeitplan über den Haufen geworfen. Und er sagt einfach: ›Also, wenn ich nicht in Ihren Plan passe, kann ich ja nach Hause gehen.‹ Als ob *die* alles vermasselt hätte. ›Morgen früh um dieselbe Zeit?‹ fragt er, wie es unverschämter nicht geht. Ich sag's dir, Anna, ich wußte vor Scham nicht wohin, oder, Quex?«

»Es war schon ein bißchen peinlich«, sagte er. »Das arme Ding mußte den ganzen Tag im Krankenzimmer bleiben, um Selwyn davon abzuhalten, nach Hause zu gehen. Kannst du dir das vorstellen?«

»Lebhaft«, sagte Anna voller Mitgefühl.

»Es war Mord«, fuhr Bea fort. »So wie er sich angestellt hat, mußte jeder glauben, es ginge um eine Hirntransplantation. Weißt du, ich wünschte fast, es wäre so. Wenn sie ihm das Hirn von Attila, dem Hunnenkönig, verpassen würden, hätte ich mehr Ruhe. Ich kann einfach nicht mehr.«

»Ich habe Hunger«, sagte Quex mit hoffnungsvollem Gesicht. Weder Anna noch Bea erwiderten etwas, sondern sahen angestrengt an die Decke, bis er nach einer langen Pause sagte: »Ich werde natürlich kochen, wenn eine von euch mir die entsprechenden Nahrungsmittel zur Verfügung stellt.«

»Nur zu«, forderte Bea ihn mit honigsüßer Stimme auf. »Verlang bitte nur nicht von mir, daß ich aufstehe.«

Quex beim Kochen zuzuhören, war, als ob man den Schlagzeuger der Royal Philharmony beim Warmspielen für *Frühlingserwachen* hören würde. Bea und Anna schlug das Herz bis zum Hals; sie warteten nur auf den letzten Knall, der das Einbrechen der Katastrophe ankündigen würde. Doch nach einiger Zeit tauchte er, zwar zersaust, doch voller Triumph mit drei überquellenden Tellern wieder auf. »Ich bin berühmt für meine Omeletts«, gab er bekannt, während er die Teller verteilte, als wären es gefüllte Frisbees.

»Meintest du nicht eher ›berüchtigt‹?« murmelte Anna.

»Wie viele Eier hast du reingeschlagen?« fragte Bea schwach.

»Du hattest nur zehn«, sagte er mit leicht vorwurfsvoller Stimme. »Sie sind ein bißchen angebrannt«, erklärte er und bestätigte damit nur, was ihre Nasen ihnen schon längst verraten hatten. »Aber ich denke, das trägt nur zur Konsistenz des Ganzen bei.«

Die Konsistenz verfeinern zu wollen, war unnötig, dachte Anna, als sie ungläubig auf den Teller starrte, den sie nie würde leeressen können. Er hatte Apfelstücke, Schinken, Tomaten, Zwiebeln, Salzkartoffeln, gefrorene Erbsen und eine Dose Mais in die Eimasse geschüttet. Das Ganze war mit geriebenem Cheddar garniert. Sie hatte den unwiderstehlichen Drang loszuprusten und warf einen Blick auf Bea, die ihn mit einem Ausdruck des Entsetzens erwiderte.

»Ein Glas Wasser«, quiekste Anna und flüchtete sich aus dem Zimmer. Als sie zurückkam, sagte Quex: »Die Polizei ist heute nachmittag in Adam House gewesen.« Und der Wunsch zu lachen verschwand ebenso schnell, wie er gekommen war.

»Und was ist passiert?« fragte sie, während sie das Omelett mit größter Vorsicht kostete. Vorausgesetzt, daß man Apfel und Schinken getrennt zu sich nahm, war es nicht ganz so schlecht, wie es aussah. Trotzdem gab es ihr eine Vorstellung davon, wieso er von ihren Spaghetti so begeistert gewesen war.

Quex schmatzte nachdrücklich und sagte: »Sie haben mich zum

Kofferpacken geschickt, deshalb kann ich keinen detaillierten Bericht geben. Aber ich habe hinterher gewartet, um mit Dr. Frank sprechen zu können, und er hat mir erzählt, worum es gegangen ist. Er hat mich sogar ausdrücklich gebeten, es an dich weiterzugeben. Tatsächlich betrachte ich mich als eine Art Leitungsrohr: Ich habe alles, was du mir erzählt hast, an ihn weitergegeben. Ich bin davon ausgegangen, daß du damit einverstanden bist.«

»Mehr oder weniger«, meinte Anna, die verstohlen eine steinharte, weil noch tiefgefrorene Erbse zur Seite schob. »Wer war da? Weißt du die Namen?«

»Zwei davon waren in Zivil, ich glaube, sie kamen aus Southampton. Der Ältere hat sich als Detective-Inspector Fuller vorgestellt. Über den anderen weiß ich nichts. Dann war da noch ein aalglatter Rechtsanwalt, quasi als Vertreter der Heimmannschaft, und natürlich Dr. Frank. Sie sind zusammen mit Thea in einem der Räume für Beschäftigungstherapie verschwunden. Da sind sie dann ungefähr eine Dreiviertelstunde geblieben. Dann hat eine Schwester die, wie ich hinzufügen muß, sehr verstörte Thea abgeholt. Und nach weiteren zwanzig Minunten sind die Polizei und der Rechtsanwalt gegangen. Keiner von ihnen sah zufrieden aus, am wenigsten Tony, der wirklich schlecht gelaunt war.«

Während seines Berichts hatte Quex sich immer wieder große Bissen in den Mund geschoben und so seine Portion allmählich aufgegessen. Bea, die heldenhaft mit ihrem Teller gekämpft hatte, reichte ihn stumm zu ihm hinüber, und er aß weiter, ohne diesen Tausch wirklich zur Kenntnis zu nehmen. Er fuhr fort: »Zunächst war Thea offensichtlich so zurückgezogen, wie sie nur sein kann, und ist vor und zurück geschaukelt – du weißt schon, wie sie es immer tut – und hat all ihre Fragen nicht beachtet. Und dann war sie plötzlich überdreht und hat wirr durcheinandergeredet. Sie hat gesagt, daß sie sich auf ein Tor geschwungen und ihren Vater zu Tode gequetscht hätte. Er hätte ihr Gewicht nicht aushalten können und wäre deshalb, wie sie sagt, gestorben. Als er tot war, hat sie gesagt, hätte sie ihn zusammengefaltet, und auf ihrem Gehirn hätte sie Narben, die das beweisen könnten. Die Narben kämen daher, daß sie ihn bei lebendigem Leibe begraben, und er versucht hätte, sich freizubeißen. Er hätte Zähne wie ein Wolf, und in der Nacht würde sie spüren, wie er damit an ihrem Gehirn reißen würde. Etwas in der Art.«

»Ich fang' schon mal an zu spülen«, meinte Bea, stand auf und verließ das Zimmer.

»Sie hat gesagt, daß dieser zum Wolf gewordene Vater ihr langsam das Gehirn wegfrißt«, erzählte Quex weiter, ohne Beas Verschwinden zur Kenntnis zu nehmen. »Er hätte schon ihr ganzes Großhirn weggefressen und würde sich jetzt um das zusammenkrümmen, was übriggeblieben ist, und an seinem eigenen Schwanz lutschen. Manchmal könnte er durch ihre Ohren hören und durch ihre Augen sehen. Manchmal würde er sogar mit ihrer Stimme sprechen. Tony sagt, daß sie die andern zu einer Demonstration ihrer Künste eingeladen hätte: heulend und knurrend.«

Anna legte die Gabel auf den Tisch zurück und schob ihren Teller von sich. Quex sagte: »Habe ich dich vom Essen abgehalten? Tut mir leid; aber ich finde das alles faszinierend. Kann ich es für dich essen?«

Anna schob ihm den dritten Teller zu. »Ich glaube, es würde mir mehr helfen, wenn du mir erzählen könntest, woran die Polizei speziell interessiert war«, sagte sie mit einem leichten Gefühl von Übelkeit.

»Ach so, ja. Nun, ich nehme an, es war so ungefähr das, was du erwartet hast – wo sie in den letzten Wochen gewesen ist, was sie gemacht hat. Sie waren vor allem an der Pistole interessiert: ob sie die schon mal gesehen hätte, woher sie sie hätte, wo sie hingekommen wäre, und offensichtlich waren sie auch an der Identität ihres Begleiters interessiert. Tony hat gesagt, daß sie sich mit nach Southampton nehmen wollten, um sie verschiedenen Leuten vorzuführen, aber sowohl er als auch der Rechtsanwalt haben Protest eingelegt. Ich glaube aber, daß der Rechtsanwalt bereit gewesen wäre, ihnen ein paar Fotos zur Verfügung zu stellen, damit sie bleiben könnte, wo sie ist.«

»Hat sie auf irgendeine der Fragen direkt geantwortet?«

»Zum Glück nicht.« Quex hatte schließlich ganz einfach aus Mangel an verfügbarer Nahrung aufgehört zu essen. »Aber da war etwas, was dich amüsieren könnte«, fuhr er fort, wobei er ihr ein schiefes Lächeln zuwarf. »Als man sich nach ihrem Begleiter gefragt hat, hat sie gesagt, daß es eine Katze gewesen wäre, und ihnen dann eine Beschreibung geliefert, die dir gefährlich nahe kam. Das war kurz vor diesem Ausbruch über den Wolfsmenschen, wonach ihre Rede ein wenig unzusammenhängend wurde.«

Anna stand auf und begann, die Teller aufeinanderzustapeln. Es war ihr eine Erleichterung zu wissen, daß Thea sie nicht in noch größere Schwierigkeiten gebracht hatte. Sie spielte mit der Idee, Anthony Frank über Quex zu erzählen, wer dieser Mr. Jones eigentlich war, kam dann aber zu dem Schluß, daß das zu riskant wäre. Deshalb ging sie zur Küche, um dort eine Bea anzutreffen, die auf einem hohen Stuhl stand und sich bemühte, Eispritzer von der Decke zu kratzen.

»Er ist sehr gutmütig«, flüsterte Bea und sah sie zweifelnd an. »Aber meinst du nicht auch, daß er dabei ein bißchen übermütig wird? Ich kann mir nicht vorstellen, wo Selwyn seine Freunde aufgabelt. Kannst du dich an den erinnern, der blaue Elefanten bei der Paarung gemalt und als Marktschreier auf der Kirmes gearbeitet hat?«

»Und an den mit den Albinowüstenspringmäusen, die ihm beim Waffenschmuggel ins Baskenland nützlich waren?«

Beide seufzten sie, und Bea sagte: »Ich hoffe, sie haben ihm etwas gegeben, damit er schlafen kann. Es würde ihm ähnlich sehen, wenn er um Mitternacht in diesem weißen Nachthemd, das sie ihm gegeben haben, hier aufkreuzen würde.«

25

Am nächsten Morgen, der Regen prasselte wie ein Trommelfeuer auf das Dach ihres Wagens, fuhr sie nach Southampton zurück. Der gestrige blaue Himmel war dicken schwarzen Regenwolken gewichen, die sich boshafterweise über den gesamten Süden Englands ergossen.

Sie folgte Bernies Austin Maxi und wurde durch seine Anwesenheit bei diesem Regen versöhnlicher gestimmt. Solange die Sonne schien, konnte sie Theas gräßliche Traumwelt in Schach halten. Aber letzte Nacht hatte sie davon geträumt, mit Quex beim Frühstück zu sitzen. Sie hatte ein gekochtes Ei in einem reich verzierten, silbernen Eierbecher vor sich stehen gehabt, und als sie es geköpft hatte, waren da Tausende von grauen Maden gewesen, die sich in der Eischale wanden. »Wolfsembryonen«, hatte Quex gesagt, der sich mit einem Vergrößerungsglas darübergebeugt hatte. »Wie interessant.« Aber als sie wieder auf ihren Teller gesehen hatte, waren die Maden gewachsen und hatten sich über den Rand ihres Eierbechers auf den Teller und den Tisch ergossen und waren ihr über die Hände in die Ärmel gekrochen.

Wäre es ein schöner, klarer Morgen gewesen, hätte sie den Traum wahrscheinlich abschütteln und vergessen können, bevor ihr erster Kaffee so weit abgekühlt war, daß sie ihn trinken konnte. Doch schon als sie erwacht war, hatte sich angedeutet, daß es ein trüber Tag werden würde, und Nässe und Kälte brachten die dunklen Seiten des Lebens zum Greifen nahe. Die Tageszeitung war vom Scheitern der Friedenskonferenz beherrscht. Einem Mann aus Ulster war vor den

Augen seiner dreijährigen Tochter die Kniescheibe weggeschossen worden, und der Bund der Tierschützer hatte einen schrecklichen Bericht darüber veröffentlicht, was Wissenschaftler kleinen Kaninchen antaten, damit einige Frauen sich mit einer Creme die Beine enthaaren konnten. Alpträume, wohin man auch sah.

Normale Leute konnten mit solch einer Welt nur zurechtkommen, wenn sie sich nicht zu sehr mit dem beschäftigten, was in ihr passierte. Anna war eine dieser normalen Leute, die es gewöhnlich vermeiden, über die Monströsitäten nachzudenken, von denen sie wußte, daß sie sie ohnehin nicht ändern könnte. Doch ab und an war ihre Sensibilität bis zu einem Punkt geschärft, an dem sich ein näheres Hinsehen nicht mehr vermeiden ließ. Und dann wirkte die Welt auf sie wie ein fremder Ort, schienen ihr die normalen Leute zu klein und schwach, um sich darin zurechtzufinden. Heute kamen ihr Theas Wahnvorstellungen eher wie eine angemessene Antwort auf das alltägliche Leben vor.

Ein Lastwagen schnitt sie beim Überholen und bedeckte ihre Windschutzscheibe mit Dreckspritzern. Sie hielt das Lenkrad fest und brachte den Wagen wieder in ihre Gewalt. Dann ließ sie sich zurückfallen und sagte laut vor sich hin: »Ein älterer Mann aus Dundee, der fand eine Warz' auf dem Knie. Der Arzt sagt: ›Sie Nickel, das ist gar kein Pickel. Einfach 'ne wülstige Hautallergie.‹« Danach fühlte sie sich besser.

Sie sah Bernies Maxi, von drei Lastwagencontainern überragt, auf dem Parkplatz einer Raststätte stehen. Sich die Wassertropfen von den Haaren schüttelnd, stürzte sie in das Restaurant und stellte fest, daß er schon ein Sandwich mit Spiegeleiern und einen Tee für sie bestellt hatte. Seinen bereits aufgeknöpften Mantel hatte er noch an, und sein Hut, den er gleich neben die Sauciere gelegt hatte, zierte den Plastiktisch. Er sagte: »Also, laß uns einige Dinge klarstellen – du hast schon mit einem Hotelboy namens Des, mit Jacqueline Powis und Carmen Ockney geredet, richtig? Und sie alle erklärten sich nur für Geld dazu bereit, ja?«

»Sie machen keine halben Sachen!« Sie nippte an ihrem Tee – heiß und flüssig war das Äußerste, was man dazu sagen konnte. Das Eisandwich war besser – ebenfalls heiß und flüssig. Bernie zog ein Notizbuch aus der Innentasche seines Mantels. Er riß eine Seite heraus und legte es zwischen ihnen auf den Tisch.

»Ich hab' hier was für dich«, sagte er. »Ruf diese Nummer an und laß dich mit Apparat 19 verbinden. Mary Marks. Ein nettes Mädchen. Nicht gerade helle, aber verläßlich. Grüß sie bitte von mir.«

An der Wand gleich vor der Herrentoilette war ein Telefon angebracht. Anna ging dorthin und wählte die Nummer. Als Mary Marks schließlich den Hörer abhob, nannte sie lediglich ihren Namen und sagte: »Ja, bitte?«

»Anna Lee«, stellte Anna sich vor. »Ich bin eine Bekannte von Bernie Schiller. Er sagt mir, daß Sie mir eventuell ein wenig helfen könnten.«

»Ich habe seine Nachricht bekommen. Wie geht's Mr. Schiller? Es ist Jahre her ... ich habe gehört, daß er in den Sicherheitsdienst gegangen ist.«

»Es geht ihm gut«, sagte Anna und blickte zu Bernie hinüber, der sie vom Tisch aus beobachtete. »Ich soll Ihnen viele Grüße von ihm bestellen.«

»Er war schon immer ein süßer, alter Knabe«, meinte Mary, als hätte sie ihn, seit er ein Baby gewesen war, nie anders als süß und alt gekannt. »Ich kann am Telefon nicht reden, aber wir könnten uns in einer Stunde irgendwo treffen.«

Sie verabredeten sich in einem Café, das weit genug von Marys Revier entfernt lag, und Anna legte auf.

»Gebongt«, sagte sie, als sie sich wieder zu Bernie gesetzt hatte. »Dein alter Charme wirkt noch immer, du süßer, alter Knabe, du.«

Bernie grinste. »Sie ist schon in Ordnung«, sagte er und schüttete sich Zucker in den Tee. »Eine von der Sorte, die man ans Telefon setzt: absolut nicht aus der Ruhe zu bringen, und kennt sämtliche Verfahrensweisen auswendig. Ist aber nicht gerade gut, wenn's um kniffelige Sachen geht.«

»Wir werden uns mit ihr begnügen müssen«, sagte Anna. »Wir kennen sonst niemanden bei der Polizei in Hampshire.«

Als sie nach draußen kamen, hatte es aufgehört zu regnen; der Schmutz auf ihrem Rückfenster war getrocknet und stellte so eine Malfläche dar, auf die jemand geschrieben hatte: »Sag's durch die Blume: gib ihr eine Venusfliegenfalle.« Sie wischte es weg. Bernie hupte und winkte ihr zu, als er vom Parkplatz in Richtung Hafendocks fuhr. Anna nahm eine andere Straße ins Stadtzentrum und mußte zweimal das Gewirr von Einbahnstraßen umfahren, bevor sie einen Parkplatz gefunden hatte.

Das Café hieß *Trawler*, hatte eine schmale Vorderfront und Fensterbänke aus Plastik. Anna spähte durch die Netzgardinen ins Innere und sah dann auf ihre Uhr. Sie war einige Minuten zu früh und beschloß deshalb, draußen zu warten. Zu ihrer Linken war ein Schuhgeschäft, vor dem Körbe mit im Preis herabgesetzten Sandalen und Slippers auf dem Bürgersteig standen. Auf der anderen Seite waren im Schaufenster eines Elektrogeschäfts Staubsauger, Fernseher und Wäschetrockner ausgestellt. Außer ihr stand niemand vor dem *Trawler*. Sie hoffte, es würde ihr nicht schwerfallen, Mary Marks zu erkennen – auf Fremde zu warten, war immer eine heikle Angelegenheit.

Doch als sie eine Frau in schwarzen Schuhen und Strümpfen und einem taubenblauen Regenmantel, unter dem sie die Uniform verborgen hatte, so auf sich zukommen sah wie einen Sportlehrer, der ein Hockeyfeld überquert, wußte sie sofort Bescheid. Sie begrüßten sich zurückhaltend und gingen dann in das Café, in dem eine düstere, verschalte Beleuchtung die Auslagen mit altem Käsekuchen und Schwarzwälder Kirsch zu verdecken suchte.

»Gemütlich, nicht?« meinte Mary Marks. Sie war groß genug, daß die Girlanden von dekorativen Fischernetzen ihren Kopf streiften. Sie bestellte Kaffee und ein Stück Käsekuchen mit Erdbeergeschmack. Sie setzten sich in einer kleinen, engen Nische an einen Tisch aus Resopal, das den Eindruck edelsten Mahagonis erwecken sollte.

»Wie romantisch«, war Marys Kommentar. »Ich sollte Harry einmal hierherbringen. Harry hält große Stücke auf Mr. Schiller. Er war Sergeant, als Harry und ich Probanden bei der Londoner Polizei waren. Hat ihn wie einen Sohn behandelt, wie Harry immer sagt.« Sie berührte ihren Ehering und lächelte mit rosigen Wangen, die wie polierte Äpfel wirkten. »Das waren noch Zeiten. Manchmal wünschte ich, wir wären nicht umgezogen.« Ein Seufzer. »Na ja, ist ja unwichtig. Sie wollen etwas über den Zwischenfall im Hotel wissen, nicht wahr? Mr. Schiller sagt, daß einer ihrer Klienten in den Vorfall verwickelt sei.«

»Das ist richtig«, erwiderte Anna. »Jetzt ist alles bekannt. Einer von Ihren Leuten, Detective-Inspector Fuller, hat gestern mit ihr geredet. Offensichtlich wollen wir Ihnen nicht in die Quere kommen, aber trotzdem würden wir gern wissen, inwieweit Sie informiert sind.«

»Nun, dazu kann ich Ihnen nicht viel sagen«, meinte Mary, während sie an ihrem Kaffee nippte und die Stirn in Falten legte. »Und eigentlich dürfte ich Ihnen überhaupt nichts erzählen. Aber ich habe in den ersten Tagen, bevor sich die Aufregung gelegt hatte, im mobilen Einsatzwagen Telefondienst gehabt. Seitdem habe ich nichts mehr damit zu tun. Aber natürlich hört man hin und wieder mal was.«

»Mr. Schiller hat gesagt, daß er für jede Information dankbar wäre«, sagte Anna, die seine Beliebtheit auf diese Weise schamlos ausspielte. »Haben Sie zum Beispiel den Autopsiebericht gesehen?«

Mary schüttelte den Kopf. »Natürlich davon gehört«, sagte sie. »Der Mann wurde in den Nacken geschossen, und die Kugel hat ihm die vordere Seite der Luftröhre weggerissen. Kein sehr guter Schuß, wie Harry sagt. Hat zwar eine große Schweinerei angerichtet, aber die Schlagader und die Wirbelsäule verfehlt. Aus nächster Nähe. Nicht mehr als acht Zentimeter, sagen die Experten. Er hatte ausgedehnte Verbrennungen vom Schießpulver.«

»Ist sofort der Tod eingetreten?« fragte Anna. Es wurde ihr bewußt, daß sie in halbwissenschaftliche Umschreibungen abglitt, die ihr ein wenig Abstand von den schrecklichen Details erlaubten. Sie hätte auch sagen können: »Wie lange hat es gedauert, bis er gestorben ist?« Aber das hätte der Frage einen zu persönlichen Anstrich gegeben.

Mary schüttelte wiederum den Kopf. Sie sagte: »Es kann gute zwei bis drei Minuten gedauert haben. Er hatte Blut in der Lunge und in seiner rechten Herzkammer war Schaum. Als offizielle Todesursache wird eine Embolie angegeben.«

»Hat man in Erwägung gezogen, daß es Selbstmord gewesen sein könnte? Hat man einen Abstrich von den Händen genommen?«

»Das weiß ich nicht. Natürlich sind die Hände in Tüten gepackt worden. Aber ob sie auf Nitrate untersucht worden sind ... nun, zumindest hat mir niemand was davon gesagt. Aber andererseits war die Waffe verschwunden. Die Türen zum Flur waren abgeschlossen, aber die zum Nebenzimmer nicht. Die Leute von der Spurensicherung sagen, daß jemand in seinem Zimmer gewesen sei – sogar in seinem Bett. Sie haben Samenspuren auf den Laken und ein paar Haare auf dem Kopfkissen gefunden, die mit dem Haar aus dem Abflußrohr des Waschbeckens im Nebenzimmer identisch waren und so weiter. Und es gab Anzeichen für einen Kampf. Die Frau im Nebenzimmer ist Ihre Klientin, wenn ich recht verstehe?«

Anna bejahte diese Frage und ging zur Theke, um sich einen weiteren Kaffee zu bestellen. Als sie zurückkam, sagte Mary: »Nun ja, Pech. Ich hoffe, Sie glauben nicht, sie entlasten zu können.«

Anna reichte ihr den frischen Kaffee und setzte sich. »Wir sind nicht so sehr darum bemüht, sie zu entlasten«, sagte sie ziemlich vage. »Es ist eher eine Frage von mildernden Umständen. Was meint Ihr Chef zum Beispiel zu dem Kampf?«

»Also, auf beiden Betten, die in dem Zimmer gestanden haben, war das Bettzeug zerwühlt. Die Nachttischlampe war umgefallen und ein Glas kaputt. Nicht viel. Aber das Opfer hat die Täterin wahrscheinlich gut genug gekannt, um sie nahe an sich herankommen zu lassen. Als er erschossen wurde, hat er auf dem Bett gelegen. Wir wissen das, weil sie die Kugel mit Resten seiner Luftröhre in der Wand gefunden haben. Er hat wahrscheinlich, das Gesicht dem Fenster zugewandt, auf dem Bett gesessen, und sie hat ihn von der Seite erschossen. Sie muß neben ihm auf dem Bett gesessen oder auf dem Boden gekniet haben, denn die Kugel ist in einem leichten Winkel nach oben verlaufen. Ich nehme an, daß sie auch hätte vor ihm stehen können, wenn sie Linkshänderin war. Aber es muß zu einer kleinen Streiterei gekommen sein: Auf seiner Brust und seinem rechten Arm hatte er ein paar blaue Flecken und Kratzer. Wie äußert sich Ihre Klientin? Sie muß ja was gesagt haben.«

Anna zuckte die Schultern. »Was sie sagt, ergibt keinen Sinn. Sie hat den Verstand verloren und ist jetzt in einer Privatklapse.«

»Ach ja?« meinte Mary skeptisch.

»Hatte das Opfer etwas getrunken?« fragte Anna schnell.

Mary lächelte über den abrupten Themenwechsel. »Ein bißchen«, sagte sie. »Wir wissen, daß er zum Essen eine halbe Flasche Wein getrunken hat, und in dem zerbrochenen Glas ist Whisky gewesen. Ich nehme an, Sie meinen, er wäre vielleicht gewalttätig geworden, und sie hätte sich bei dem Kampf verteidigen müssen, und dann wäre der Schuß losgegangen?«

»Das ist zumindest eine Möglichkeit«, meinte Anna. »Wie sollte eine Sechzehnjährige an eine Luger kommen?«

»Nun, sicherlich ist es eine Möglichkeit«, räumte Mary großzügig ein. Sie blickte verstohlen auf ihre Uhr und fügte in freundlichem, aber überlegenen Tonfall hinzu: »Wissen Sie, mit geistiger Verwirrung würde ich an Ihrer Stelle vorsichtig umgehen. Wenn ihr Rechtsanwalt sie auf diese Weise rausboxen will, muß er beweisen können, daß sie bereits geisteskrank gewesen ist, als sie die Tat begangen hat, und es gibt Anzeichen dafür, daß sie es nicht war.«

»Was meinen Sie?«

»Nun, in seinem Zimmer waren einige Möbelflächen, Türklinken, ein anderes Glas und auch das Nachttischchen saubergewischt. Und hinterher hat sie sich in seinem Badezimmer gewaschen. Und das Bad danach saubergemacht. Sie hat genau gewußt, was sie tat.«

»Was ist mit ihrem Zimmer?« fragte Anna. »Hat sie das auch saubergemacht?«

»Überall Fingerabdrücke«, gab Mary zu und sah wieder auf die Uhr.

»Blut?«

»Sie muß förmlich darin gebadet haben«, erwiderte Mary, »aber auf ihrem Teppich waren nur ein paar Flecken. Aber dann wissen wir ja wiederum, daß sie sich hinterher gewaschen hat, wie ich bereits sagte. In der Dusche und den Rohren darunter hat man Blutspuren gefunden. Wenn Sie mich fragen, sieht auch das nicht nach geistiger Verwirrung aus.«

Anna seufzte. Mit jemandem, der ihr so behilflich gewesen war, wollte sie keinen Streit anfangen. Mary sagte: »Ich muß jetzt gehen. Sagen Sie Mr. Schiller, daß er sich bei mir melden soll, wenn er das nächste Mal in Southampton ist. Harry würde sich freuen, ihn wiederzusehen. Er ist im Moment auf einem Lehrgang, und es wird ihm leid tun, Sie verpaßt zu haben.«

Es war ja schön und gut, dachte Anna, die allein am Tisch saß, nachdem Mary sich verabschiedet hatte, ganz sachlich über Opfer und Täter zu reden. Aber sobald man Opfer und Täter Namen gab, lief es auf einen blutigen Kampf zwischen Thea und ihrem Privatlehrer, Joseph Tulloch, Joseph, der vom Bett fiel und in einer Blutlache lag; hinaus; Thea, die ihm den Adamsapfel wegschoß; und Thea, die sich im Badezimmer das Blut abwusch. Unmöglich, sich das vorzustellen. Sie erhob sich, zahlte und ging hinaus, um Bernie zu treffen.

26

»Laß deinen Wagen stehen und steig bei mir ein«, rief Bernie und lehnte sich über den Beifahrersitz, um die Tür zu entriegeln. Anna fand einen freien Parkplatz und ging zum Austin Maxi zurück. Das trübe, gelbe Licht, der Geruch von Abgasen und das vom Beton widerhallende Geräusch zugeschlagener Wagentüren ließen diesen Ort wie eine Vorhölle des zwanzigsten Jahrhunderts erscheinen. Sie befanden sich auf einem Parkplatz, tief unter dem Continental Gateway.

»Dein Spanner hat sich aus dem Staub gemacht«, sagte Bernie, als sie sich neben ihn setzte. »Ich hab' schon mal einen Blick auf seine Unterkunft geworfen, und er ist nicht da. Sollen wir hinfahren und auf ihn warten?«

»Warum nicht.« Anna legte den Sicherheitsgurt an. Bernie ließ den Wagen an, und sie wanden sich langsam, an Reihen verlassener Autos vorbei, in vielen Kurven ans Tageslicht.

»Er lebt zusammen mit seiner Mom in einem Mietshaus nördlich von hier«, sagte Bernie und reihte sich in den Verkehr ein. »Nur ein Eingang – leicht zu überschauen.« Er hielt vor einer Sandwichbar. »Für mich mit Käse und Gurken. Wir sollten uns besser stärken. Gott weiß, wie lange der wegbleibt.«

Anna kaufte Sandwiches und Kaffee in Styroporbechern und machte es sich auf dem Beifahrersitz bequem. Sie sagte: »Weißt du, Bernie, ich kann von alldem nichts glauben.«

»Was?« Durch das Geschäftsviertel der Stadt fuhr er zu den Vororten, wo die Geschäfte immer spärlicher wurden, und die Zahl der Einfamilienhäuser zunahm.

»Nun, Joseph Tulloch ist angeblich ein so *guter* Mann gewesen. Er ist zur Kirche gegangen. Er hat seinen Sohn zu einem netten Kerl erzogen, der das Herz am rechten Fleck hat. Er hat mit seinen Studenten mehr Zeit als nötig verbracht. Alle, die Hilfe brauchten, sind zu ihm gegangen. Was um Himmels willen bringt ihn dazu, in einem heruntergekommenen Hotel wie diesem zu sterben?«

»Der wildeste Junge an meiner Schule war der Sohn eines Pfarrers der anglikanischen Kirche«, sagte Bernie, blickte in den Rückspiegel und setzte den linken Blinker. »Meine Mom hat ihn nie ins Haus gelassen, weil er solch ein Raufbold war. Aber eines Tages bin ich zu ihm nach Hause gegangen, ohne daß sie davon wußte. Ich war wirklich gespannt, denn abgesehen davon, daß er in der Schule immer nachsitzen mußte, schien er den größten Spaß der Welt zu haben. Aber, weißt du, als ich bei ihm angekommen bin, war ich wie vor den Kopf geschlagen. Er war ein kleiner Engel – fast ein Musterknabe, könnte man sagen. Und dann erzähl du mir noch was von Enttäuschung.«

Anna lachte. »Ja, aber dieser Kerl hat sein ganzes Leben lang immer nur das Richtige getan«, sagte sie. »Er ist kein rebellischer Junge. Er hat sein ganzes Leben auf die Annahme gegründet, daß er ein guter Mann mit moralischen Ansichten sei, eine nette Frau heiraten und seine Kinder zu anständigen Menschen erziehen sollte. Was ist mit ihm geschehen?«

»Thea Hahn?« sagte Bernie nachdenklich. »Es gibt kein Gesetz, das dir verbietet, dich zur falschen Zeit in den falschen Menschen zu verlieben. Die Leute haben nicht viel Kontrolle darüber, in wen sie sich verlieben. Das weißt du genau. Die meisten Leute würden sich einfach zurücklehnen und es genießen. Aber für ihn muß es eine Qual gewesen sein. Es muß schrecklich sein, wenn man daran gewöhnt ist, sich auf der Seite der Engel zu wähnen, und dann eines Tages aufzuwachen und festzustellen, daß man genau das tut, was man vorher für abstoßend gehalten hat. Ohne Ausrede.«

»Hat er deshalb die Pistole seines Vaters geklaut?« fragte sie nach einigen Minuten des Nachdenkens.

»Was weiß ich. Vielleicht hatte er irgendeine dumme Vorstellung von Sünde und Tod. Wenn er vorher schon andere Affären gehabt hätte, währe wahrscheinlich alles in Ordnung gewesen. Aber wenn es stimmt, was du sagst, dann war es nicht so. Deshalb wird er wohl gedacht haben, daß es mit seinem moralischen Leben aus ist. Und was hat es mit dem vorgetäuschten Badeunfall auf sich? Er hat bestimmt gewollt, daß seine Angehörigen ihn für tot halten, als daß sie glaubten, er wäre ein schlechter Junge gewesen und hätte sie verlassen.«

»Nun, da war ja auch die Versicherungssumme.«

»Ja, aber ich könnte mit dir wetten, daß der Wunsch, sich ihre Liebe und Wertschätzung zu erhalten, ihm mindestens genauso wichtig gewesen sind. In den letzten Tagen muß er sich wie ein Wrack gefühlt haben.«

»Es muß Selbstmord gewesen sein«, meinte Anna. »Alles andere ergibt keinen Sinn.«

»Wer sagt, daß es einen Sinn haben muß?« Bernie fuhr an den Straßenrand und bremste. Auf der anderen Straßenseite stand ein Mietshaus, das nur durch ein kahles Rasenstück vom Bürgersteig getrennt war; ein schmuckloses Rechteck aus gelben Backsteinen. Bernie öffnete die Wagentür und sagte: »Ich seh' mal nach, ob er schon zurück ist.«

Nach einigen Minuten kam er zurück und schüttelte den Kopf. »Immer dasselbe«, seufzte er. »Gucken und warten, warten und gucken. Laß uns den Kaffee trinken, bevor er kalt wird.«

Nach einer Weile verlagerte Anna unruhig ihr Gewicht und sagte: »Ich hoffe, unser alter Mr. B. hält sich ran und erzählt den Bullen in Hampshire von Joseph Tulloch und seiner Pistole. Je eher sie das wissen, desto eher werden sie herausfinden, in welchem Zustand er war. Dann würde Thea nicht mehr so unter Druck stehen.«

»Da bin ich mir nicht sicher.« Bernie knüllte seinen Becher zusammen und steckte ihn in eine leere Papiertüte. »Wenn sie sich über die Beziehung zwischen den beiden im klaren sind, könnten sie daraus die Schlußfolgerung ziehen, daß sie um so wahrscheinlicher abgedrückt hat. Was hatte Mary Marks zu berichten?«

»Aus unserer Sicht wahrlich nichts Gutes. Die einzig gute Neuigkeit ist die, daß er nach dem Schuß noch einige Minuten gelebt hat und deshalb vielleicht die Waffe hat wegwerfen müssen oder so was in der Art.«

»Wirklich?« sagte er, zog die Augenbrauen hoch und sah sie eindringlich an.

»Nein, okay. Zuviel Blut, und es gibt keine Anzeichen dafür, daß er sich viel bewegt hat, außer wenn es alles in seine Kleidung gelaufen wäre.«

»Und was sind die schlechten Neuigkeiten?«

»In der 627 sind alle Fingerabdrücke weggewischt worden. Jemand hat sich im Badezimmer Blut abgewaschen. Sie haben ein Frauenhaar in seinem Bett gefunden. Die Tür zwischen Theas und Tullochs Zimmer war nicht abgeschlossen. Im Gegensatz zu den Türen, die zum Flur hinausführen. Und Mary glaubt nicht, daß Irre nach einem Mord hinter sich aufräumen. Sie ist ein richtiger Möchtegernpolyp.«

»Du hast 'nen ganz schönen Koller, oder?« murmelte Bernie. Er sammelte den Abfall von den Sandwiches auf und gab ihn ihr. »Da drüben steht ein Mülleimer.« Mit dem Finger wies er durch die Windschutzscheibe. »Warum wirfst du das Zeug nicht weg und vertrittst dir dabei ein bißchen die Beine. Ein bißchen frische Luft wird dir guttun.«

Während Anna die zwanzig Schritte zur Mülltonne lief, ermahnte sie sich, daß Bernie an alldem nicht schuld war, und nahm sich vor, ihre Gefühlsschwankungen für sich zu behalten. Sie warf das Sandwichpapier und die Becher in den Papierkorb und machte sich auf den Weg zurück zum Wagen. Abrupt stoppte sie.

Etwa fünfzig Meter weiter stand Miles Gancitano, der gerade die Straße überqueren wollte, um zu seiner Wohnung zu kommen. Er drehte den Kopf und sah sie. Er zögerte. Zunächst sah es aus, als wollte er mit eiserner Stirn leugnen. Doch dann wirbelte er herum und rannte los.

Anna setzte ihm nach. Er sah über die Schulter und legte einen Schritt zu. Als er am Austin Maxi vorbeisprintete, sah sie, wie Bernie die Tür aufriß und aus dem Wagen stürzte. Was machte das schon? Die Zeiten, in denen Bernie ein guter Läufer gewesen war, waren längst vorbei.

Plötzlich fühlte sie sich in Hochstimmung versetzt. Sie holte tief Atem und fühlte das Blut in den Ohren pochen. Zwischen Miles Gancitano und ihr lagen nur noch fünf Meter und sie konnte ihn einholen. Er wich einer alten Dame aus und bog unmittelbar darauf in eine Baustelle ab, an einer Hütte vorbei, vor der einige Arbeiter ihre Werkzeuge einpackten. Anna jagte ihm hinterher. Irgend jemand schrie: »Nimm mich, wenn du einen Mann brauchst! Ich werd' dir nicht wegrennen.«

Miles verschwand durch eine Eingangstür in einem halbfertigen Haus, rannte durch Räume mit kniehohen Wänden und verließ das Haus auf der anderen Seite. Wieder wandte er sich nach rechts. Er arbeitete sich allmählich zu seinem Mietshaus zurück. Anna nahm die letzte Mauer im Sprung und reduzierte damit den Abstand zwischen ihnen auf wenige Schritte. Wieder drehte er sich um, sah sie gleich hinter sich, geriet in Panik und stolperte über einen Holzhaufen. Anna nahm all die Frustrationen der letzten Tage zusammen, um sich auf ihn zu stürzen.

27

Sie landete mit beiden Knien mitten auf seinem Rücken. Eine Sekunde lang blieb er verdutzt liegen. Dann schnappte er nach Luft und versuchte, sie vom Rücken zu schütteln.

Mit einer Hand griff sie in sein Haar und drückte seinen Kopf nach unten, so daß er mit der Stirn auf den Beton schlug. Mit der anderen wühlte sie verzweifelt in ihrer Tasche. Sie hatte nicht genug Kraft, ihn lange am Boden zu halten. Das einzige, was sie fand, war ein Filzstift. Den stieß sie ihm fest hinter sein Ohr und sagte: »Nur eine Bewegung, und ich schieß' dir das Ohr ab.«

Sofort erschlaffte er, doch sie merkte, daß er seine Kräfte für einen zweiten Angriff sammelte. Sie zischte: »Versuch's lieber nicht. Du könntest zwar ohne ein Ohr leben, aber die Kugel könnte vom Boden abprallen und dein Auge treffen.«

»Das ist keine Pistole.«

»Ach ja? Dann versuch's doch.«

»Sie werden mich nicht erschießen.«

Sie faßte sein Haar noch fester und lehnte sich auf den Stift. Bernie kam keuchend um die Ecke gerannt; er war hochrot im Gesicht und schweißüberströmt. Er ließ sich schwer auf einen Stapel Leichtbauplatten fallen und rang um Atem. Nach ein oder zwei Minuten sagte er mit so etwas wie seiner normalen Stimme: »Miles Gancitano? Das war nicht gerade clever, Bürschchen. Du willst deiner Liste doch wohl nicht noch Widerstand gegen die Staatsgewalt hinzufügen, oder?«

»Welche Liste?« fragte Miles, den Mund noch immer gegen den Beton gepreßt. »Ich hab' nicht gewußt, daß sie von der Polente ist.«

»Er hat sich widersetzt, Chef«, sagte Anna forsch.

»Oje, oje. Diebstahl, Exhibitionismus *und* Widerstand gegen die Staatsgewalt. Deine alte Mutter wird darüber gar nicht glücklich sein, wenn sie kommt, um für dich die Kaution zu hinterlegen.«

»Ich hab' nichts genommen. Sie lügt, wenn sie das behauptet.«

»Ich habe wirklich Mitleid mit ihm«, meinte Anna. »Sie springen ziemlich hart mit Triebtätern um, oder, Chef?« Sie ließ sein Haar los und steckte den Stift in die Tasche zurück. Er blieb nun still liegen, deshalb nahm sie ihn am Arm, drehte ihn im Polizeigriff auf den Rücken und gestattete ihm, sich aufzusetzen.

»Ich habe sie nicht angefaßt«, sagte Miles und schüttelte den Kopf. »Ich faß nie eine an.«

»Für einen Commander ist und bleibt ein Perverser ein Perverser«, erklärte Bernie mit vernünftiger Stimme. Von der anderen Seite des Gebäudes kamen Schritte und Stimmengewirr. Bernie legte den Kopf auf die Seite. Die Schritte kamen näher.

»Verraten Sie mich nicht«, bat Miles im Flüsterton. »Bitte nicht! Meine Mom wohnt gleich um die Ecke. Sie würde tot umfallen, wenn das rauskommen würde.«

Um die eine Ecke der Baustelle kam ein großer Mann in blauem Overall; er hatte einen kleineren Mann im Gefolge. Bernie drehte sich auf den Leichtbauplatten halb um und fragte sehr höflich: »Kann ich Ihnen behilflich sein, meine Herren?«

Der größere Mann rückte seine Mütze zurecht und sagte unsicher: »Ich bin hier der Vormann. Ich habe Sie vorbeilaufen sehen.« Er wandte sich seinem Freund zu und fragte ihn flüsternd: »Ist das nicht Mrs. Gancitanos Junge? Ist alles in Ordnung, mein Sohn?«

»Alles okay, wirklich«, sagte Miles nachdrücklich. »Eine Verwechslung. Oder?« Er sah Bernie flehend an.

»Ich könnte deine Mom suchen und herbringen«, bot der größere Mann sich an. »Bist du in Schwierigkeiten?«

»Nein, nein, bin ich nicht. Ehrlich nicht.«

Der größere Mann wandte sich an Bernie: »Sind Sie aus dem Knast in der Down Street?« fragte er, und als Bernie den Kopf schüttelte, fuhr er fort: »Hab' ich mir schon gedacht. Ich kenne die meisten von der Down Street.«

Bernie sagte: »Ich bin froh, daß jemand in dieser Gegend die Augen offenhält.« Und Anna, die Miles Gancitanos Arm unauffällig hatte fahren lassen, als die beiden Männer aufgetaucht waren, sagte nun: »Es ist schon erstaunlich, wie wenig Leute Ihren Dienstausweis sehen wollen, Sergeant.«

»Nun, wenn du meinst, daß alles in Ordnung ist, Junge ...«, sagte der größere Mann und sah seinen Freund, wie zur Bestätigung, an. Sein Freund war bereits auf dem Rückweg. Wieder rückte der Vorarbeiter die Mütze zurecht. »Sie sollten sich wirklich nicht auf dieser Baustelle aufhalten. Das ist gefährlich.«

»Ist schon in Ordnung.« Bernie machte keine Anstalten, sich zu bewegen. »Es wird nicht länger als ein paar Minuten dauern. Sie brauchen sich um uns keine Sorgen zu machen.«

Als die beiden Männer außer Hörweite waren, wandte er sich wieder Miles zu und sagte: »Daran wirst du dich wohl gewöhnen müssen, Bürschchen. Bald wird es in allen Zeitungen zu lesen sein. Warum hast du deinen Job aufgegeben? Der Direktor hat mir erzählt, du wärst seit Montag nicht mehr aufgetaucht.«

»Eigentlich ihretwegen.« Miles wies mit dem Daumen auf Anna. »Sehen Sie, vorher hat mich noch nie jemand dabei erwischt. Sie ist unerwartet zurückgekommen, deshalb habe ich mich im Badezimmer versteckt. Und als sie dann reingekommen ist, um sich zu waschen, konnte ich nicht an mich halten. Ich wollte ihr wirklich nichts tun, aber ich hab' gedacht, sie würde sich beschweren, und ich könnte den anderen nicht mehr unter die Augen treten. Aber ich habe nichts mitgenommen. Das tue ich fast nie. Ich wollte nur wissen, welche Kleider sie trägt und was sie sonst noch in ihrer Tasche hat. Ich tue niemandem was.«

»Das kommt drauf an, wie man's sieht«, sagte Anna, die hinter ihm stand. Sie hätte gerne so gestanden, daß sie zwar ihn, er aber nicht sie hätte sehen können. »Trotzdem wäre ich bereit, Chef, die Angelegenheit zu vergessen, wenn er uns beim Jones-Fall weiterhelfen würde. Damit könnte er ein paar Pluspunkte sammeln.«

»Keine Chance«, sagte Bernie mit gleichgültiger Miene. »Die Sache ist abgeschlossen. Wenn er irgendwas gesehen hätte, würde er wohl schon eine Aussage gemacht haben.«

»Nicht unbedingt. Wenn er irgendwas gesehen hat, hieße das, daß er unerlaubterweise vom Generalschlüssel Gebrauch gemacht hat. Und das hätte er niemals zugegeben.«

»Hören Sie mir auf damit. Wir sind auf eine Verhaftung aus gewesen, und die haben wir jetzt. Der Kerl wird's schon tun.«

»Zu schade. Ich hätte viel darum gegeben herauszubekommen, was mit der Waffe passiert ist.« Anna sah, wie Miles unbehaglich seine Schultern bewegte. »Nun ja, der Spatz in der Hand...«, fuhr sie aufgeräumt fort. »Glauben Sie, daß das Sittendezernat mit ihm reden will? Da sind ein paar Vergewaltigungen von Minderjährigen gewesen, und sie suchen nach dem Täter. Die sind auch auf eine Verhaftung aus.«

»Hey, hören Sie – ich hab' die Waffe gesehen«, sagte Miles verzweifelt. »Ich hab' noch nie in meinem Leben kleine Mädchen angefaßt. Das schwöre ich.«

»Welche Waffe, Bürschchen?« Bernie war sehr gelassen. Er klang fast gelangweilt.

»Die Luger ... hat den Kerl von 627 getötet. Ich hab's gesehen.«

Miles war in Aufregung geraten. Bernie stand auf und steckte die Hände in die Tasche. Sich abwendend, sagte er: »Fang gar nicht erst an, Junge. Wir haben kein Interesse. Du würdest uns jetzt alles erzählen, was wir hören wollen.«

»Ich sag' Ihnen, ich hab' sie gesehen«, sagte Miles beharrlich. »Ehrlich, sie lag direkt neben ihm. Er hat zwischen den beiden Betten gelegen, und die Waffe hat irgendwie unter dem Bett am Fenster gelegen.«

»Am Mittwoch, den fünfundzwanzigsten bist du morgens also in Zimmer 627 gewesen?« Bernies Gesicht blieb ausdruckslos. »Dieses kleine Detail hast du in deiner ersten Aussage aber nicht erwähnt.«

»Das konnte ich doch nicht, oder?«

»Bist du mit dem Generalschlüssel reingekommen?«

»Das war nicht nötig. Die Tür zum Nebenzimmer stand offen. Ich hab' gedacht, sie hätte vergessen abzuschließen. Ich wollte nur einen Blick aufs Zimmer werfen. Nur daß sie nicht da war. Na ja, und da habe ich mir gedacht, daß sie mit ihm zusammen im andern Zimmer sein könnte. Die Zwischentür war angelehnt, und ich wollte nur einen kurzen Blick reinwerfen. Ich habe nichts gehört, deshalb habe ich durch den Türspalt geguckt und ihn da auf dem Boden liegen sehen.«

»Das glaube ich nicht«, sagte Anna. »Im Bericht steht, daß das Licht ausgeschaltet und der Vorhang zugezogen war, als die Leiche gefunden wurde. Im Zimmer muß es zappenduster gewesen sein.«

»Wir vergeuden nur unsere Zeit«, sagte Bernie. »Wir sollten den Kerl zur Polizeistation bringen, bevor er kleine grüne Männchen zu sehen beginnt.«

»Nein, ehrlich«, rief Miles. »Sie hat recht, aber ich konnte was sehen, weil jemand im Badezimmer Licht angelassen hatte. Er lag auf dem Boden und die Waffe halb unter dem Bett.«

Da sie das Gesicht von Miles nicht sehen konnte, blickte Anna Bernie an. Er sah abwechselnd gen Himmel und auf den Boden. Nur dann und wann warf er Miles einen durchdringenden Blick zu. Obwohl sie ihn sehr genau kannte, war es ihr unmöglich, seine Gedanken zu erraten. Er war sehr gut, dachte sie. Er sah nicht einmal interessiert aus. Dann meinte sie: »Wann soll das Ganze stattgefunden haben?«

»Das kann ich nicht genau sagen.« Miles machte einen Schritt nach vorn, um Bernies Aufmerksamkeit auf sich zu ziehen. »Aber ungefähr um drei Uhr nachts hat jemand aus dem fünften Stock unten eine Flasche Perrier bestellt. Wegen des Kongresses hatten wir die ganze Nacht viel zu tun. Diese Kerle trinken ziemlich viel, müssen Sie wissen, und da ist ein ständiges Kommen und Gehen. Und sie wollen immer dies oder das von einem. Nun ja, nach Mitternacht wird es meist ein bißchen ruhiger, aber so voll wie das Hotel war, hatten wir bis in den Morgen zu tun.«

»Du bringst also das Wasser in den fünften Stock und gehst dann, ganz zufällig, mal eben zur Nummer 627. Einfach so, was?«

»Nein, nicht einfach so. Ich hab' schon gesagt, daß eine ganz schöne Sauferei im Gange war. Dann werden die Leute unvorsichtig – vergessen, die Türen abzuschließen, einige zumindest. Nun, in so einer Nacht passieren seltsame Dinge, Sie wissen schon, was ich meine. Des und ein oder zwei andere haben mit ein paar Frauen aus der Stadt eine Vereinbarung getroffen; wenn viele Typen bei uns sind, erklären einige sich bereit, Geld abzudrücken, um vorgestellt zu werden, und Des oder sonstwer hilft da halt ein bißchen nach.«

»Und du wirfst gern einen Blick auf das, was vor sich geht.«

»Ich weiß nicht, warum.« Miles verlagerte mit unglücklichem Gesicht sein Gewicht. »Ich glaube wirklich, ich brauche Hilfe.«

Ein Hund mit schwarz-weißen Pfoten tauchte hinter einem freistehenden Türpfosten auf. Bernie beobachtete ihn und sagte: »Weiter, mein Junge, weiter. Du bist also im sechsten Stock und probierst, ob die Türen abgeschlossen sind, oder?«

»Bei ihrer mußte ich erst gar nicht probieren. Sie stand offen.«

»Nun, und weiter?«

»Das ist alles, ehrlich. Ich habe Ihnen alles erzählt, oder? Nachdem ich ihn auf dem Boden hab' liegen sehen, bin ich wieder nach unten gegangen und habe, außer wenn nach mir gefragt wurde, keinen Schritt aus dem Personalzimmer getan. Ein Mädchen von der Frühschicht hat ihn gefunden, und zu der Zeit war ich schon längst zuhause.

28

Die Stille wurde vom Hupen eines Wagens unterbrochen. Anna sah auf und merkte, daß Bernies Augen auf ihr ruhten. Sie machte ein paar Schritte nach vorn, so daß sie Miles im Profil sehen konnte, und sagte dann: »Unsinn, Chef, absoluter Unsinn. Er behauptet, daß er nichts angerührt, nichts getan hat und schleicht sich wie ein Gespenst weg – Unsinn.«

Miles ließ den Kopf hängen. Sie bemerkte mit Interesse, daß er nicht wagte, ihr ins Gesicht zu sehen. Bernie sagte: »Nun gut. Man kann Leuten, die sich selbst nicht zu helfen wissen, nicht helfen wollen. Also, zurück zum Wagen, mein Sohn. Wir haben direkt vor deinem Haus geparkt. Wir werden dir erst da die Handschellen anlegen.« Er ging auf Miles zu und legte ihm mit dem Gebaren eines Polizisten, der eine Verhaftung vornimmt, seine große Hand auf den Arm. »Miles Gancitano«, begann er. »Im Namen des Gesetzes...«

»Warten Sie«, schrie Miles. »Ich bin noch nicht fertig.«

»Er ist noch nicht fertig, Chef«, sagte Anna mit Nachdruck. Langsam ließ Bernie seine Hand sinken. Miles sagte: »Ich verstehe nicht, was Sie wollen. Ich habe gesagt, daß ich die Waffe gesehen habe, oder?«

»Uns interessiert herzlich wenig, was du gesehen hast«, fuhr Anna ihn an. »Was wir haben, ist ein gerichtsmedizinisches Gutachten, in dem ganz andere Sachen stehen. Wir werden dir erst glauben, wenn du uns etwas erzählst, das den Fakten entspricht. Wir können diesen ganzen Unsinn nicht gebrauchen, von dem du meinst, daß wir ihn hören wollen. Fang mit der Tür an. Als du gegangen bist, hast du sie nicht so gelassen, wie du sie vorgefunden hattest, oder?«

»Ich habe sie abgeschlossen«, sagte Miles zögernd. »Ich wollte nicht, daß jemand anders dort herumschnüffelt.«

»Wieso?«

»Weiß nicht.«

»Natürlich weißt du das. Chef, er hat was mitgehen lassen. Er hat die Tür abgeschlossen, weil er nicht wollte, daß irgend jemand die Leiche findet, bevor seine Schicht zu Ende war und er, was immer er wollte, aus dem Hotel herausschleusen konnte.«

»Teufel noch mal.« Bernie sah beinahe glücklich aus. »Ist das richtig, Bürschchen? Was hast du mitgenommen?«

Miles murmelte etwas vor sich hin, und Bernie sagte: »Sprich lauter. Ich kann dich nicht verstehen.«

»Sein Geld«, rief Miles. »Ich habe gesagt, daß ich sein Geld genommen habe. Er würde es nicht mehr vermissen, oder? Hab' ich recht?« Zum ersten Mal sah er Anna direkt ins Gesicht. Sie entgegnete seinen Blick, wobei sie die Augen zusammenkniff, und sagte: »Erzähl weiter – jede kleinste Bewegung von dem Augenblick, in dem du zuerst ins Zimmer gekommen bist, bis zu dem Moment, wo du auf deinem Weg nach draußen die Tür verschlossen hast.«

»O Gott.« Er wandte seine Augen ab und sah dann Bernie an. »Ich werd's versuchen. Ich habe die Tür aufgestoßen. Drinnen war es dunkel, aber das Licht im Flur war hell genug, daß ich etwas sehen konnte. Es war keiner da – keine Taschen, keine Kleider, nichts. Im

Badezimmer genau dasselbe. Dann habe ich hinter der Verbindungstür Licht gesehen. Deshalb bin ich rübergegangen und hab' ins Zimmer geguckt, und da lag er, wie ich es gesagt habe. Ich bin ein paar Minuten stehengeblieben. Ich hatte noch nie eine Leiche gesehen und wußte nicht, was ich machen sollte.

Es war sehr still, und nach einer Weile ist mir aufgefallen, daß keiner in der Nähe war, und daß ich der einzige war, der davon wußte. Deshalb bin ich reingegangen. Zuerst bin ich zu seiner Tür gegangen und habe sie abgeschlossen, für den Fall, daß noch jemand anders diesen Stock abgraste. Dann habe ich ins Badezimmer geguckt. Ich habe Ihnen schon gesagt, daß da Licht an war. Er hatte einen nagelneuen Rasierapparat, und ich habe mir gedacht, daß er ihn nicht mehr brauchen würde; deshalb habe ich ihn eingesteckt.

Ich weiß, daß das schrecklich klingt, aber er war schon tot, nicht? Als ich den Rasierer eingesteckt hatte, hab' ich mir gedacht, na ja, warum nicht? Gibt's sonst noch was, das er nicht mehr braucht? Ich kenne da einen Pub, wo man alle möglichen Sachen loswerden kann, ohne daß jemand dumme Fragen stellt. Na gut, in seinem Koffer lag ein brandneues Paar Lederschuhe. Alles, was er hatte, war brandneu. Einige der Hemden waren sogar noch verpackt. Ich hab' nicht alles eingesteckt, nur die Schuhe und ein paar Hemden. Wenn ich alles genommen hätte, wäre das doch aufgefallen, oder?«

Bernie nickte ermutigend, und Miles fuhr fort: »Sein ganzes Geld hat auf dem Toilettentisch gelegen. Beides, Francs und Pounds. Ich habe das meiste von dem englischen Geld in die Tasche gesteckt. Aber nicht alles.«

»Wieviel?«

»Müssen ungefähr dreihundert Lappen gewesen sein. Hat mich gewundert, daß er soviel auf dem Toilettentisch liegen hatte. Fünfzig hab' ich dagelassen, damit es nicht verdächtig wirkt.«

»Was noch?«

»Da war noch ein schöner Silberrahmen mit einem Foto drin. Unten in seinem Koffer. Den hab' ich auch eingesteckt. Alles, was nicht in meine Taschen paßte, hab' ich in eine Tragetasche gesteckt; dann bin ich durch die Verbindungstür wieder hinaus und den Weg zurückgegangen, den ich gekommen war. Das Zimmer habe ich abgeschlossen und bin dann nach unten gegangen. Ich habe Blut und Wasser geschwitzt, weil ich Angst hatte, daß ich jemanden treffen könnte, der mich fragen würde, was ich da hätte. Ich bin direkt durch die Küche nach draußen gegangen und habe die Tasche hinter dem Müllcontainer versteckt. Das war schon riskant, aber manchmal machen sie

Stichproben und durchsuchen jeden, der von der Schicht kommt. Auf jeden Fall haben sie das an dem Morgen nicht gemacht, und die Tasche war immer noch da, als ich nach Hause gegangen bin.«

Anna wollte eine letzte Bestätigung, bevor sie die entscheidende Frage stellte. Sie sagte: »Beschreib das Foto.«

»Ein Hochzeitsfoto. Braut und Bräutigam. Altmodisch. Ich glaube, der da auf dem Boden gelegen hat, war darauf. Ich habe nicht so genau geguckt. Ich hab's weggeworfen – wollte nur den Rahmen.«

Anna seufzte. Sie war auf einmal sehr müde, als hätte seine letzte Antwort wie eine Stecknadel in einen Luftballon gestochen und ihre gesamte Energie entweichen lassen. Sie sah Bernie an, und der nickte. Bernie gähnte: »Bis jetzt hast du noch nichts über die Pistole gesagt, mein Junge.«

Es war, als hätte alle drei eine tiefe Müdigkeit überfallen. »Ich weiß nicht, warum Sie sich überhaupt noch die Mühe machen, mich zu fragen«, sagte Miles erschöpft. »Ich habe sie mit dem anderen Zeug zusammen in die Tasche gesteckt. Fragen Sie mich nicht, warum. Ich wünschte, ich hätte sie nie angefaßt, aber ich bin einfach rumgegangen und habe die Sachen aufgelesen, von denen ich dachte, daß ich sie verkaufen könnte, und als ich sie einmal in der Hand gehabt hatte, habe ich mir gedacht, jetzt könnte ich sie ebensogut in die Tasche stecken. Meine Fingerabdrücke waren ja sowieso darauf, wissen Sie.«

»Hast du sie noch?«

»Ich habe alles zusammen in der Kneipe für hundert Mäuse verscherbelt. Natürlich außer dem Geld«, erklärte Miles. »Ich weiß nicht, was so ein Revolver wert ist. Hab' noch nie einen gehabt. Der Typ, mit dem ich Geschäfte mache, meinte, er wär' nicht viel wert, aber er würde einen Irren kennen, an den er den Revolver weitergeben könnte. Ich war froh, daß ich ihn endlich los war.«

Bernie sagte: »Wir müssen seinen Namen wissen.«

Miles schüttelte den Kopf, und Bernie fuhr fort: »Nun, lassen wir das erst mal beiseite. Hast du deine Fingerabdrücke abgewischt, bevor du gegangen bist?«

»Ja.« Miles dachte einen Augenblick nach. »Die auf dem Koffer, dem Toilettentisch, den Türklinken. Ich glaube, daß ich nichts anderes angefaßt habe.«

»Wie steht's mit dem Nachttischchen?« fragte Anna.

»Auf keinen Fall! Da hätte er Kronjuwelen liegen haben können, und ich hätte sie nicht angefaßt. Wissen Sie, er hat direkt davorgelegen.« Er sah Bernie an. »Wenn sonst noch was weg ist, muß es jemand anders eingesteckt haben. Ich habe Ihnen die Wahrheit erzählt. Mehr ist da nicht.«

»Hast du seinen Reisepaß verkauft?« fragte Anna.

»Da war kein Reisepaß«, sagte Miles in erstem Ton. »Außer, wenn er auf dem Nachttischchen gelegen hat, aber ich habe ihn nicht gesehen.«

»In Ordnung«, sagte Bernie ruhig. »Nur noch der eine Name. Wenn du uns den gegeben hast, kannst du nach Hause gehen.«

»Nach Hause?«

»Das ist richtig. Wir werden für dich ein gutes Wort einlegen, und über die Sache neulich werden meine Kollegen kein Wort mehr verlieren. Und das alles für einen Namen.«

»Das findet wohl nie ein Ende«, klagte Miles. »Allan Worthing. Der Pub heißt *Lamb and Flag*. Sind Sie fertig? Kann ich jetzt gehen?«

»Verlaß die Stadt nicht«, sagte Bernie. »Du wirst versucht sein abzuhauen, aber tu's nicht. Die Versprechen, die wir dir gemacht haben, sind wertlos, falls du nicht zuhause bist, wenn wir das nächste Mal vorbeikommen. Verstanden?«

Anna konnte sich nur schwerlich vorstellen, daß sie erreicht hatten, was sie wollten. Erleichtert sah sie Miles davongehen. Doch ihr erfolgreicher Schwindel hinterließ auch ein Gefühl der Unzufriedenheit: Man kam sich schäbig und schmutzig vor. Sie fragte sich, wie Bernie wohl darüber dachte. Er hatte sich wieder, die Ellbogen auf die Knie gestützt, die Hände herunterhängend, auf die Leichtbauplatten gesetzt. Der Hund mit den schwarz-weißen Pfoten schlich sich an ihn heran und schob die Schnauze unter seine Finger. Bernie streichelte ihn abwesend und starrte auf die immer länger werdenden Schatten der Baustelle. Schließlich sagte er: »Nun denn, dafür kann ich mir auch nichts kaufen. Laß uns lieber ein Telefon suchen und sehen, ob seine Herrlichkeit ihn noch heute oder erst nächste Woche verpfiffen haben will.«

Vorsichtig über Ziegelsteine und Bauholz steigend, suchten sie sich den Weg zurück zur Straße und zu Bernies Wagen. Zwei Straßen weiter fanden sie eine Telefonzelle, und Anna, die Bernie vom Beifahrersitz beobachtete, glaubte zu erkennen, daß er mehr redete als zuhörte. Als er zurückgekommen war, sagte er: »In dem Laden ist alles in heller Aufruhr. Ich muß hierbleiben, bis der alte Herr sich mit dem Klienten verständigt hat, aber er will, daß du auf dem schnellsten Weg zurückfährst. Er hat sich nicht klar ausgedrückt, aber es scheint, daß Thea eine Dummheit begangen hat.«

Auf dem Rückweg zum Hotel schwiegen sie. Bernie brachte Anna bis in die tiefste Etage der Parkgarage und wartete, bis sie ihren Wagen angelassen hatte. Als sie ausgeparkt hatte, fuhr er in die leere Parklücke und kam, nachdem er den Wagen abgeschlossen hatte, zu ihr ans Fenster. »Kein Grund zur Sorge, Kleines«, meinte er, im Gehen begriffen. »Die Hahns sind hysterische Leute. Wahrscheinlich ist gar nichts passiert. Übrigens, was hatte dein Stift in Gancitanos Ohr zu suchen?«

Anna grinste mißmutig. »Ich hab' ihn lediglich zur Aussage gezwungen, Sergeant«, sagte sie und fuhr los.

29

Auf der Kensington High Street wurden die Straßenlaternen gezündet, und Martin Brierly ließ die Jalousie wie ein Fallgitter gegen den Abend hinuntersausen. Sein Büro wurde von einer einzigen Schreibtischlampe beleuchtet, deren Lichtkegel lediglich auf sein Löschblatt fiel und Anna im Halbdunkel sitzen ließ. Er nahm Platz und beugte sich, die Hände zwar angestrahlt, doch die Augen im Halbschatten, zu ihr vor.

»Dem Himmel sei Dank, daß ich keine Töchter habe«, sagte er. »Offensichtlich hat dieses dumme Mädchen eine Fensterscheibe zerschlagen und versucht, sich mit den Scherben die Pulsadern aufzuschneiden. Gott weiß, warum. Bis dahin scheint ihr Vater davon überzeugt gewesen zu sein, daß sie gute Forschritte machte.«

»Ihr Vater ist zu optimistisch. Außerdem hat er sie längere Zeit nicht gesehen. Keiner sonst glaubt, daß sie Fortschritte gemacht hat.«

»Da wäre ich mir nicht so sicher.« Angewidert rieb Mr. Brierly an einem unsichtbaren Fleck auf seinen blütenweißen Manschetten. »Es geht darum, daß er jetzt ebenfalls hysterisch wird. Offenbar läßt der Arzt von Adam House ihn nicht zu ihr, und er befürchtet, daß sie seiner Tochter etwas antun.«

»Völliger Quatsch«, sagte Anna verärgert. »Dr. Frank läßt ihn nicht zu ihr, weil er Thea aus der Fassung bringt. Aus keinem anderen Grund.«

»Weiß der Himmel, was diese Privatkliniken alles zuwege bringen.« Mit seinen weißen Händen nahm er einen Füllfederhalter auf, wendete ihn zwei- oder dreimal hin und her und legte ihn auf den Tisch zurück. »Auf jeden Fall hat seine Tochter nach Ihnen gefragt, und deshalb sollte es Ihnen nicht schwerfallen, den wahren Grund herauszufinden.«

»Es gibt nichts herauszufinden.«

»Trotzdem hat man nach Ihnen verlangt, und ich habe bereits

zugestimmt, daß Sie kommen. Noch heute abend, wenn Sie so freundlich wären.«

Anna hielt den Mund. In dieser Stimmung war es sinnlos, mit Mr. Brierly streiten zu wollen. Nach einer Pause, die ihr deutlich machen sollte, daß seine letzte Aussage nichts weniger als ein Befehl war, fuhr er fort: »Ich habe beschlossen, daß Mr. Schiller die Information, die Sie heute erhalten haben, weiterleiten soll. Morgen, wenn Sie sich an die Tatsache gewöhnt haben, daß ihr Mord ebensogut Selbstmord gewesen sein kann, werde ich sie von Joseph Tullochs Identität in Kenntnis setzen. In umgekehrter Reihenfolge sind diese Neuigkeiten wahrscheinlich besser verdaulich. Auf jeden Fall ist das Mr. Emburys Vorschlag. Mr. Hahn war nicht in der Verfassung, über unsere weitere Vorgehensweise zu sprechen.«

Anna rückte unbehaglich auf ihrem harten Stuhl hin und her. »Wie steht's mit den Tullochs?« fragte sie schließlich. Dieses Thema hatte sie schon den ganzen Tag beschäftigt.

»Es hängt davon ab, ob in seiner Versicherungspolice eine Selbstmordklausel inbegriffen war.« Mr. Brierly machte eine wegwerfende Handbewegung. »Das geht uns nichts an.«

Anna hatte nicht an das Versicherungsgeld gedacht. Jetzt, da Mr. Brierly sie daran erinnert hatte, fühlte sie sich noch schlechter. »Aber es könnte uns schon bald etwas angehen«, wandte sie ein. »Wenn es tatsächlich eine Selbstmordklausel gibt, wird ihr Rechtsbeistand einen Unfall oder Mord nachweisen wollen, oder? Aber ich hatte eher daran gedacht, wie sie sich fühlen, wenn sie erfahren, daß ihr Mustergatte und -vater ein zweites Mal tot aufgefunden worden ist, und zwar unter ziemlich seltsamen Umständen.«

»Das geht uns nun wirklich nichts an. Aber ich denke, daß die Polizei von Southampton einen von der Familie zu sich bestellen wird. Es muß ja jemand die Leiche identifizieren.«

»Man sollte sie vorbereiten. Es der Polizei zu überlassen, sie damit zu überraschen, wäre schon ein wenig grausam, oder?«

Mr. Brierly legte die Hände mit den Handflächen nach unten auf das Löschpapier. »Ich würde Ihnen raten, sich da nicht einzumischen, Miss Lee. Es ist nicht unsere Angelegenheit. Und für den Fall, daß wir, wie Sie eingewandt haben, gezwungen wären, in einem Versicherungsfall gegenteilige Beweise anzuführen, sollten wir uns lieber nicht schon jetzt kompromittieren. Außerdem sind Sie gegenwärtig Mr. Hahn verpflichtet. Und ich schlage vor, daß Sie sich unverzüglich nach Adam House begeben. Es geht darum, Mr. Hahn zu beruhigen, und wir haben ohnehin genug Zeit vergeudet. War das alles?«

»War das alles« hieß in Mr. Brierlys Bürosprache »Das ist alles«, und als Anna langsam nach unten ging, fragte sie sich, was sie zu ihrer Angelegenheit machen sollte, und was nicht. Schließlich kam sie bei ihrem Wagen an und fuhr ohne weitere Verzögerung nach Maida Vale. Der hysterische Mr. Hahn würde sich noch ein wenig gedulden müssen.

Sams Mutter war eine große, hagere Frau. Die Kleidung hing an ihrem Körper, als hätte sie erst kürzlich etwas von ihrem ohnehin geringen Gewicht verloren. Selbst ihre runde, goldumrandete Brille wirkte eine Nummer zu groß. Als sie die Tür öffnete, hielt sie eine grüne Leinenserviette in der Hand. Anna hatte die Familie beim Abendessen gestört.

Mrs. Tulloch tupfte nervös ihre Lippen ab und sagte dann: »O ja, Sam hat mir von Ihnen erzählt. Sie sind die Detektivin, die nach ...« Sie wußte nicht, was sie sagte, und hatte offensichtlich Theas Namen vergessen. »Haben Sie sie gefunden?« fragte sie abwesend. Es klang nicht, als wäre sie wirklich interessiert. Für sie war es einfach eine Sache der Gewohnheit, für die Angelegenheit anderer Leute Interesse zu bekunden. Zu einem anderen Zeitpunkt hätte sie es wahrscheinlich ehrlich gemeint. Doch in diesem Moment war es lediglich eine Konvention, denn an ihre Frage schloß sogleich die Bemerkung an: »Wir sitzen beim Abendessen. Die Kinder essen noch.«

Aus der Küche kam eine Frage, und sie antwortete: »Besuch, Miss... hm, ach du meine Güte.« Sie hatte Annas Namen zwei Minuten, nachdem er ihr genannt worden war, vergessen. Anna berührte sie am Arm und sagte: »Das macht nichts, Mrs. Tulloch. Es tut mir leid, daß ich Sie beim Essen gestört habe. Ich kann später noch einmal wiederkommen.«

»Es tut mir so leid«, sagte Mrs. Tulloch, und ihr Gesicht fiel in sich zusammen, als wäre die Tatsache, daß sie Annas Namen vergessen hatte, der letzte in einer Reihe von unverzeihlichen Fehlern. Sam tauchte aus einem der hellerleuchteten Zimmer am Ende des Flurs auf. In seinem Zuhause wirkte er wesentlich älter und besorgter, doch als er Anna sah, hellte sich sein Gesicht auf.

»Oh, hallo«, sagte er und wandte sich Mrs. Tulloch zu, die er leicht am Arm faßte. »Alles in Ordnung, Mutter, das hier ist Anna. Erinnerst du dich? Warum gehst du nicht in die Küche zurück? Ich habe fertig gegessen.«

Mrs. Tulloch lächelte über seine Sanftheit, und ihr verhärmtes Gesicht nahm einen Ausdruck von Dankbarkeit an. Wie ein gehorsames Kind ging sie in die Küche. Sam sagte: »Es freut mich, daß Sie gekommen sind. Sie können sich gar nicht vorstellen, wie bedrückend es hier ist, wo wir vier jetzt doch allein sind. Es kommt mir vor, als wären wir eingesperrt. Kommen Sie ins Arbeitszimmer. Hier wird uns keiner stören.« Er öffnete eine Tür und machte das Licht an. »Kümmern Sie sich nicht um Mutter«, fuhr er fort, während er das Zimmer betrat. »Sie scheint sich im Moment nicht konzentrieren zu können.«

Das Arbeitszimmer war ein kleiner Raum mit einem großen, dunklen Eichentisch und einigen Sesseln. Eine Wand war mit Spanplatten überzogen, die zu einem Pinnboard umfunktioniert worden waren.

»Hier hat Dad immer gearbeitet«, sagte Sam. Er stellte ein elektrisches Heizgerät auf der niedrigsten Stufe an und zog zwei Stühle näher heran. Das Zimmer wirkte klamm, als wäre es seit Wochen nicht benutzt worden. »Setzen Sie sich«, sagte er. »Ich hole uns einen Tee.«

»Geh nicht«, sagte Anna überstürzt. Sie glaubte, daß, ließe er ihr mehr Fürsorge oder Höflichkeiten zukommen, sie nicht mehr in der Lage wäre, ihm das zu erzählen, worauf er ihrer Ansicht nach ein Recht hatte.«

»Was ist los?« fragte er und sah sie eindringlich an. »Irgendwas falsch gelaufen?«

»Ja«, sagte Anna zögernd. »Und ich weiß nicht, wie ich es dir sagen soll.« Sie setzte sich, und er nahm den gegenüberliegenden Stuhl. »Ich glaube nicht, daß deine Mutter es verkraften würde, und ob deine Schwestern es verkraften würden, weiß ich nicht; deshalb kann ich es nur dir sagen.«

»Na gut, reden Sie weiter.« Jetzt wirkte Sams Gesicht ebenso verhärmt wie das seiner Mutter. Anna holte tief Atem und sagte: »Hör zu, Sam, bald – vielleicht schon morgen werdet ihr einen Telefonanruf von der Polizei in Southampton kriegen, und ich möchte, daß du darauf vorbereitet bist. Dein Vater ist dort aufgetaucht, und einer von euch wird ihn identifizieren müssen.«

»Southampton?« fiel Sam ihr verwundert ins Wort. »Er ist in North Devon ertrunken. Wie zum Teufel kann er dann in Southampton auftauchen?«

Anna holte wiederum tief Atem. »Er ist nicht ertrunken«, sagte sie. »Er wurde erschossen. Dein Vater ist nicht am Stony Point ertrunken. Ich weiß nicht genau, was mit ihm geschehen ist, aber zehn Tage später ist er erschossen aufgefunden worden...«

»Zehn Tage später? Wieso ist er dann nicht nach Hause gekommen?«

»Oh, Sam«, sagte Anna hilflos. »Ich weiß nicht, warum er getan hat, was er tat. Ich bin nur durch Zufall darauf gestoßen, als ich Thea Hahns Spur zurückverfolgt habe. Aber es scheint klar zu sein, daß er zumindest die letzten zehn Tage mit ihr in Southampton verbracht hat. Vielleicht hatte er einen Zusammenbruch oder etwas in der Art. Ich weiß es nicht. Aber in der Nacht, in der er gestorben ist, waren sie beide im gleichen Hotel. Und, Sam, man hat die Waffe gleich neben ihm gefunden, und ich bin mir ziemlich sicher, daß es die Luger von deinem Großvater war.«

Sam starrte sie aus Augen an, die er nicht auf einen Punkt konzentrieren zu können schien. Sie fuhr hastig fort: »Sam, wie heißt euer Rechtsanwalt? Du mußt ihn dazu bringen, daß er euch hilft und deiner Mutter vielleicht alles erzählt. Sam?«

Sam hatte den Blick von ihr abgewandt. Er ließ den Kopf hängen, und sein Körper zuckte in unregelmäßigen Abständen, als wollte er ihr bedeuten, daß er nichts von dem glaubte, was sie gesagt hatte. Sie erhob sich und stellte sich, ihre Hand auf seine Schulter gelegt, neben ihn. Im Hintergrund sah sie die Wand mit den Spanplatten, die mit verschiedenfarbig markierten Stundenplänen, mit Fotos, Zeichnungen und Postern übersät war. Postern von Amnesty International, dem Kinderbund, der »Rettet den Wal«-, »Rettet das Royal Court Theatre«-Initiativen, des »South Coast Conservation Corps«, der Abrüstungsgeg...

»Mein Gott«, murmelte Anna vor sich hin, und sah noch einmal auf die Wand. Da war es. Inmitten der Anzeichen für Joseph Tullochs gutgemeinte Intentionen, ein Poster des »South Coast Conservation Corps«.

30

»Sam!« sagte Anna mit flehender Stimme. »Bleib nicht einfach so sitzen. Bitte. Wir müssen versuchen, aus der ganzen Sache etwas zu machen, mit dem deine Familie umgehen kann. Wer ist euer Rechtsanwalt?«

»Onkel Toby.« Sam räusperte sich und hob den Kopf. »Robert Vazey. Wozu brauchen wir seine Hilfe? Ich verstehe gar nichts mehr.«

»Weil du das nicht allein schaffst. Du wirst seinen Rat brauchen. Dein Onkel könnte sich mit der Polizei verständigen, vielleicht sogar selbst nach Southampton fahren – um deiner Mutter das zu ersparen. Komm schon, Sam. Such seine Nummer raus.«

Er stand auf, ging zum Schreibtisch seines Vaters und wühlte im Telefonbuch. Als er die richtige Seite gefunden hatte, reichte er es an Anna weiter. Auf dem Fensterbrett neben dem Schreibtisch stand ein Telefon. Sie wählte die Nummer, und als Robert Vazey ans Telefon kam, stellte sie sich vor und gab so präzise wie möglich das wieder, was sie Sam bereits erzählt hatte. Er sagte, er wäre schon auf dem Weg. Er hatte schockiert geklungen, doch gleichzeitig so gewirkt, als wäre er durchaus fähig, die Implikationen dessen, was sie ihm erzählt hatte, zu begreifen. Seine Frau wäre Mrs. Tullochs Schwester, hatte er ihr gesagt. Er würde sie mitbringen.

Während des Gesprächs hatte Sam sich neben sie gestellt. Ab und zu warf sie einen Blick auf ihn und sah, daß er aufmerksam ihre Lippen beobachtete, als müßte er, unfähig, seinen Ohren zu trauen, von ihren Lipppen ablesen, was sie sagte. Als das Gespräch beendet war, nahm sie ihn an der Hand und führte ihn zu seinem Stuhl zurück.

Nach einer Weile sagte er: »Hat Dad mit Thea Hahn eine Affäre gehabt? Aber das ist nicht möglich. Sie ist so alt wie ich. Und sehen Sie –« Er gestikulierte, als wollte er mit einer einzigen Handbewegung alle Poster, die an der Wand hingen, umfassen. »Das ist sein Leben. Er hat sich um alles gekümmert, außer um sich selbst. Ich kann das nicht verstehen. Es muß ein Irrtum gewesen sein.«

»Ich weiß nichts über seine Beziehung zu Thea, aber Sam, es war kein Irrtum. Sie ist dortgewesen. Das ist alles, was ich dir mit Sicherheit sagen kann. Aber sie ist ein seltsames Mädchen, sehr unglücklich. Es ist möglich, daß er ihre Brillanz durchschaute und Mitleid mit ihr hatte.«

»Das würde zu ihm passen.« Auf einmal klang Sam verbittert. »Er ist auf alle reingefallen, für die er Mitleid haben konnte. Alles, was man machen mußte, war, ihm eine herzzerreißende Geschichte zu erzählen.«

»Ich glaube nicht, daß es so abgelaufen ist«, sagte sie leise. »Was immer auch passiert sein mag, es hat viel mehr bedeutet als nur das. Ich weiß, daß du wütend bist, und ich weiß, daß du es nicht verstehen kannst. Aber mach dies alles nicht gemein und häßlich. Das hilft nicht. Es macht es dir nur schwerer, die ganze Sache zu akzeptieren.«

»Ich will es gar nicht akzeptieren«, schrie Sam auf. »Ich will wütend sein.«

»Nun, es ist passiert, und du wirst es einmal akzeptieren müssen. Aber du hast ein Recht darauf, wütend zu sein. Mach es dir nur nicht noch schwerer, indem du glaubst, daß es gemein und häßlich war.« Sie zermarterte sich den Kopf, um etwas zu finden, das ihn trösten könnte, doch ihr fiel nichts ein. Nach einigen Minuten sagte Sam: »Ich weiß nicht, warum das alles so schrecklich ist. Immerhin habe ich schon gewußt, daß er tot ist.«

»Das liegt weniger an seinem Tod als daran, daß er euch verlassen und hintergangen hat.« Sie schwieg, weil ihr auffiel, daß sie genau das gesagt hatte, was ihn am wenigsten beruhigen würde. Aber zu ihrer Überraschung begann er, beinahe zu lächeln. »Das ist es. Genau das ist es. Ich habe gewußt, daß Sie es verstehen würden. Womit ich zurechtkommen muß, ist nicht sein Tod, sondern sein Leben, oder?«

»Du hast recht, Sam.« Anna drückte dankbar seine Hand. »Er war besser als die meisten Männer. Und gute Männer fallen auch auf die Nase, nur daß sie weiter zu fallen haben.« Bis die Vazeys eintrafen, unterhielten sie sich leise.

Als sie in Adam House ankam, war es tiefste Nacht. Draußen war es kühl, und in der leeren Eingangshalle hallten ihre Schritte wider. Quex saß auf dem Empfangstisch und las eine Zeitschrift, die von unzähligen Kaffeeflecken übersät war. Er sprang vom Tisch und sagte: »Was ist passiert? Wir haben dich bereits vor Stunden erwartet. Theas Vater hat gedroht, sie von hier wegzunehmen.«

Er hielt inne und starrte sie an. »Mein Gott, Leo, du siehst wirklich mitgenommen aus«, sagte er in einer ruhigeren Tonlage. »Sie müssen dich durch die Mangel gedreht haben. Was ist passiert?«

»Wo ist Dr. Frank?« Anna wollte sich mit Quex auf kein langes Gespräch einlassen. Seine Sympathiebekundungen gingen ihr auf die Nerven, und zudem hatte sie noch viel Arbeit vor sich.

»Er ist in seinem Büro«, sagte Quex. »Komm mit, ich bringe dich zu ihm.«

Im dritten Stock fanden sie Dr. Frank, der die Füße auf seine Couch gelegt hatte. Er diktierte einige seiner hastig hingeschriebenen Notizen auf einen Kassettenrecorder. Neben ihm stand ein Teller mit einem Turm von Käse- und Tomatensandwiches, der umzukippen drohte. Er nahm ein Sandwich, gab es Anna und reichte den Rest, ohne ein Wort zu sagen, an Quex weiter. Augenscheinlich hatte er sich an dessen Appetit gewöhnt; die beiden kamen gut miteinander aus. Anna war froh darüber, daß sich zumindest eine Sache positiv entwickelt hatte.

Dr. Frank sagte: »Thea schläft heute unter Aufsicht in der geschlossenen Abteilung. Sie haben wahrscheinlich gehört, daß sie sich die Pulsadern aufschneiden wollte. Aber man hat Ihnen wahrscheinlich nicht erzählt, daß das Ganze nach einem Besuch ihres

Vaters passiert ist. Ich habe alles darangesetzt, ihn von seinen Besuchen abzuhalten, aber man kann diesen Mann nicht für immer abweisen. Ich mußte ihn natürlich über den Zwischenfall informieren, und bedauernswerterweise ist er sofort zurückgekommen.«

»Er hat an Theas Bett gesessen«, warf Quex ein. »Und er hat ihr erzählt, daß er sie fortbringen würde, und daß sie beide ganz alleine einen Urlaub in Südfrankreich machen würden, und da hat sie durchgedreht. Tony hatte die Schnitte an ihrem Arm genäht, und sie hat versucht, die Fäden mit ihren Zähnen herauszuziehen.«

»Ich habe ihn schließlich davon überzeugen können zu gehen, und wir haben es bewerkstelligen können, daß Thea sich beruhigte, aber seitdem habe ich jede halbe Stunde entweder ihn oder seinen Rechtsanwalt am Telefon gehabt. Sie haben mich über ethisch nicht zu rechtfertigendes Verhalten und Gerichtsbeschlüsse belehrt. Würden Sie mit ihm reden und versuchen, ihn zu beruhigen?«

»Ich werd's versuchen«, sagte Anna. »Kann ich Ihr Telefon benutzen? Ich möchte nicht unbedingt nach Wimbledon fahren, außer wenn es unbedingt nötig ist.«

»Erzählen Sie ihm nicht, daß Sie von hier anrufen«, warnte Dr. Frank sie. »Sonst denkt er noch, Sie wären Teil der Konspiration gegen ihn. Wir können Sie allein lassen, wenn Sie jetzt anrufen wollen.«

»Nein.« Anna nahm den Hörer auf und begann zu wählen. »Ich werde ihm ein paar Dinge erzählen, die Sie auch hören sollten.«

Das Gespräch mit Mr. Hahn begann mit einer Schimpfkanonade, die gegen Dr. Frank gerichtet war. »Er will mir meine Tochter wegnehmen«, sagte Mr. Hahn unter anderem. »Er verdirbt ihr den Verstand. Ich muß sie sofort von dort wegnehmen.«

Anna schloß die Augen und ließ ihn reden, wobei sie, sobald die Situation es verlangte, einige mitfühlsame Geräusche ausstieß. Nach einiger Zeit, als es sich anhörte, als hätte er nichts mehr worüber er sich beklagen könnte, sagte sie: »Ich denke, ich verstehe Ihre Gefühle, Mr. Hahn. Das alles muß Sie schrecklich aufregen. Aber ich bin, wie Sie es verlangt haben, nach Adam House gefahren, und Thea schläft ruhig. Ihr ist keinerlei Behandlung zugekommen, der Sie nicht zustimmen würden.« Sie sah Dr. Frank an, der ihr bestätigend zunickte. »Keine Psychopharmaka«, fuhr sie fort. Wieder nickte Dr. Frank. »Keine Elektroschocks, keine Hypnose oder was Sie sonst befürchtet haben könnten. Meiner Meinung nach haben Sie mit dieser Klinik eine gute Wahl getroffen. Im Laufe meiner Untersuchungen habe ich nur Gutes darüber gehört.« Wieder schloß sie ihre Augen, um Dr. Franks Reaktion auf diese Bemerkung zu vermeiden. Dann fuhr sie behutsam fort: »Ich denke, das Mißverständnis ist dadurch aufgekommen, daß Thea so stark auf Sie reagiert. Und das könnte Ihnen einen falschen Eindruck von dem vermittelt haben, wie ihr Geisteszustand ansonsten ist.« Sie öffnete die Augen. Dr. Frank nickte heftig.

»Warum zeigt sie solche Reaktionen, wenn Dr. Frank sie nicht gegen mich aufhetzt?« fragte Mr. Hahn mit Donnerstimme vom anderen Ende der Leitung.

»Das kann ich Ihnen nicht genau erklären, aber ich weiß, das Theas Verhalten seine Wurzeln in etwas hat, das geschehen sein muß, bevor Dr. Frank mit seiner Behandlung begonnen hat. Sie werden zum Beispiel schon gehört haben, daß der Mann, der in Southampton erschossen aufgefunden wurde, ihr Privatlehrer Joseph Tulloch gewesen ist. Nun, ich habe Fotos von ihm gesehen, und als erstes ist mir seine Ähnlichkeit mit Ihnen aufgefallen.«

Dr. Frank und Quex sahen einander an. Mr. Hahn sagte: »Sie meinen, daß sie mich für den Mann gehalten haben könnte, der Selbstmord begangen hat?«

»Ich denke, das ist schon möglich«, erwiderte Anna.

»Könnte sie mich etwa für einen Geist oder eine Wiedergeburt gehalten haben? Das würde vieles erklären.«

»Ganz bestimmt.« Wenn er sich durch solche Illusionen beruhigen ließe, mochte es auch nur für kurze Zeit sein, würde sie es dabei belassen. Jetzt richtete er seinen Zorn gegen Joseph Tulloch, und da dies niemandem schaden konnte, hörte Anna ihm einfach zu.

Nachdem sie endlich hatte auflegen können, wandte sie sich Dr. Frank zu und sagte: »Er befindet sich in dem Irrglauben, daß Thea sich vor dem Geist des alten Tulloch fürchtet.«

»Einfache Lösungen für einfache Köpfe«, sagte Quex glücklich. Dr. Frank lächelte und sagte: »Irgendwann wird man das richtigstellen müssen. Aber wenn das bedeutet, daß er mir für einige Zeit nicht ins Gehege kommt, bin ich Ihnen sehr dankbar. Thea wird soviel Zeit wie möglich benötigen. Würden Sie mir jetzt erzählen, was ihr zugestoßen ist, wenn damit nicht zu viele Geheimnisse ausgeplaudert werden? Und ob immer noch die Gefahr besteht, daß sie verhaftet wird?«

Anna erzählte ihm alles, was sie wußte, und schloß ihre Ausführungen mit der Bemerkung, daß Thea ihrer Meinung nach jetzt nicht mehr in so großer Gefahr wäre wie noch am Vortage, daß die Möglichkeit einer Verhaftung jedoch immer noch bestünde.

»Dennoch hat sich die Lage wesentlich gebessert«, bemerkte Dr.

Frank, als sie zu einem Ende gekommen war. »Und vielen Dank für diese Informationen. Ich werde sie gut zu nutzen wissen.« Er äußerte sich nicht weiter zu dem, was sie ihm erzählt hatte, und deshalb fragte sie nach einer Pause und ein wenig unsicher: »Wird sich Theas Zustand bessern?«

Für einige Sekunden sah er sie ruhig an. Dann sagte er: »Hören Sie, ich weiß, daß Sie einen langen Tag gehabt haben, aber würden Sie nicht trotzdem herunterkommen und sie sehen wollen? Sie hat nach Ihnen gefragt, und es würde ihr viel bedeuten, wenn Sie sich kurz blicken ließen.«

Auf dem Weg zum zweiten Stock hob er nochmals an: »Es wäre unrealistisch zu sagen, daß es ihr im Moment besser ginge. Ich fange erst an, ihre Probleme zu verstehen. Und ich möchte nicht, daß bei Ihnen der Eindruck entsteht, sie könnte aus dieser Sache völlig unbeschädigt herauskommen, selbst wenn die Umstände außerordentlich günstig wären. Nach einiger Zeit wird sie vielleicht wieder mit dem Leben zurechtkommen. Im Moment ist sie schrecklich zerstört, und was mit Tulloch passiert ist, kann nur die Spitze eines riesigen Eisbergs sein.«

Die geschlossene Abteilung war der einzige Teil von Adam House, der wie ein Krankenhaus wirkte. Um einen Zentralbereich, in dem zwei Schwestern Karten spielten, waren Kabinen mit Glasfenstern angeordnet. Nur drei der Kabinen waren belegt.

»Alles ruhig?« fragte Dr. Frank munter, als eine der Schwestern aufstand, um sie hereinzulassen.

»Sie sind noch spät bei der Arbeit«, sagte die Schwester und führte sie zu Theas Bett. »Ja, alles ruhig. Ich glaube, Ihre Patientin ist jetzt eingeschlafen.«

Doch Thea schlief nicht. Als Dr. Frank und Anna sich auf Zehenspitzen an ihr Bett schlichen, öffnete sie träge die Augen. Sie lag auf dem Rücken und hatte die Arme, die vom Handgelenk bis zu den Ellbogen sorgfältig umwickelt waren, auf der Bettdecke liegen. Als Anna auf sie zukam, drehte sie eine Hand um. Anna schüttelte sie. »Was hast du getrieben?« fragte sie liebevoll. »Du mußt ja total durchgedreht sein, sämtliche Leute so zu erschrecken.« Thea lächelte verschlafen. Sie wirkte wie ein unerzogenes kleines Mädchen, das von vornherein wußte, daß ihr verziehen werden würde.

»Schlaf jetzt«, fuhr Anna fort. »Und sei das nächste Mal nicht so ungezogen.« Sie fühlte sich, als hätte sie den ganzen Abend damit verbracht, alberne Dinge zu sagen. Sie hielt Theas Hand noch ein wenig länger und fragte sich, wieso Thea oder Sam überhaupt Vertrauen in sie hatten.

Thea schien eingeschlafen zu sein, und Dr. Frank tippte sie auf die Schulter. Als sie zur Eingangshalle zurückgingen, sagte Dr. Frank unvermittelt: »Wissen Sie, Quex ist sehr an Ihnen interessiert. Er ist ein guter Mann, aber ziemlich einsam.«

»Davon habe ich nichts gewußt«, sagte sie barsch. Sie konnte sich nicht vorstellen, wieso er dieses Thema hätte aufbringen sollen, außer um sie zu warnen, doch er äußerte sich nicht weiter.

Quex hatte geduldig in der Eingangshalle gewartet. »Laß uns essen gehen, ja?« schlug er vor. »Ich lad' dich ein.«

»Sie sah ihn mißtrauisch an. Sie konnte sich nicht entscheiden, ob er an ihr interessiert war oder nicht. Er wirkte hungrig wie immer. Doch um sicherzugehen, sagte sie: »Ich bin zum Essen zu müde. Alles, was ich will, sind ein Bad und ein Bett.«

Er wirkte zwar enttäuscht, aber nicht todunglücklich. Es war schon seltsam, dachte sie auf ihrem Nachhauseweg, wie mißtrauisch man auf jemanden reagierte, von dem man annahm, daß er an einem interessiert war.

31

»Würde es Ihnen etwas ausmachen, dem Taxi da vorne zu folgen? Dem, das gerade losfährt?« fragte Anna. Es war äußerst ärgerlich, daß sie eine Stunde, nachdem sie in Woking angekommen war, an der Waterloo Station ein Taxi nehmen mußte, weil ihr Wagen einige Kilometer weiter in Surrey auf einem Parkplatz stand.

»Was führen Sie im Schilde?« fragte der Taxifahrer, der sie zwar auf die Schippe nehmen wollte, ein langes Gähnen jedoch nicht unterdrükken konnte. »Ich habe gedacht, nur amerikanische Detektive und der Geheimdienst lassen sich auf solche Scherze ein. Für Damen ist das nichts, außer wenn es sich um das Liebchen Ihres Mannes handelt.«

»Regierungsauftrag«, sagte Anna nervös. »Hören Sie, auf der Brücke ist viel Verkehr, und Sie werden ihn aus den Augen verlieren, wenn Sie nicht dranbleiben.«

»Versetzen Sie sich mal an meine Stelle«, meinte der Mann beleidigt. »Sie fahren, und ich lehne mich zurück in den Sitz. Glauben Sie eigentlich, ich bin grün hinter den Ohren?«

»Tut mir leid.« Sofort setzte sie eine zerknirschte Miene auf. »Sie sind fabelhaft. Ich weiß gar nicht, wie Sie das schaffen.«

»Übungssache«, sagte er, während sie über die Waterloo Bridge donnerten. »Wie lang ich schon Taxi fahre, werden Sie wissen wollen.

Nun, im Juni sind es vierzehn Jahre. Seit ich die Army verlassen habe.«

»Unglaublich«, sagte Anna, während sie Patricia Westermans Taxi von all den andern zu unterscheiden suchte. Sie hoffte, ihrem Fahrer würde das besser gelingen als ihr. Die Sonne stand hoch über dem Fluß und strahlte in einem harten, klaren Licht, wie es nur selten in England zu finden war.

»Kriegen Sie in Ihren Job oft solche Aufträge?« fragte der Fahrer. »Ich werde Ihnen meine Visitenkarte geben. Ihre Abteilung könnte mich unter Vertrag nehmen. »Ich hab' schon immer gesagt, daß es in diesem Land zu viele Ausländer gibt, die nichts Gutes wollen. Mir ist schleierhaft, wieso die Regierung sie alle hereinläßt. Wenn ich an dieser Stelle wäre, würde ich mit den Arabern anfangen. Haben die dieses Land ruiniert oder nicht?«

Auf allen Straßen, die sie entlangfuhren, waren schwarze Taxis zu sehen: auf der Strand, der Mall, der Constitution Hill Street und auf der Knightsbridge. Für einen bangen Moment glaube Anna, der Fahrer würde sie bis zur Kensington High Street fahren, zu eben der Straße, von der aus sie heute morgen gestartet war. Doch er bog nach rechts auf die Brompton Road ab und hielt vor »Harrods« an.

»Wir sind angekommen«, meinte der Fahrer stolz. »Ich bin doch nicht so tranig, wie Sie gedacht haben, oder?«

Zu ihrem Erstaunen sah sie Mrs. Westerman hinter der aus Ziegel und Glas zusammengesetzten Fassade verschwinden. Sie gab dem Fahrer das Geld, das sie schon bereitgehalten hatte, und eilte ihr hinterher.

Das war reiner Zufall, dachte Anna, während sie sich durch die Menge schob, um Mrs. Westerman nicht aus den Augen zu verlieren. Reiner Zufall, daß Mrs. Westerman gerade diesen Tag für einen Einkaufstrip nach London gewählt hatte. Wenn Anna sie jetzt nicht aus den Augen verlöre, würden sich ihr bei Selfridges, Marks und Spencer oder auf der Bond Street noch mehr Möglichkeiten bieten, und ihr sank der Mut bei dem Gedanken an die Taxifahrten, die dann nötig wären. Es wäre lediglich eine Frage der Zeit, bevor Mrs. Westerman völlig im Gedränge verschwinden würde.

Doch im Moment schien Mrs. Westerman sich mit einem Bummel durch das Erdgeschoß von »Harrods« zu begnügen. Schließlich entschied sie sich für die Schreibwarenabteilung, wo sie ein paar kleine Einkäufe tätigte. Sie kaufte lediglich einige Briefkarten und ein Adreßbuch, konnte die Verkäuferin überreden, ihr eine der auffälligen Plastiktüten von »Harrods« zu geben.

Anna schöpfte ein wenig Hoffnung. Es schien, als wollte Mrs. Westerman lediglich die Zeit bis zum Mittagessen überbrücken. Sie war äußerst gepflegt und mit jener Liebe zum Detail gekleidet, die Frauen aus den Vororten, sobald sie sich dem Licht der Großstadt aussetzen, eigen ist. Die tadellosen Alligatorschuhe, die absolut perfekt auf die Handtasche abgestimmt waren, würde sie nach einigen Stunden verfluchen, dachte Anna gehässig. Solche Schuhe sorgten dafür, daß die Taxifahrer immer Arbeit hatten.

Nach einem kurzen Gang durch die Gartenmöbelabteilung sah Mrs. Westerman auf die Uhr und strebte dem Ausgang zu. Vorbei an all den kleinen, eleganten Geschäften ging sie eilig den Beauchamp Place hinunter, um in einem Weinlokal am untersten Ende der Straße einzukehren. Anna lugte durch die Glastür. Sie sah, wie ein Mann seine Aktentasche von dem leeren Platz neben ihm nahm und ihn Mrs. Westerman anbot. Ansonsten war alles besetzt. Einige Männer, die ihre ersten Drink bereits zur Mittagszeit zu sich nahmen, standen in drei Reihen an der Bar. Der Mann küßte Mrs. Westerman auf den Mund und tätschelte ihre Schenkel. Es war nicht Mr. Westerman.

Anna zog sich auf die gegenüberliegende Straßenseite zurück, um dort zu warten. Es hatte ihr keine Mühe bereitet, die Telefonnummer des »South Coast Conservation Corps« herauszufinden. Und es hatte fast noch weniger Zeit in Anspruch genommen festzustellen, daß der ehrbare Vorsitzende dieser Naturschutzvereinigung, Paul Knight, sich keineswegs um eine verletzte Frau hatte Sorgen machen müssen. Seiner Frau war es nie in ihrem Leben besser gegangen. Die Versammlung des »Conservation Corps« am Dienstag dem vierundzwanzigsten war abgesagt worden, weil der Vorsitzende auf einem Geschäftstreffen in Amsterdam aufgehalten worden war. Aber ein Anruf bei Paul Knights Firma hatte genügt, um zu erfahren, daß er in jenem Monat überhaupt nicht in Amsterdam gewesen war.

»Wenn Sie etwas aus Mrs. Westerman herausbekommen wollen, müssen Sie sie in einer schwachen Minute treffen«, hatte Mr. Brierly bemerkt.

Und Mr. Embury, der jetzt fast schon zum festen Inventar des Büros gehörte, hatte hinzugefügt: »Wie schade, daß Mr. Schiller noch nicht von Southampton zurück ist. Er scheint ein Mann mit außerordentlichen Fähigkeiten zu sein.«

»Ich bin sicher, daß Miss Lee ihn würdig vertreten wird, bis er zurückkommt«, hatte Mr. Brierly gesagt, wobei er Anna einen warnenden Blick zugeworfen hatte. »Miss Lee, wenn Sie so freundlich wären, die betreffende Dame bis auf weiteres unter Beobachtung zu halten?«

Sicherlich, nichts ist gewiß, dachte Anna nun hämisch. Aber es war durchaus möglich, daß der Mann, der Mrs. Westerman in dem Weinlokal die Schenkel tätschelte, Paul Knight war. Und sie wüßte nicht, was Mrs. Westerman in eine ungünstigere Position bringen könnte, als mit ihm erwischt zu werden.

Das Paar erschien um zwei Uhr in der Tür des Lokals und ging zur Brompton Road, wo es nach einem Taxi winkte. An einem warmen Tag waren in der Nähe von »Harrods« leicht Taxis zu finden, und Anna erwischte ebenfalls eines. Sie war entschlossen, sie nicht aus den Augen zu verlieren. Solch eine Gelegenheit würde sich ihr nicht noch einmal bieten, selbst wenn sie Mrs. Westerman noch einen Monat beschattete.

Vor einem Hotel in South Kensington, gleich neben der U-Bahn-Station an der Gloucester Road, bezahlten sie. Anna beobachtete, wie sie lachend die Drehtür des Hotels betraten, und das war das letzte, was sie bis zehn vor vier von ihnen sah.

Sie lachten nicht mehr, als sie wieder aus dem Hotel kamen. Beide wirkten zerstreut, wie jemand, der zu spät zu einer Verabredung kommt. Sie gingen zum Rand des Bürgersteigs, und erneut hielt der Mann Ausschau nach einem Taxi.

Anna stand einige Schritte hinter ihnen und rief: »Mr. Knight!« Das Paar drehte sich um. Paul Knight blickte verwirrt drein, als er Anna sah. Mrs. Westerman war entsetzt.

»Was für ein Zufall, Sie hier zu treffen«, sagte Anna munter. »Ich hatte gehofft, Ihnen ein paar Fragen stellen zu können. Sie sind der Vorsitzende des ›Conservation Corps‹, habe ich recht?«

»Der bin ich«, erwiderte er verblüfft.

»Ich hoffe, Ihre Frau hat sich von dem Unfall erholt.«

»Wie bitte?« fragte er. Mrs. Westerman zupfte ihn nervös am Ärmel. »Red nicht mit ihr. Sie ist eine Privatdetektivin.«

»O Gott«, sagte er schwach. »Was um Himmels willen wollen Sie von mir?«

»Eigentlich möchte ich nur ein paar Worte mit Mrs. Westerman wechseln. Aber ich will Sie nicht weiter stören.«

»Sie stören keineswegs«, sagte er, als er seine Haltung wiedergefunden hatte. »Ich komme ohnehin schon zu spät zu meiner Sitzung. Und lassen Sie sich von Ihrem ersten Eindruck nicht täuschen. Mrs. Westerman und ich haben Angelegenheiten des ›Conservation Corps‹ diskutiert. Nicht wahr, Mrs. Westerman?« Ein Taxi mit aufleuchtendem Freizeichen kam vorbei, und Mr. Knight winkte es heran.

»Du wirst mich mit dieser Sache doch nicht alleinlassen wollen«, klagte Mrs. Westerman. Mr. Knight stieg schnell in das Taxi und sagte: »Tut mir leid, ich bin in Eile.«

»Ein echter Gentleman!« meinte Anna. Das Taxi fuhr an und verschwand um die nächste Straßenecke. »Er sieht nicht aus wie jemand, der in Hotelzimmern besoffen umkippt und eine Dame ihr Abendessen allein einnehmen läßt«, fuhr sie fort. »Nun ja, vom ersten Eindruck sollte man sich eben nicht täuschen lassen, oder?«

»Was wollen Sie von mir?« Mrs. Westerman hielt ihre Handtasche gegen die Brust gepreßt, als wäre sie ein Talisman, mit dem sie den bösen Blick abwehren könnte. Die Plastiktasche von »Harrods« baumelte ihr vom Handgelenk.

»Es geht um den armen Mr. Jones.«

»Was soll mit ihm los sein?« Mrs. Westerman wirkte nervös. »Ich habe Ihnen bereits gesagt, daß ich ihn rein zufällig getroffen habe. Ich weiß nichts über ihn.«

»Aber Sie kennen Joseph Tulloch, oder? Sie müßten ihn kennen, denn immerhin waren sie drei Jahre lang in derselben Organisation.«

»O mein Gott«, stöhnte Mrs. Westerman. »Wie haben Sie das herausgefunden?«

»Wieso um Himmels willen haben Sie geglaubt, daß das nicht passieren würde? Jetzt ist nur die Frage – soll ich die Polizei in Southampton anrufen, um ihr mitzuteilen, daß Sie gelogen haben, oder sollten wir uns wie zwei Erwachsene darüber unterhalten?«

»Wie ich annehme, gehen Sie davon aus, daß mir jetzt, wo Sie mich mit Paul gesehen haben, keine andere Alternative bleibt. Nun, dann lassen Sie sich gesagt sein, daß ich alles abstreiten werde, falls Sie mich bei meinem Mann verpfeifen. Ich weiß, daß er mir glauben wird. Er hat mir schon immer vertraut.«

»Dann wird es Ihnen sicher nichts ausmachen, wenn ich jetzt zu ihm gehe, oder? Und die Nachbarn werden Ihnen ebenfalls glauben, oder? Und die Theatergruppe Woking und Umgebung. Hören Sie, es interessiert mich nicht, mit wem Sie sich über die Angelegenheiten des ›Conservation Corps‹ unterhalten, außer wenn Sie mich dazu zwingen. Ich will mit Ihnen über Joseph Tulloch reden.«

Auf der Straße war ein ständiges Kommen und Gehen, und da die Frauen ständig angerempelt wurden, war dies nicht der richtige Ort für ein Gespräch. Anna streckte die Hand aus und hielt ein vorbeifahrendes Taxi an. »Waterloo«, sagte sie dem Fahrer, als sie eingestiegen waren.

»Aber ich habe meine Einkäufe noch nicht erledigt.« Mrs. Westerman schäumte vor Wut und zog sich den Rock über ihre glatten Knie. »Es ist unglaublich.«

Anna schloß die Glasscheibe zur Fahrerkabine. »Zwingen Sie mich nicht, Ihnen eine Liste von dem zu geben, was an dieser Angelegenheit wirklich unglaublich ist«, sagte sie scharf. »Sie sind wahrhaft nicht in der Position, irgendwas zu kritisieren. Nur weil Sie versucht haben, sich durch Lügen aus der Sache herauszuwinden und so Ihr blödes Ansehen wahren wollten, habe ich wie verrückt rumlaufen müssen, um meiner Klientin aus der Patsche zu helfen. Was für ein Ansehen haben Sie denn schon? Bei Ihnen ist doch alles nur Maske.« Sie blickte aus dem Fenster und sah endlose Schaufensterreihen an sich vorübergleiten: hinter Glas ausgestellte Kleider, Porzellan, das auf geschmacklosen Sockeln präsentiert wurde, und farbenfrohe Teppiche, die als Blickfänger arrangiert waren. Es hatte keinen Zweck, nur wegen einer Frau die Beherrschung zu verlieren, deren einziges Motiv die Wahrung des äußeren Scheins war, wenn die Hälfte der westlichen Welt sich daran ausrichtete.

Sie seufzte und sagte: »Erzählen Sie mir einfach, was passiert ist. Wenn Sie wollen, können wir die ganze Sache dann noch einmal durchgehen, damit ich Ihnen erklären kann, wie Sie das Ganze der Polizei präsentieren, ohne allzu schlecht dazustehen. Aber dazu brauche ich Ihre Geschichte, und ich werde nicht aufgeben, bevor ich sie nicht habe. Fragen Sie sich selbst, wie schädlich ich Ihnen werden könnte, wenn Sie mich zwingen, den harten Kurs einzuschlagen.« Sie lehnte ihren Kopf gegen die Rücklehne des Ledersitzes und gab Mrs. Westerman Zeit, sich zu entscheiden.

»Sie raffiniertes, dreckiges, zähes kleines Miststück«, sagte Mrs. Westerman fast verträumt. Einige Minuten später sagte sie entschlossen: »In Ordnung. Womit soll ich anfangen?«

Anna setzte sich auf. »Wie gut haben Sie Joseph Tulloch gekannt?« fragte sie.

»Nicht sehr gut. Er sah zwar gut aus und war intelligent, aber ein wenig prüde. Ich habe ihn einige Male auf Zusammenkünften des ›Conservation Corps‹ gesehen, und letztes Jahr hat er an der Sommeruniversität ein oder zwei Vorträge gehalten. Er war sehr zuvorkommend. Aber so einen Typ hatte ich noch nicht gesehen. Seine gesamte Aufmerksamkeit galt den Langeweilern: alten Damen und Leuten in Rollstühlen.«

Mit anderen Worten, du bist unbeachtet geblieben, dachte Anna gehässig. »Haben Sie gewußt, daß er im Continental Gateway sein würde?«

»Natürlich nicht. Und wäre Paul nüchtern genug gewesen, mit mir zum Abendessen zu gehen, hätten wir ihn natürlich vermieden. Es wäre zu peinlich gewesen, zusammen gesehen zu werden.«

»Aber da Sie nicht allein waren, haben Sie sich zu ihm an den Tisch gesetzt.«

»Wie ich Ihnen bereits sagte, da war dieser verdammte Kongreß. Ich war erleichtert, als ich jemand Bekanntes sah. Aber er war nicht gerade gesellig. Er hat kaum ein Wort gesagt und kam mir sehr depressiv vor. Als ich dann gehört hatte, daß er erschossen worden ist, habe ich geglaubt, es wäre Selbstmord gewesen. Es hat mich ziemlich erstaunt, daß die Polizei den Fall so ernst genommen hat.

An dem Morgen ist das Hotel in hellem Aufruhr gewesen – Polizei, Journalisten, und es gingen tausend Gerüchte um. Deshalb habe ich gelogen und gesagt, daß ich ihn nicht kennen würde. Als ich hörte, daß er sich unter dem Namen Jones ins Hotelregister eingetragen hatte, habe ich darin *die* Chance gesehen, mich aus der Sache rauszuhalten.

Wahrscheinlich war ich zu geschockt; ich konnte nicht richtig denken. Ich hätte darauf kommen müssen, was es für seine Familie bedeutet, wenn er nicht identifiziert würde, aber als mir das eingefallen ist, war es schon zu spät, denn ich hatte schon mit der Polizei geredet. Sie haben wirklich recht – ich habe nur an mich selbst gedacht.«

»Sind Sie bereit, das der Polizei zu erzählen?«

»Wie ich annehme, wird das unumgänglich sein.« Mit einem Ausdruck der Hoffnungslosigkeit blickte Mrs. Westerman einem hübschen Mädchen in einem kirschroten Seidenoverall nach, das vor ihnen die Sloane Street überquert hatte. »Obwohl ich wie ein Idiot dastehen werde. Sie können sich nicht vorstellen, wie langweilig und einsam es einer Frau in meiner Position werden kann. Mein Mann ist älter als ich. Er bleibt tagelang von zuhause weg. Das Leben scheint an mir vorüberzugehen.«

32

Eine endlose Verkehrsschlange bewegte sich gleichmäßig auf den Sloane Square zu. Anna sagte: »Das Leben scheint tatsächlich an Ihnen vorüberzugehen. Entweder öffnen Sie morgens nicht Ihre Post, oder Sie haben ein echtes Kurzzeitgedächtnis.«

»Wie bitte?«

»Tun Sie mir bitte einen Gefallen«, sagte Anna ungeduldig. »Ich habe heute morgen mit dem Geschäftsführer des ›Conservation Corps‹ geredet. Die Nachricht von Joseph Tullochs Tod durch Ertrinken ist eine Woche, bevor Sie ihn im Hotel getroffen haben, in Ihrem Vereinsblatt veröffentlicht worden. Ihnen wurde dieses Blatt auch zugesandt. Sie könnten jetzt behaupten, diese Anzeige wäre Ihnen zufällig entgangen, aber das würde sich nicht halten lassen, denn nach Aussage des Geschäftsführers sind Sie in dem Ausschuß gewesen, der einen Kondolenzbrief an seine Witwe aufgesetzt hat. Als Sie sich an jenem Abend also zu ihm setzten, haben Sie den Tisch mit einem Mann geteilt, von dem Sie glaubten, daß er tot wäre. Hat Sie das nicht ein bißchen überrascht?«

»Sie sind *wirklich* eine schreckliche Ziege.« Mrs. Westerman beugte sich vor und kurbelte hastig die Scheibe herunter. Da der Wind ihr das Haar zerzauste, schloß sie es schnell wieder. »Sie versuchen, mich in die Enge zu treiben.«

»Sie treiben sich selbst in die Enge. Warum gehen Sie nicht einfach davon aus, daß ich meine Hausaufgaben gemacht habe? Fangen Sie am besten noch mal von vorne an. Sie haben Tulloch gekannt. Sie dachten, er wäre ertrunken. Sie haben ihn im Continental Gateway getroffen. Hat Sie das nicht überrascht?«

»Ich war überrascht, wenn Sie es unbedingt wissen wollen.«

»Wie hat er reagiert?«

»Er war absolut fertig. Ich habe geglaubt, er würde vom Tisch rennen. Er hat stotternd vor mir gestanden, weiß wie die Wand, und da habe ich gewußt, daß irgendwas faul war. Bis dahin hatte ich geglaubt, alles wäre nur ein Versehen gewesen, und wir könnten gemeinsam darüber lachen.« Sie öffnete ihre Handtasche und zog eine mit Gold und Email verzierte Puderdose hervor. Sie betupfte sich die Nase und überprüfte ihren Lidschatten. Der Anblick schien sie zu beruhigen, und als sie weiterredete, hatte sie ihr Tempo verlangsamt. »Er hat mir erzählt, er wäre mit den Nerven am Ende. Einfach überarbeitet. Sie hätten nie genug Geld gehabt, egal wieviel Mehrarbeit er sich aufgehalst hätte.

Er hat mir gesagt, daß er seine Kinder zwar liebte, aber nie genug Zeit gehabt hätte, das Zusammensein mit ihnen zu genießen. Sie wären ohne ihn aufgewachsen. Weiter hat er gesagt, er hätte seine Frau nie geliebt. Sie wäre zwar eine wunderbare Frau, aber er hätte ihren Ansprüchen nicht mehr genügen können.

Er hat mir eine Art nervösen Zusammenbruch beschrieben. Ich habe ihn vollkommen verstehen können. Er wollte ein neues Leben beginnen, konnte seine Familie aber nicht in Armut zurücklassen. Er hat mir erzählt, daß er eines Tages seinen Schreibtisch aufgeräumt hat und dabei auf seine Lebensversicherung gestoßen ist. Es wäre ihm vorgekommen, als hätte der Himmel sie ihm gesandt. Tot war er mehr wert als lebendig. Er konnte ein neues Leben anfangen, und seine Familie wäre, im wahrsten Sinne des Wortes, ohne ihn besser dran als umgekehrt. Er hat mir so leid getan, daß ich natürlich zugestimmt habe, als er mich bat, keiner Seele zu erzählen, daß ich ihn getroffen hätte. Ich hätte dieses Versprechen niemals gebrochen, wenn Sie mich nicht dazu gezwungen hätten.«

»Das ist also der zweite Grund, wieso Sie der Polizei nicht erzählt haben, wer er gewesen ist – Loyalität.«

»Rümpfen Sie nur die Nase.« Mrs. Westerman steckte die Puderdose wieder ein und ließ ihre Handtasche entschlossen zuschnappen. »Wie ich annehme, sind Sie noch nie in einer Situation gewesen, in der das Glück eines anderen Menschen von Ihnen abhängt, während Sie – gefangen von sozialen Konventionen und den Wünschen anderer – tausend Tode sterben. Und ich glaube nicht, daß Sie genug Fantasie haben, um sich an seine Stelle zu versetzen. Nun, die habe ich. Ich weiß, wie das ist.«

»Herrgott noch mal, Mrs. Westerman!« Anna platzte vor Wut. »Sie erzählen mir einen Haufen Scheiße.« Sie beugte sich vor und öffnete das Zwischenfenster. »Zur Victoria Street«, wies sie den Fahrer an.

»Entscheiden Sie sich«, murrte er. Anna schlug das Fenster zu.

»Wohin fahren wir jetzt?« fragte Mrs. Westerman.

»New Scotland Yard. Ich geb's auf. Wenn Sie schon Geschichten erzählen wollen, dann tun Sie es doch bitte dort. Die haben mehr Geduld als ich.«

Mrs. Westerman klopfte mit dem Ehering gegen die Scheibe. »Waterloo«, rief sie durch das Zwischenfenster. Der Fahrer bremste und hielt mitten auf der Straße an. Hinter ihnen begann ein Hupkonzert. Der Fahrer drehte sich in seinem Sitz um und öffnete selbst das Fenster. »Werfen Sie eine Münze«, empfahl er ihnen. »Bei Zahl geht's nach Waterloo, bei Kopf zur Victoria Street. Wohin, ist mir egal. Hören Sie nur auf, mich auf die Schippe zu nehmen.«

»Waterloo«, drängte Mrs. Westerman; ihr Mund war blaß vor Zorn und Angst. »Und beeilen Sie sich. Ich muß meinen Zug noch bekommen.«

»Ist Ihnen das recht, Miss?« fragte der Fahrer sarkastisch, schloß das Fenster, als Anna nickte, und fuhr mit einem Ruck an.

»Das werde ich Ihnen nie verzeihen«, sagte sie, während sie ihre

Handtasche öffnete und eine Handvoll Tempotaschentücher daraus hervorfischte.

»Ihr letzte Chance«, sagte Anna unerbittlich. »Danach gehe ich zu Plan B über. Und wenn Sie Plan A schon nicht mögen, werden Sie Plan B verdammt verfluchen.«

»Es kümmert Sie einen Dreck, was für ein Chaos Sie aus meinem Leben machen.« Mit einem Taschentuch betupfte Mrs. Westerman ihre Augenlider. »Er hat mich nicht merken lassen wollen, daß er ein Fall für den Psychiater war. Ich bin lediglich mit ihm auf sein Zimmer gegangen, weil ich dachte, daß ich ihn irgendwie trösten könnte. Ich habe schon die ganze Zeit geglaubt, daß er mich umbringen will. Warum hat er mir nicht vertrauen können?«

»Fragen Sie mich nicht«, sagte Anna, die sich abgewandt hatte, um sich die Tate Gallery zu ihrer Linken anzusehen. »Sie sind also zu ihm aufs Zimmer gegangen. Erzählen Sie weiter.«

»In seinem Koffer hatte er eine Pistole. Ich wollte meinen Augen nicht trauen – Professoren haben keine Pistole bei sich. Er hat sie auf mich gerichtet. Ich schwöre Ihnen, er wollte mich umbringen. Wir haben darum gekämpft, und dann ist die Pistole losgegangen.«

»Vorsicht«, warnte Anna sie. »So weit, so gut. Aber wo hat der Koffer gestanden? Wo haben Sie, und wo hat er gestanden, als er hingefallen ist? Vergessen Sie nicht, daß ich das Zimmer und das gerichtsmedizinische Gutachten gesehen habe. Die Polizei ebenfalls. Wenn Sie die Details nicht richtig wiedergeben, werden die wissen wollen, warum. Sie werden ihnen eine Geschichte erzählen müssen, die den späteren Befunden gerecht wird.«

»Sie glauben mir immer noch nicht, oder?«

»Sie sind gewiefter, als ich dachte«, sagte Anna erschöpft. »Ich habe es fast schon aufgegeben, die Wahrheit herauszufinden – irgend etwas, das den Tatsachen gerecht wird, würde mir schon genügen.«

»Aber ich habe wirklich von Anfang an geglaubt, daß er mich umbringen wollte«, beharrte Mrs. Westerman. »Nur so konnte er sichergehen, daß ich nicht reden würde. Er hat mich zu einem Drink auf sein Zimmer eingeladen. Nun, wie ich Ihnen bereits sagte, hat Paul in meinem Zimmer gelegen und geschlafen. Es war noch früh. Sie müssen wissen, daß ich eine Menge Energie habe. Ich wollte nicht zu meinem Zimmer zurückgehen, nur um Paul beim Schnarchen zuzuhören.«

»Ja?«

»Nun, wir haben mit unsern Gläsern auf dem Bett gesessen. Joseph hatte seinen Arm um mich gelegt. Ich hatte das Gefühl, daß wir gut miteinander auskamen. Er erzählte mir, ich wäre genau die Art von Frau, weswegen er seine Frau verlassen hätte.

Dann ging plötzlich die Tür zum Nebenzimmer auf, und ein Mädchen kam hereinspaziert. Sie trug ein billiges schwarzes Kleid mit einer Goldkette um die Hüften. Sie hat wie ein Flittchen ausgesehen. Es hat mich wütend gemacht, daß er mich so hinters Licht führen wollte. Und sie hat einfach dagestanden und uns mit diesem leeren Gesichtsausdruck, den junge Leute oft haben, angestarrt.

Ich muß etwas ziemlich Zynisches gesagt haben – was genau, daran kann ich mich nicht erinnern. Aber er hat angefangen zu schreien: ›Ich bring' dich um. Ich bring' mich selbst um‹ – und ähnliches. Die Pistole war nicht in seinem Koffer, sondern lag in dem Nachttischchen. Er hat sie rausgeholt. Er war ziemlich durchgedreht, das müssen Sie mir glauben. Ziemlich durchgedreht. Wir haben um die Pistole gekämpft, als sie plötzlich losging. Ich habe nur versucht, mich zu verteidigen. Dieses verdammte Mädchen war schuld. Wir sind gut miteinander ausgekommen, bis sie ins Zimmer spaziert kam.«

»Was hat sie gemacht?«

»Sie hat bloß rumgestanden. Aber sie hatte alles gesehen. Deshalb habe ich sie an der albernen Kette genommen, die sie um die Hüften hatte, und sie gezwungen, ihn sich genau anzusehen. Ich wollte ihr einen Schrecken einjagen. Sie wäre sonst rausgerannt und hätte dem ersten besten alles erzählt. Ich habe zu ihr gesagt: ›Siehst du nun, was du angerichtet hast‹, und habe sie dann in ihr Zimmer zurückgeschickt. Sie sollte packen und das Hotel schleunigst verlassen, und ich habe ihr angedroht, daß sie ins Gefängnis käme, wenn sie irgend jemand erzählte, was sie gesehen hatte. Das ist das einzige, was Mädchen ihres Schlages verstehen.«

»Und: Hat sie gepackt und das Hotel verlassen?«

»Ich habe nicht mehr gesehen, was sie gemacht hat. Ich mußte das Blut abwaschen und mich anziehen. Aber als ich noch mal nachgesehen habe, war ihr Zimmer leer. Wenigstens hatte sie genug Verstand, das Zimmer ohne viel Aufhebens zu verlassen.«

»Sie haben sich gewaschen?«

»Blutverschmiert, wie ich war, hätte ich doch schlecht auf den Flur hinausgehen können, oder? Ich gebe zu, daß ich panisch geworden bin. Ich war in einem schrecklichen Zustand – verängstigt, verheult. Ich habe nur daran gedacht, so schnell wie möglich zu Paul zurückzukommen, und mir war klar, daß keiner wissen sollte, daß ich dort gewesen war.«

»Wie haben Sie das angestellt?«

»Ich habe sein Hemd dazu benutzt, alles, was ich angefaßt haben könnte, abzuwischen. Ich weiß, das klingt kaltblütig, aber ich schwöre, daß es nicht so war. Ich habe mich wie ein Automat gefühlt.«

»Was haben Sie mit dem Reisepaß gemacht?«

Mrs. Westerman wandte sich ihr zu und starrte sie an.

»Er war auf dem Weg nach Frankreich«, sagte Anna. »Deshalb hatte er einen Reisepaß bei sich. Was haben Sie damit gemacht?«

»Ich habe ihn in Stücke geschnitten und zuhause in den Müllschlukker geworfen. Ungeschickt, wie er war, hatte er sich im Hotelregister zwar als Jones eingetragen, aber seinen eigenen Reisepaß dabei. Wenn die Polizei den gefunden hätte, hätten sie gewußt, wer er war, und wenn sie das gewußt hätten, wäre ihnen schnell aufgefallen, daß ich mit ihm irgendwie in Verbindung gestanden haben mußte. Es blieb mir also nichts anderes übrig, als ihn an mich zu nehmen. Solange sie glaubten, daß wir uns nicht kannten, wären sie an mir nicht interessiert.«

»Sie haben recht«, meinte Anna, »das Ganze klingt ziemlich kaltblütig. In der einen Minute gehen Sie mit dem Kerl ins Bett, und in der nächsten werfen Sie seinen Paß in den Müll.«

»Ich bin nicht mit ihm ins Bett gegangen«, rief Mrs. Westerman, der nun wirklich die Tränen herunterliefen.

»Warum haben Sie dann gesagt, daß Sie sich erst anziehen mußten?«

»Habe ich das gesagt?« schluchzte Mrs. Westerman. »Mein Gott, was soll ich jetzt machen?«

Der Fahrer drehte sich um und klopfte an die Scheibe. »Von mir aus können Sie solange sitzenbleiben, wie Sie wollen, meine Damen«, rief er ihnen zu. »Aber wir sind an der Waterloo Station, und ich dachte, sie wollten Ihren Zug nicht verpassen.«

33

»Was zum Teufel hatte Sams Dad mit Mrs. W. im Bett zu suchen?« Die Stimme von Quex prallte an den Kacheln ab und kam mit doppelter Lautstärke zurück. Erschreckt drehten sich zwei Jungen um und starrten ihn an. Hochrot im Gesicht, tauchte Anna unter. Das türkisfarbene Wasser nahm sie auf. Als sie die Augen öffnete, brannte das Chlor darin, deshalb schwamm sie an die Oberfläche und kraulte zum flachen Ende des Beckens.

Wie ein Mähdrescher um sich schlagend, kam Quex ihr hinterher.

Sie beobachtete ihn mit einem Gefühl komischer Verzweiflung. Gab es außer einem Rugbyfeld keinen Ort, an dem er nicht wie Gulliver unter den Liliputanern aus der Menge ragte? Zum Schrecken der Kleinen, die wie Kaulquappen am Beckenrand hingen, kam er, das weiße Wasser in Fontänen um sich spritzend, bei ihr an. Als er sich das Wasser aus den Ohren geschüttelt hatte, richtete er sich auf.

»Hey, Langer«, protestierte ein kleiner Junge. »Du stehst auf meiner Schwester.«

Von irgendwo in der Nähe seines Knies fischte Quex ein heulendes kleines Mädchen aus dem Wasser und brachte es an Land. Anna stieß sich vom Beckenrand ab und schwamm im Bruststil zum anderen Ende des Beckens: Sie fühlte, wie ihre Muskeln sich zusammenzogen und wieder dehnten. Das tat wesentlich besser, als sich den Kopf zu zerbrechen.

Quex holte sie ein und verstellte ihr den Weg. »Was hat Sams Dad...«, hob er an, während sie das durchnäßte Haar aus den Augen schüttelte und wütend mit den Händen kraulte.

»Okay, okay«, sagte sie und schwamm resigniert an den Beckenrand.

»Es ist wohl kaum etwas, das man als einen Akt der Vernunft bezeichnen könnte.« Mit Muskeln, die sich wie Hefezöpfe auf seinem Rücken abzeichneten, hievte er sich aus dem Wasser. Anna zog er mit einem Ruck zu sich hoch.

»Wie kannst du noch einen Akt der Vernunft erwarten?« Sie sah zu, wie ihr das Wasser von den herabhängenden Beinen tröpfelte. »Ich glaube nicht, daß Thea die einzige war, die durchgedreht ist. Glaubt man dem, was Mrs. W. sagt, dann hat er ihrem massiven Charme nicht widerstehen können. Oder anders ausgedrückt: Er hat sie auf sein Zimmer gelockt, um sie umzubringen. Aber wenn du mich fragst, hat er wahrscheinlich geglaubt, Thea dadurch in Schutz nehmen zu können.«

»Das könnte man wohl kaum als einen Akt der Vernunft bezeichnen.«

»Hör schon auf damit«, sagte sie. »Er wird Mrs. Westerman erzählt haben, sie wären allein. Und als sie ihm dann Druck gemacht hat, hatte er keine Ausrede mehr. Und außerdem hat er vielleicht geglaubt, daß sie ihn nicht verpfeifen würde, wenn sie zusammen ein Geheimnis hätten. Armer Kerl!«

»Nun, solange wir nur ihre Version kennen, werden wir das wohl nicht herausbekommen.« Mit dem Fuß wühlte er etwas Wasser auf. »Was ich dir noch sagen wollte, Leo – mein Urlaub ist bald zu Ende und in Kürze werde ich nach Aberdeen zurückfahren. Wirst du Thea weiterhin besuchen, während ich weg bin?«

»Ich denke schon.« Sie zitterte am ganzen Körper.

»Wirst du mir schreiben? Ich möchte dich nicht aus den Augen verlieren. Mein Leben ist ein ständiges Auf und Ab. Es ist ziemlich schwer, es einigermaßen kontinuierlich zu gestalten. Während man weg ist, werden die Freunde in alle Himmelsrichtungen zerstreut – sie heiraten, gehen auseinander, hören auf zu schreiben. Und wenn man zurückkommt, haben sie sich alle irgendwo anders wieder zusammengefunden.«

»Du mußt aber gutes Geld machen.«

»Das ist richtig.« Er wandte ihr sein Gesicht zu. »Wirst du mir schreiben, Leo?«

»Ich bin keine gute Briefschreiberin.« Sie sah ihm ebenfalls direkt ins Gesicht. Er wirkte mehr als hungrig, war aber zu feinfühlig, um weiter in sie zu dringen. »Okay«, sagte sie. »Ich werd's versuchen. Erwarte nur keine allzu vernünftigen Gedanken.«

»Basho?« Dr. Frank drehte, die Stirn in Falten gelegt, das dünne Taschenbuch um. »*Der schmale Weg in den tiefen Norden*? Wie sind Sie denn darauf gekommen?«

»Quex hat es aus Aberdeen geschickt«, erwiderte Anna. »Ich wußte nicht, was ich mitbringen sollte. Er sagt, es sei eine Kombination aus äußerster Einfachheit und tiefsinniger Bedeutung. Ich weiß nicht so recht, ob ich das glauben soll. Ich habe noch nie was von Basho gehört.«

»Quex hat manchmal einen sehr gesunden Menschenverstand«, sagte Dr. Frank nachdenklich. »Aber seinen jungenhaften Enthusiasmus für Geisteskranke finde ich etwas schwer zu verkraften. Können Sie Thea von hier aus sehen?«

Anna, die auf dem Fensterbrett hockte, sah auf den Garten hinaus. Wieder fiel ihr die Ähnlichkeit zwischen Adam House und einem Landhotel auf. Es war früher Nachmittag – das Mittagessen war gerade eingenommen worden und die Patienten waren genau wie Hotelgäste nach draußen gegangen, um die Mahlzeit zu verdauen. Von Hotelgästen unterschieden sie sich einzig und allein dadurch, daß sie nicht zu zweit oder in Gruppen zusammensaßen, um sich zu unterhalten. Die meisten waren allein. Selbst von Dr. Franks Büro aus, das recht weit entfernt lag, war ihre Isolation offenkundig.

Thea hatte sich an einem Baumstamm zusammengekauert. Es wirkte, als wollte sie so wenig Platz einnehmen wie möglich. Ein

Notizheft lag aufgeschlagen vor ihr, und vornübergebeugt kritzelte sie es mit einem Gebaren von Heimlichkeit voll. Der Anblick war deprimierend.

»Was sie braucht«, sagte Anna gedankenverloren, »ist eine zweite Kindheit.«

»Wenn Sie wollen, können sie ihr dabei helfen.« Dr. Frank lächelte und griff nach einem Sandwich. Heute waren sie mit Schinken und Gurken belegt. »Greifen Sie zu«, sagte er und bot ihr den Teller an. Als Anna sich ein Sandwich genommen hatte, fuhr er fort: »Mit älteren Frauen hat sie nicht viel Glück gehabt. Denken Sie nur an ihre Mutter oder an diese schreckliche Mrs...«

»Patricia Westerman«, meinte Anna. »Aber so schrecklich ist sie nun auch wieder nicht. Sie hat nur getan, was viele Leute einmal in ihrem Leben tun: Mit dem falschen Mann ins Bett gehen und lügen, um sich eventuelle Schwierigkeiten vom Halse zu halten. Es wird nur schrecklich, wenn man an die Konsequenzen denkt.« Wieder sah sie aus dem Fenster. Jemand war zu Thea hinübergegangen und hatte sich beobachtend über sie gebeugt. Thea hörte auf zu schreiben und bedeckte das Notizheft mir ihrem Arm. Der Beobachter ließ sie allein.

»Manchmal scheint es zwischen Gut und Böse keinen großen Unterschied zu geben«, fuhr Anna fort. »Manchmal kommt es mir vor, als könnte jegliche Handlung Schaden anrichten.«

»Das klingt aber gar nicht nach Ihnen.« Dr. Franks Augenbrauen zuckten nervös. »Das haben Sie schon richtig gemacht. Sie haben uns die Polizei vom Halse geschafft. Sie haben Mr. Hahn etwas Neues gegeben, über das er sich aufregen kann. Sie haben uns Zeitaufschub gegeben. Vielleicht sogar genug für Theas zweite Kindheit. Wer weiß?«

»Aber auf Kosten der Tullochs.«

»Sie sind keine Historikerin«, sagte Dr. Frank ziemlich spitz. »Sie können die Geschichte nicht ändern. Tullochs Leben war schon lange, bevor er Thea getroffen hat, ein einziges, allerdings sorgfältig verpacktes Chaos. Wenn sie nicht gewesen wäre, hätte ein anderer ihm einen Schlag versetzt.

»Quex sagt, Tulloch hätte gemeint, er wäre bereits tot«, bemerkte Anna. »Schuld bedeutet geistigen Tod, wie er meint, und Tulloch hätte sich wahnsinnig schuldig gefühlt. Nun, ich nehme an, daß man eine Luger mit Seltenheitswert wohl kaum als die übliche Ausrüstung für Flitterwochen bezeichnen kann. Quex meint, er hätte wahrscheinlich etwas wie einen Doppelmord im Sinn gehabt.«

»Quex hat nicht immer unrecht.« Dr. Frank mampfte zustimmend vor sich hin.

»Was letztendlich heißen könnte, daß die schreckliche Mrs. W. Thea das Leben gerettet hat.«

»Reine Spekulation«, sagte er fröhlich. »Quex versteht sich darauf. Aber wir beide können uns dieses ›Was wäre wenn‹ nicht leisten, oder? Bei uns heißt es nur ›Volldampf voraus‹ und mit dem ganzen Durcheinander umgehen, wie wir es vorfinden. Wobei mir einfällt, daß ich in fünf Minuten einen Patienten habe.« Er stand auf und bürstete sich die Krümel vom Anzug. Den halbleeren Teller mit den Sandwiches verstaute er außer Sichtweite in der untersten Schreibtischschublade. Anna kicherte.

»Ich habe immer geglaubt, genau *das* würde ein Seelendoktor nicht tun«, sagte sie. »Das Durcheinander in der untersten Schreibtischschublade verschwinden zu lassen.«

»Gehen Sie«, sagte Dr. Frank, wobei er, die Augenbrauen zusammengekniffen, verlegen grinste. »Gehen Sie und spielen für das kleine Mädchen, das da draußen verloren im Gras sitzt, die große Schwester.« Er beugte sich über den Schreibtisch und wühlte in einem Papierstapel. Anna nahm ihre Tasche. An der Tür hielt er sie zurück, um ihr ein Stück Papier in die Hand zu drücken. »Das ist aus Theas unterster Schublade. Lesen Sie!«

Anna las.

Sein weißes Leben tränkte den Teppich.
Verschüttete Milch.
Er war noch nicht geboren,
Doch das Leben war ihm ein einziger Tod.

»Zerbrechen Sie sich den Kopf darüber«, sagte Dr. Frank. »Mich dürfen Sie nicht fragen, weil ich auch keine Erklärung weiß.«

Anna fragte nicht. Sie ging nach unten.

Zarte Lichtflecke sprenkelten das Gras unter der Platane. Nur mit einem leichten, sauberen Flanellschlafanzug und einem hellblauen Schal bekleidet, den er sich lässig um die Schultern drapiert hatte, lag Selwyn selig lächelnd im Liegestuhl. Ungläubig blickte er in das Glas mit *Roses* Limonensaft.

»Das ist ja verdammt noch mal unglaublich«, brüllte er. »Ich hatte geglaubt, sie würde wenigstens einen Fingerhut voll Gin zugesetzt haben.«

Anna schaltete den Rasenmäher aus und schüttelte sich das verschwitzte Haar aus dem Nacken. Bea lief schnell außer Hörweite.

»Es ist Wodka drin«, sagte Anna, ohne eine Miene zu verziehen. »Du kannst ihn nur nicht schmecken, weil der Limonensaft so stark ist.«

»Nun ja, dann ist es ja gut«, sagte er besänftigt. »Verdammtes Ärztepack. Erst verstümmeln sie einem Kerl wie mir den Leib und dann besitzen sie auch noch die Frechheit, sich zwischen den Gin und mich zu stellen.«

Ein ärgerliches, periodisch auftretendes Summen übertönte den Gesang der Vögel. Sie hob das Funkgerät auf und vergrub es unter einem Haufen frischgemähten Grases.

»Unzuverlässige Dinger, diese Funkgeräte«, sagte Anna geistesabwesend. »Gestern habe ich mich schon sechsmal im Büro gemeldet, aber dieses verdammte Ding war von selbst losgegangen. Die andern sagen dasselbe. Beryl hat die Nase schon ziemlich voll.«

»Wie unverschämt du lügen kannst«, sagte Selwyn, rosarot vor Bewunderung. Mißtrauisch sah er in sein Glas. »Bist du dir sicher, daß da Wodka drin ist?«

»Natürlich bin ich mir sicher.« Seinem Blick hielt sie stand, ohne mit der Wimper zu zucken. Im oberen Stockwerk klingelte das Telefon. Sie wandte sich ab und fuhr fort, den Rasen zu mähen.

Schreibende Frauen der Kriminalliteratur? Wem fielen da nicht Namen wie Agatha Christie, Patricia Highsmith oder Margaret Millar ein! Weibliche »Private Eyes« – mal abgesehen von der ewigen Mittsechzigerin Miss Marple? Da antwortet man/frau mit einem Achselzucken. Da wird verwiesen auf die Reduzierung des weiblichen Figurenpersonals in Kriminalromanen von männlichen (oder auch weiblichen) Autoren. Wird verwiesen auf die Rolle der Frau als Sexobjekt oder intuitiv-kriminalistische Muse, die dem Trenchcoat-Loner kurzfristig hilfreich zur Seite steht.

Denn: Wer kennt schon T. T. Baldwin, die gewiefte Fotojournalistin aus Shannon O'Corkes Romanen? Wer schon eine Kinsey Millhone, die zweifach geschiedene und aus freiem Entschluß in einer Minibude lebende Serienheldin der Krimis von Sue Grafton? Wer schon eine Anna Lee?

In den bundesrepublikanischen Versuchen der Verortung des »Weiblichen« in der Kriminalliteratur wird ihnen jedenfalls keinerlei Beachtung geschenkt.* Lediglich die US-amerikanischen Literaturwissenschaftlerinnen sind zumindest um eine Bestandsaufnahme der weiblichen »Private Eyes« bemüht.**

Angesichts der zunehmenden Popularität von Kriminalliteratur und der Zuerkennung von Literazität über den Rahmen von Trivialliteratur hinaus scheint mir das Bemühen um die Vorstellungsgehalte, die in die Figur der von weiblichen Autoren konzipierten »Private Eyes« eingeht, jedoch mehr als erstrebenswert. Ein erster, notwendig fragmentarischer Bestimmungsversuch soll hier unternommen werden.

Es wäre müßig, den Typ der weiblichen »Private Eye« schlechthin ausmachen zu wollen. In der vorliegenden Literatur ist das Persönlichkeitsspektrum weit gefächert, stellen sich die jeweiligen beruflichen Voraussetzungen durchaus unterschiedlich dar.

T. T. Baldwin arbeitet beispielsweise als Fotojournalistin für die Sportredaktion einer New Yorker Zeitung. Ihre Detektivarbeit ist eher ein zufälliges Abfallprodukt ihrer Suche nach dem Foto, das ihr den Pulitzer – Ziel ihrer gewagtesten Träume – sichern würde.

* Vgl. Cornelia Behrens, »Die Detektivin als literarische Wunschfigur in Kriminalromanen von Frauen«, in: *Frauenliteraturpolitik* (unveröffentl. Reader zur dritten Tagung von Frauen in der Literaturwissenschaft, Hamburg 1986), p. 189–202; Jutta Schultzki, »Die Darstellung der Frauengestalt in der Kriminalliteratur«, ebda., pp. 203–214.

** Vgl. beispielsweise Jane S. Bakerman (Hrsg.), *And then there were Nine ... More Women of Mystery*, Bowling Green, Ohio 1985.

Nachteilig wirkt sich dabei die – erzwungene – Zusammenarbeit mit einem Kollegen von der Zeitung, einem Schürzenjäger erster Güte, aus. Und auch ihr Chef stellt sich stur, wenn es darum gehen soll, ihrer Karriere den Weg zu bereiten.

Ganz anders die Position von Kinsey Millhone: Die hat ihr eigenes Detektivbüro, arbeitet völlig auf eigene Faust und läßt sich auf einen Mann nur ein, wenn es um Informationen geht oder ihr Körper nach Nähe verlangt. Im Unterschied zu Anna Lee, der Teetrinkerin, will sie ihre allabendliche Flasche Wein und gelegentliche Besuche in der Bar nebenan nicht missen.

Doch eines verbindet alle drei: ein an teils schmerzlichen Erfahrungen geschulter Skeptizismus gegen alles, was einen Bart und obendrein vielleicht noch eine Uniform trägt. Pragmatisch, nicht wehleidig reagieren sie auf die männlichen Überlegenheitsgebärden ihrer Kollegen und Auftraggeber – und unterscheiden sich darin von den Protagonistinnen der weiblichen Bekenntnisliteratur, die sich bereits seit Jahren großer Beliebtheit erfreut. So bringt T. T. Baldwin, überzeugte Turnschuhträgerin, ihre vorgeblich typisch weiblichen Eigenschaften durchaus zum Einsatz, wenn sie damit den Überlegenheitsanspruch der Männer subvertieren und für ihre Ziele nutzen kann:

> »Manchmal verwechseln Männer, vor allem die, die auf Maße und Körperkraft Wert legen, Muskeln und Verstand. In einem Kampf der Geister ... ist es dann auf jeden Fall ein Vorteil, eine Frau zu sein. Man braucht nur einmal zu kichern, und schon halten die meisten einen für ein Dummchen. Ihr Fehler. Meine Chance.« (*Nicht nur Haie müssen sterben*, UB 10264)

Erstes Anliegen ist diesen »Private Eyes« die Wahrung ihrer Selbständigkeit im Beruf wie im Privatleben – einer Selbständigkeit, die sich keineswegs exklusiv gibt. Kinsey Millhones Selbstdarstellung in *A is for Alibi* kann mithin fast als programmatisch gelten.

> »Mein Name ist Kinsey Millhone. ... Ich bin zweiunddreißig Jahre alt, zweimal geschieden, kinderlos. Ich halte keine Haustiere. Ich habe keine Pflanzen. Die meiste Zeit bin ich unterwegs, und mir geht es gegen den Strich, irgend etwas unerledigt zu lassen. Sieht man von den Risiken ab, die mein Beruf mit sich bringt, habe ich bislang ein durchschnittliches, wenig aufregendes Leben geführt.«

Explizit feministische Positionen wie die Frauen aus dem Lesbenkollektiv in Barbara Wilsons *Mord im Kollektiv* (Gießen 1985), das meines Erachtens eher eine reichlich bemühte Rekonstruktion von Positionen aus der Alternativbewegung als ein Krimi ist, vertreten diese »Private Eyes« jedoch ebenfalls nicht. Ihr emanzipativer Anspruch leitet sich vor allem aus ihrer Arbeit her – und muß sich an ihr beweisen. Daß dieser Prozeß nicht ohne innere Konflikte, nicht ohne Verzweiflung über die momentane Nicht-Einlösbarkeit ihrer Autonomieansprüche und nicht ohne die Sehnsucht nach der ach so bequemen Rolle des gefügigen Weibchens verläuft, wird in Graftons, O'Corkes und Codys Romanen immer wieder evident und machte ihre Protagonistinnen so glaubhaft und sympathisch. Knallharte Krimiladies, die unangefochten über Männerleichen gehen, sind sie beileibe nicht.

Vor allem in der Figur der Anna Lee findet sich dieses »Anti-Heldentum«, der Gegenentwurf zu den üblichen Attributen eines männlichen Detektivs, realisiert. »Heldentum kommt in meinen Geschichten nicht vor« (*Schlechte Gesellschaft*, UB 10420), erklärte Anna Lee ihrem trotteligen Nachbarn Selwyn und formuliert damit zugleich das Programm von Codys Romanen.

Ihre Karriere als Kriminalautorin begann Liza Cody erst, als sie sich, frustriert von den Arbeitsmöglichkeiten, die sich ihr nach einem abgeschlossenen Kunststudium in London boten, in Somerset aufs Land zurückgezogen hatte. Ihre Begeisterung für Kriminalromane geht auf ihre erste Begegnung mit Chandler zurück. Um reine Nachahmung ist es ihr allerdings nicht zu tun. Vielmehr regte die Lektüre seiner Romane sie zu einem produktiven Gegenentwurf an, in dem die Erfahrungen einer weiblichen Detektivin in den Mittelpunkt gerückt werden sollten. »Schon mit siebzehn«, so Cody in einem 1981 geführten Interview, »war Chandler ein großes Vorbild für mich. Dann habe ich mir vorgestellt, wie es wäre, wenn ein ganz gewöhnliches Mädchen als Privatdetektivin fungieren würde.«

Diese Idee hatte sie bereits in ihrem ersten Roman, *Video-Piraten* (UB 10403), mit der Figur der Anna Lee realisiert. In den Krimis, die nach der Verleihung des John Creasy Awards für den besten britischen Krimi-Erstling folgen sollten, entwickelte die Londoner Detektivin sich zu einer Serienfigur.

Anna Lee, leidenschaftliche Teetrinkerin und Heimwerkerin (auf ihrer Küchenanrichte findet sich statt eines Toasters ein Ladegerät für ihre Autobatterie!), entspricht trotz ihres maßvollen Privatlebens durchaus nicht dem Prototyp der alleinstehenden, berufstätigen Frau. Ihre Stelle bei der Polizei hat sie gekündigt, als sie entdeckte, daß »sie lauter Jobs bekam, bei denen gutes Aussehen die einzige Vorraussetzung war, und bei denen ein wichtiger Schritt zum Erfolg darin bestand, Dinge in alphabetischer Reihenfolge abzuheften«. (Jäger-Latein, UB 10432)

Als Angestellte der Detektei Brierly sind ihr Fälle übertragen, bei denen es, wie auch in *Kopf kaputt* (UB 10457), vor allem auf psychologisches Fingerspitzengefühl ankommt. Gelegenheit, bei Verfolgungsjagden oder in brenzligen Situationen nicht zu brillieren, hat sie nicht: Bei Schlägereien erweist sich immer wieder ihre körperliche Unterlegenheit. Ihr Rechtsempfinden und ihre pragmatische Vorgehensweise zielen darauf ab, die Sozio- und Psychogenese eines Verbrechens nachzuvollziehen.

Auf ihren Streifzügen durch sämtliche Schichten und Gruppen Londons erweist sich immer wieder, daß das Zusammenwirken von bürgerlicher Scheinmoral im Elternhaus und sozialer Realität zum Zusammenbruch vor allem von weiblichen Identifikationsmustern führt. Gleichgültig, ob es um eine Thea Hahn oder eine Deidre Jackson geht – in ihrem Liebesanspruch und auf ihrer Suche nach Selbständigkeit werden die jungen Frauen immer wieder desillusioniert. Einmal dem Elternhaus entkommen, werden aus folgsamen jungen Mädchen auf dem Weg zur Hausfrau und Mutter Fälle für die Psychiatrie (Thea Hahn) oder Intrigantinnen, die mit allen erdenklichen Mitteln einem Scheinideal nachjagen (Deidre Jackson). Durch die Gestaltung solch übermächtiger Vaterfiguren wie Mr. Hahn oder skrupelloser Liebhaber wie Dmitrios Bruce in *Video-Piraten* (UB 10403) weist Cody implizit auf den männlichen Moralkodex als ausschlaggebendes Moment für den Identitätsverlust der jungen Frauen hin. Dabei verfällt sie keineswegs in einen Schwarzweißraster: Positive männliche Figuren wie Bernie Schiller oder die aus Sorge um ihr Ansehen skrupellos handelnde Mrs. Westerman fügten sich in ihr Konzept durchaus ein.

Eben dieser Widerstand gegen Kategorisierungen und die daraus resultierende Suche nach individuellen Beweggründen und psychologischen Motivationen machen die Figur der Anna Lee über ihren offenkundig emanzipativen Gehalt hinaus interessant. Als Agens absoluter Gerechtigkeit erscheint sie nicht. Vielmehr fließt in ihre Arbeit persönliche Betroffenheit ein, macht sie sich angreifbar und läßt sie die »wirklich großen Fälle« ungelöst (wie besonders in *Jäger-Latein* und *Video-Piraten* evident). Ihre Selbständigkeit stellt sich nicht über eine Adaptation männlicher Verhaltensmuster her. Sie beharrt auf ihrem eigenen Stil, ihrer eigenen Moral. Darüber entlarvt sie die teils subtile Misogynie ihres Arbeitgebers, den absoluten Autoritätsanspruch eines Mr. Hahn, die männliche Selbstherrlichkeit eines Ian Olsen. Mit bissigem Humor zeigt sie auf, daß das Geschlechterverhältnis in manchen Punkten tatsächlich eine »auf den Kopf gestellte Version von Adam und Eva im Paradies« *(Kopf kaputt)* ist. Durch ihre psychologische Spurensuche und ihren spezifischen Witz widersetzt sie sich der Vereinnahmung durch diese Realität – wie viele der von Autorinnen konzipierten weiblichen »Private Eyes«, jede auf ihre besondere, unheroische Art. Und die gilt es weiter aufzuspüren.

Doris Janhsen